Salvatore Mannuzzu
Der Fall Valerio Garau

Roman

Aus dem Italienischen
von Moshe Kahn

Carl Hanser Verlag

Die Originalausgabe erschien 1988 unter dem Titel *Procedura* bei Einaudi in Turin.

Der Übersetzer dankt dem Autor für Hilfe und Ratschläge.

ISBN 3-446-15832-4

Satz: Fotosatz Reinhard Amann, Aichstetten
Druck und Bindung: Kösel, Kempten
Printed in Germany

LEPORELLO:
Piú non sperate
Di ritrovarlo,
Piú non cercate.
Lontano andò.

So hofft nicht länger,
Ihn noch zu finden.
So sucht nicht länger.
Er ist weit weg.

Da Ponte – Mozart

I. Actus Tragicus

1. Juni 1979

Heute morgen bin ich noch einmal durch den Viale Caprera gegangen. Wahrscheinlich zum letzten Mal. Die Linden dufteten inzwischen grün und blühend vor dem wolkenverhangenen Himmel. Aus den Lautsprechern ferner Autos drangen Ankündigungen für die letzten Wahlveranstaltungen herüber: auch der Wahlkampf geht zu Ende.

Wie gewöhnlich gab es nicht viel Verkehr, und in dieser Stille zog sich der Viale, eingeengt zwischen mindestens fünfzig Jahre alten Villen und Häusern, bis zum Meer in der Ferne hinunter; die Straßenbeleuchtung wurde ausgewechselt, Arbeiter zogen Neonlampen hoch; mit ihnen ersetzten sie die anderen, noch oben hängenden, die eingeschaltet waren – ich weiß nicht, was da ausprobiert werden sollte – und unter den immer stärker werdenden Windböen hin- und herschaukelten. Der Wind aus Südwest drehte nach Nordwest. Der Eingang zum Portikus, der erkennbar die Nummer 12 auf einer abgeplatzten Kachel trug, öffnete sich dort, wo das abschüssige Asphaltband der Straße etwas ebener wurde: auf der rechten Seite. Aus dem Innenhof drang der Lärm der Sägewerkstatt (Valerio sprach darüber eher ironisch und nicht, als würde es ihn belästigen: eine der nicht sehr zahlreichen unmittelbaren Erinnerungen, die ich an ihn habe). Im Innern dann, links, die niedrige kleine Tür, nur ein Flügel stand offen, die Treppe, von der ich wußte, daß sie steil war und sofort dunkel wurde im schmalen Treppenhaus, bis zu jenem dritten Stockwerk, ohne Aufzug. Einen Augenblick dachte ich an die, die heimlich da hinaufgestiegen war, Lauretta, aber sie nicht allein, und an die andere, die sich davon ausgeschlossen hatte, die bedauernswerte Niki, die jetzt (für immer?) in der fernen, vom ruhigen grünen Fluß durchzogenen Kleinstadt lebte, aus der sie nicht einmal stammte. Übrigens dieselbe, in die auch er zurückgekehrt ist, ins Familiengrab, unter dem großen Judasbaum, das beschützt wird von der gravitätischen Würde, die in den streng ausgerichteten Büsten und vermoderten Sandsteinplatten überdauert hat – als Gegensatz dazu eine neue Platte, seitlich davon, mit den noch nicht oxydierten Buchstaben seines Namens und des ihm zukommenden Titels. Ins Familiengrab – wohin die andere allerdings niemals gekommen ist, die es vorgezogen hatte (vor wie vielen Jahre eigentlich?), auf dem Meer verlorenzugehen: Biba, seine Schwester Biba.

Erst jetzt, da er nicht mehr lebt, habe ich gelernt, ihn Valerio zu nennen, wie alle Kollegen vom Justizpalast: ich, ein Fremder, den der Zufall hierherverschlagen und in gewisser Weise zum Richter über ihn gemacht hat, oder doch wenigstens zum Richter über seinen Tod, der, wie es in alten Dokumenten genannt wurde, aufgrund einer nichtswürdigen Untat eingetreten ist: ein Körnchen Zyankali reichte aus. Valerio Garau. Jetzt ist es natürlich leicht, sich zu fragen, wer sich das jemals hätte vorstellen können, als ich, das einzige Mal zu seinen Lebzeiten, in dieser Wohnung war. Kaum einen Monat vorher – und zwar vor über einem Jahr –, im Februar: weil ich ein juristisches Fachbuch abholen wollte, das ich benötigte; jemand hatte mir gesagt, daß er es unter seinen Büchern haben könnte, die er mit großer Gewissenhaftigkeit immer auf den neuesten Stand brachte. Und tatsächlich hatte er es mir angeboten, als ich ihn anrief: »Ich bring's dir morgen mit.« Weil ich aber die Urteilsbegründung zu Ende schreiben wollte, für die ich dieses Nachschlagewerk benötigte, ging ich am späten Vormittag nach der Arbeit bei ihm vorbei. Es schneite, mit Unterbrechungen, seit zweit Tagen, ungewöhnlich für diesen Teil der Insel: der Schnee blieb in schmutzigen Klumpen an den Rändern der Bürgersteige liegen, auf dem Stück Erdreich unter den entlaubten Linden. Ich erinnere mich, daß der Himmel dunkel war und immer noch von gleichmäßiger Schwere; auch, wie schwierig es war, auf dem dünnen Glatteis vorwärtszukommen, wie ich stehengeblieben war und den Schirm unter dem Schneeregen hochhob, der inzwischen wieder eingesetzt hatte, um die Hausnummer 12 zu erkennen; und ebenso, danach, an das Halbdunkel der außerordentlich steilen und, wie mir schien, nicht besonders sauberen Marmorstufen; daß die zweite Etage aufgestockt war, konnte man auch von innen deutlich zu erkennen.

Musik schlug mir bereits mit voller Lautstärke entgegen, als ich die Stufen hinaufstieg; dann wartete ich ziemlich lange, nachdem ich geklingelt hatte, und mir kamen sogar Zweifel, ob mich jemand gehört hätte. Es war daher erstaunlich, daß er mir öffnete, lächelnd, in einem Pullover von verwaschenem Blau, »Schön, daß du da bist!«, und mir dankend, daß ich vorbeigekommen war. Er ging mir sofort ins Arbeitszimmer voraus, um die Musik leiser zu stellen. »Entschuldige, unter mir wohnt niemand, und das nutze ich aus.« Die Räumlichkeiten waren hell, trotz des trüben Wetters, die weißen Regale vollgestopft mit Büchern, ganze Fächer sogar voll alter Einbände in verschiedenen braunen Farben; nur ein Stück Wand war frei, dort hing ein Porträt in Öl (frühes neunzehntes Jahrhundert?), das, in seinem Goldrahmen und im Gegenlicht, kaum zu erkennen war. Er führte mich zum Sofa, schob den Tennisschläger, der darauf lag, beiseite und bestand darauf, daß wir einen Malvasier tranken.

»Ja, heutzutage findet man ihn nur noch selten. In C., meinem Heimatort oder vielmehr meiner Heimatstadt, wie man sie dort nennt, den Titel hat ihr Carlo Felice von Savoyen verliehen, wird sonst nichts, was gut wäre, hergestellt. Und jetzt geht es zu Ende. Die Reihen mit Rebstöcken auf den drei, vier Hügeln werden immer weniger. Aber trotzdem ist es noch ziemlich schön dort, mit dem Meer im Hintergrund. Warum fahren wir nicht einmal hin, sobald es Frühling ist?« Die Musik, ausschließlich Streichinstrumente, klang gedämpft. »Ich lege jetzt häufiger Schallplatten auf, leise, versteht sich, auch wenn ich arbeite. Und für dieses a-Moll-Quartett habe ich eine ganz besondere Vorliebe: mir gefällt sogar die Geschichte von Krankheit und Genesung, die man drumherum gerankt hat.« Es schneite jetzt in dicken Flocken. Er war aufgestanden, um aus dem Fenster zu sehen. Ich stellte mich neben ihn: vor uns, im Schneegestöber, auf der anderen Seite des langen Talgrabens und der Fahrdämme, lagen die Altstadt, an der ein Stück weit die Mauer des Klosters von San Pietro entlanglief, die unterschiedlich großen, mit Schnee bedeckten Dächer und mitten unter ihnen das Dach des Palazzos seiner Familie, wo er mit seiner Frau gewohnt hatte, Niki; aber damals wußte ich das natürlich nicht.

So kam es, daß ich die fehlende Fensterscheibe bemerkte. Sie war durch einen nachgedunkelten, flekkig gewordenen Karton ersetzt, dem man deutlich ansah, daß er als Provisorium längst ausgedient hatte: er paßte nicht in die geordnete Behaglichkeit dieser Wohnung, nicht zu den offenkundig guten (und im übrigen bekannten) finanziellen Verhältnissen ihres Bewohners. Inzwischen war die Schallplatte zu Ende, er machte eine Bewegung, um sie anzuhalten. Ich verabschiedete mich: »Leider kann ich dich nicht bitten, zum Mittagessen zu bleiben«, entschuldigte er sich, »ich habe nichts im Haus.« Auf dem Sekretär, der als Schreibtisch diente, stand ein blauer Glasteller mit Orangen; er erklärte, daß er nichts anderes essen würde.

Und lächelnd sagte er, er würde zu dick werden. Das gleiche behauptete ich von mir. Er kam auf seinen Geburtstag zu sprechen: siebenundvierzig im kommenden März, wir stellten fest, daß wir fast am gleichen Tag geboren waren, aber ich, Gott sei's geklagt, zehn Jahre früher, und nun lächelte ich ebenfalls. Ich sprach sogar andeutungsweise von den Mißlichkeiten in meiner Laufbahn und sagte scherzend: »Ich arbeite auf ein kleines Pensiönchen hin« (innerlich noch nicht völlig überzeugt). Er nahm das Buch, das er für mich bereitgelegt hatte, von der Schreibplatte des Sekretärs und hielt es mir hin: in dieser Haltung ragte sein Hals außerordentlich schmal und blaß aus dem abgetragenen Seemannspullover heraus, ganz im Gegensatz zu seinem Oberkörper, den ich nach unseren bisherigen Begegnungen an unseren Arbeitsstätten nicht für so stämmig gehalten hatte.

Kaum war die Tür geschlossen und ich auf dem Weg die Treppe hinunter – er hatte für mich das elektrische Licht eingeschaltet –, erklangen wieder laut die Streichinstrumente jenes Quartetts von Beethoven, das er noch einmal aufgelegt hatte, wurden aber sofort vom Kreischen der Bandsäge überlagert und schließlich verdrängt. Ich stand unter dem Portikus, die kalte Luft stürmte auf mich ein, der Schnee fiel noch immer dicht.

Dieselbe Bandsäge, die auch heute morgen so penetrant kreischte: allerdings gab es kleine Haufen weißer Lindenblüten, vom Wind heruntergeweht, auf den Grünstreifen, wo damals der verharschte Schnee von zwei Tagen gelegen hatte. Ich habe den Kopf gehoben, um in der dritten Etage das Fenster seines Arbeitszimmers ausfindig zu machen: halb geöffnet, hing dort jetzt, zwischen verblaßten Fensterläden, die wehende Gardine unbekannter Mieter heraus. Endlich war auch die Fensterscheibe ersetzt worden, gegen die Lauretta eines Nachts den steinernen Briefbeschwerer geworfen hatte, der ihr in die Hände gefallen war, in einem Anfall von Gereiztheit und Wut, was man gar nicht bei ihr vermutet hätte, die sonst so sanft war. Sanft, intelligent und unerschrocken, das wußten alle. Und noch immer schön. Jetzt ließ die Sonne, die einen Augenblick lang hinter den Wolken hervorkam, die neue Fensterscheibe aufglänzen, gleichzeitig mit allen anderen Fenstern des aus dem Anfang des Jahrhunderts stammenden Wohnhauses, das renoviert und neu gestrichen worden war. Währenddessen ratterte wieder der Volkswagen mit dem Lautsprecher vorbei, direkt auf dem Viale, und kündete, immer näher kommend, zwischen Wahlslogans die Schlußkundgebung für den Abend an. So kam mir plötzlich der Gedanke: in diesem Sommer, der nun bald beginnt, werde ich nicht mehr hier sein.

Bis zu dieser Wahlkundgebung fehlt jetzt nicht mehr viel Zeit, glaube ich. Hier ins Büro, das bisher meines war, dringt, während es draußen anfängt zu dämmern, der Lärm der Vorbereitungen von der Piazza: aus der Ferne »Bandiera rossa«, verworrene, hartnäckige Geräusche. Jetzt ist es beinahe kalt. Aus den Regalen habe ich Bücher und Dokumente genommen und mache daraus zwei Stapel. Himmel und Hölle: auf dem großen Tisch mit den anachronistischen Intarsienarbeiten, von dem aus die Verhandlungen geleitet werden, die wenigen Dinge, die ich aus irgendeinem Grund rette und die mir auf meinem Umzug folgen müssen; auf dem Boden verstreut alles andere, wesentlich mehr; und im Zweifelsfall werfe ich es einfach weg. Auch das ist Arbeit: mein Atem geht schwer, weil ich mich so oft bücken muß, der Staub trocknet die Haut meiner Hände aus. Ich habe nur unterbrochen, weil ich Schritte näher kommen hörte: auf Zehenspitzen bin ich gelaufen und habe das Licht ausgeschaltet; dabei habe ich mich bemüht, nur ja kein Geräusch zu machen.

Er hat versucht aufzumachen, als er dann aber die Tür verschlossen fand, hat er geklopft. Ich weiß, er steht da, hinter der Tür, groß und stämmig, mit glattrasiertem Kopf, dicken Brillengläsern und seinem Boxer an der Leine. Ich weiß, er hat begriffen, daß ich hier drinnen bin. Ich habe gesehen, wie die Türklinke noch zweimal hinuntergedrückt wurde, er hat meinen Namen gerufen, bevor er dann weggegangen ist: mit seinem steifen Blindenschritt im Halbdunkel des langen Korridors. Zum Teufel. Während ich das Licht wieder einschalte, dringt von der Piazza ein erster Beifall herüber: wie damals, jedoch schwächer, nicht überzeugt, scheint mir, verhaltener.

Dezember 1977, das ganze Jahr 1978, Januar, Februar, März, April, Mai 1979: ich bin hier, auf dieser Seite des Meeres, noch keine achtzehn Monate. Hergeschickt gewissermaßen zur Bestrafung: ich hatte meine Einwilligung dazu geben müssen, die Alternative wären ein Disziplinarverfahren gewesen, und ein Disziplinarverfahren von der Art, bei dem – das sagt sich so leicht – die »beschämenden« Tatsachen an die große Glocke gehängt werden. Beschämend übrigens auch heute noch, obgleich es mir gelungen ist – ganz sicher ist das allerdings nicht –, die formalen Anschuldigungen gegen mich zu entkräften: wenn auch nicht ganz blütenrein, so doch immerhin mit geringem Vorbehalt! Kennt man ja. Ich erinnere mich an das erste Weihnachtsfest hier (1977), an den Anruf meiner Tochter in dem Hotel, wo ich vorübergehend wohnte; an ihre Stimme, als spräche sie vom Nebenzimmer aus. Ich sagte ihr die Wahrheit: daß ich im Bett lag und las (beim Licht der einzigen eingeschalteten Lampe von wenigen Watt auf dem Nachttisch, erinnere ich mich). Auf den Straßen explodierten bereits die ersten Knaller. Dann, nach Mitternacht, ein einziges Hin und Her von Autos und Glockenläuten. Diese Stadt ist möglicherweise nicht wirklich ungastlich, aber verschlossen. Ich war erst wenige Tage zuvor eingetroffen, und vermutlich eilte mir ein fragwürdiger Ruf voraus. Was hätte ich also erwarten sollen? Es war nicht meine erste Versetzung, ich bin hier und da gewesen, nachdem der Bruch mit den vorgesetzten Stellen, meiner Familie und anderem besiegelt war. Es war auch nicht die erste Schwierigkeit, die ich in meinem Beruf hatte. Ich bin kein guter Richter gewesen, zumindest war ich nicht fleißig, eifrig, zuverlässig. Ich habe mich ständig von Zerstreuungen ablenken lassen, wenn man sie denn als solche bezeichnen will. Schlimm, wenn man nicht viel zu verlieren hat.

Aber ich will nicht über mich reden. Die Geschichte, die ich diesem Heft anzuvertrauen beabsichtige, ist eine andere und hat mit mir überhaupt nichts zu tun. Wann hat sie ihren Anfang genommen? Vergangene Nacht wurde ich vom starken Regen aufgeweckt: ich habe mich aufgesetzt, wie damals, bin von meinem Hängeboden heruntergeklettert, ans Fenster gegangen und habe es geöffnet: es donnerte, der verlassen daliegende Fahrdamm war von den Regenschauern saubergefegt, die der Südwestwind herbrachte und dann ausgoß. Die nicht abgeschalteten roten und grünen Ampellichter wechselten einander ab, völlig umsonst. Ich nahm die Brille ab, die Bilder und Farben verblaßten, verschwammen zu Flecken…

Wie damals. Am 17. März 1978, noch vor Tagesanbruch, wurde ich auf ähnliche Weise geweckt: ich spürte, wie mich im Bett ein kalter Luftzug streifte, während ein Donner dem anderen folgte und irgend etwas in der Nähe unaufhörlich aneinanderschlug. Das Licht ging nicht an, der Strom war ausgefallen, und ich fand meine Brille nicht: tastend kletterte ich herunter und ging, der Helligkeit folgend, aufs Fenster zu, das unerklärlicherweise weit aufgerissen war. Die Kälte kam von dort, der Regen fiel senkrecht herunter, in dicken Fäden, unablässig prasselnd. Die Neonlampen auf dem Fahrdamm dagegen funktionierten und vermischten sich verschwommen von einem Ende bis zum anderen zu Reflexen orangefarbener Lichtflecken, die die gesamte Luft und den niederklatschenden Regen einhüllten: eine Art beleuchteter Insel in der Nacht, leer. Und da sah ich, soweit mir das möglich war, wie sich der Regen öffnete und gleich darauf wieder wie ein Vorhang schloß, dort drüben, als ob etwas Unsichtbares hindurchgeschritten wäre, von der Altstadt bis zur Dunkelheit des Hügels, wo sich, wie ich mich dann erinnerte, seine jetzige Wohnung befand. Als es vorübergeschritten war, hörte der Regen fast schlagartig auf, eine ungewöhnliche Stille setzte ein, und die Lichter verlöschten auch auf dem Damm. Wenige Stunden später sollte es sich dann ereignen. Hatte es nicht so angefangen?

II. Bericht über die Ereignisse

1.

17. März 1978, vormittags

Es war Freitag. Nach den Regenfällen der Nacht kam ein böenartiger Wind aus südlicher Richtung auf. Danach fielen noch ein paar Güsse, aber in unregelmäßigen Abständen, fast mühsam, große Tropfen, in denen feiner roter Sand aus wer weiß was für einer Wüste enthalten war: sie hinterließen Flecken auf Fensterscheiben, Bürgersteigen und Autos. Vereinzelt waren Regenschirme aufgespannt, auch bei denen, die zur Kundgebung gegen die Entführung Aldo Moros gingen. Aus Lautsprechern in der Ferne drangen von der viereckigen Piazza her, wo die Straße einmündet, an der der Justizpalast liegt (Piazza d'Italia, Via Roma), in Abständen die Nationalhymne und andere, auf die Gelegenheit abgestimmte Hymnen, sogar ein Chor aus einer Verdi-Oper.

In dieses Geräusch mischte sich die Sirene des Krankenwagens, der zur Poliklinik raste. Umsonst: der Tod war eingetreten, innerhalb kürzester Zeit, bereits in der Cafeteria des Justizpalasts. Strenggenommen hätte auch der Abtransport der Leiche als Willkürakt angesehen werden müssen. Alle Gerichtsverhandlungen wurden wegen der Demonstration verschoben. In der Cafeteria waren, wie sich sofort herausstellte, außer ihnen beiden, dem Consigliere Valerio Garau und Dr. Lauretta Oppo Martinez, Arbeitsrichterin, nur ein Rechtsanwalt mit einem alten Klienten und natürlich der Barmann hinter dem Tresen. Frau Oppo Martinez hatte ein

Glas warme Milch bestellt und Garau einen Kaffee: es passierte, während er ihn trank, und er hatte nicht einmal genügend Zeit, ihn ganz auszutrinken. Er stürzte zu Boden, mit einem erstickten Schrei, einer Art Winseln, praktisch bereits tot.

Sie hatte den Ernst der Lage auf der Stelle erfaßt und den Kopf verloren. Es kümmerte sie nicht – was im nachhinein für Klatsch sorgte –, daß sie den wahren Charakter ihrer Beziehung öffentlich machte, indem sie ihn unaufhörlich bei seinem Namen rief (»Ninni, Ninni!«) während der paar Minuten, in denen er noch atmete, spasmodisch, ohne Bewußtsein, von Krämpfen geschüttelt. Aber den drei Männern, unterstützt von einem Carabiniere und dem verkrüppelten Gerichtsdiener Càmbule, die dann auch noch herbeigeeilt waren, war es lediglich gelungen, den schweren, regungslosen, hin und wieder noch zuckenden Körper im angrenzenden Rechtsanwaltszimmer auf ein Sofa zu legen, wo die inzwischen in Tränen aufgelöste Frau Oppo versuchte, seinen Kopf hochzuheben – bis er schließlich überhaupt kein Lebenszeichen mehr von sich gab.

Dann, im Verlauf der folgenden Stunden, mehrten sich im Justizpalast die Gerüchte, gleich im Sinn von Selbstmord durch Gift (»Er hat sich umgebracht«), zu denen noch andere aus der Notaufnahme kamen, und zwar, wie man behauptete, aufgrund der klinischen Untersuchung und der festgestellten Symptome (vor allem aber aufgrund des typischen Geruchs von Bittermandel, den man auch dort wahrgenommen hatte: er entströmte den toten Lippen). Und während die Echos von der Demonstration auf der Piazza herüberhallten – ferner Beifall, Musik –, vermischten sie sich mit der Notwendigkeit, die Angelegenheit in den Griff zu bekommen, was den normalen Gang der Dinge betraf, auch den privaten: »Wer sagt es seiner Frau?« So wurde sie genannt, obwohl sie sich von ihm hatte scheiden lassen, seine Ex. Niki: Niki Solinas. Sie war in der kleinen Stadt am Fluß geblieben, über hundert Kilometer entfernt, im eigentlichen Haus seiner Familie. Andere Verwandte hinterließ er praktisch nicht: eine Tante, einen Onkel, beide alt, und die geisteskranke Nichte.

Die Mokkatasse wurde wundersamerweise sichergestellt, mit ihrem Rest Kaffee (ohne Zucker, wie der Verstorbene ihn zu trinken pflegte): ob er sie für einen Moment auf den Tresen gestellt hatte, um die Arzneikapsel zu suchen, die er einnehmen mußte, oder, sozusagen automatisch, in dem Augenblick, als ihn das Übelkeitsgefühl überkam... Jedenfalls ist sie dem Abwasch des sonst äußerst gewissenhaften taubstummen Barmanns entgangen. Die Pillendose dagegen wurde auf dem Fußboden gefunden, geöffnet und leer: sie war aus einem Maria-Theresien-Taler gearbeitet, dessen zwei Seiten voneinander getrennt worden waren, das hehre Profil der Herrscherin in angedunkeltem Silber auf dem Deckel und der Doppeladler auf der Unterseite; möglicherweise das Resultat einer langen, geschickten Geduldsarbeit, vor sechzig Jahren, im Schlamm eines Schützengrabens während des damaligen Weltkriegs; sie hatte bereits seinem, Garaus, Vater gehört. Ihr Inhalt mußte auf dem stumpfen, aus Marmorbruchstücken gearbeiteten Fußboden im gesamten Raum zusammengesucht werden, über den er sich verstreut hatte: Pillen zweier unterschiedlicher Sorten, fuchsienrosa und weiß;

Kapseln zur Hälfte blau, zur Hälfte rot – zufällig die Farben des Sportclubs, in dem der, der sie schluckte, jetzt aber dazu nicht mehr in der Lage sein würde, in längst zurückliegenden Jahren aktiv dem Tennisspiel nachgegangen war, ehrenvolle Ranglistenplätze belegt und sogar Siege in den verschiedenen Klassen errungen hatte. Er war bekannt.

Später, erheblich später (die Demonstration auf der Piazza d'Italia war längst vorbei, und unter dem Nieselregen wurden Lautsprecher, Nationalflaggen und Stadtstandarten abmontiert, die man mit Leitern von den aus dem neunzehnten Jahrhundert stammenden Laternen herunterholte), arbeiteten in der Cafeteria Männer von der Kriminalpolizei zusammen mit Gerichtsmedizinern im Licht von vielen tausend Watt aus Scheinwerfern, die auf Stativen aufgestellt waren und nun, sich grell im einzigen Spiegel reflektierend, die Chromteile der Kaffeemaschine und die Etiketten auf den Amaro-Flaschen aufschimmern ließen, ebenso wie die bunten Zellophanverpackungen der Ostereier, die reihenweise für die in drei Tagen beginnende Osterwoche bereitstanden. Sie fotografierten, nahmen Vermessungen mit dem Maßband vor, ein Brigadiere, der gerade vom entsprechenden Fortbildungslehrgang zurückgekommen war, diktierte die genaue Beschreibung des Tatorts. Sie waren es auch, die auf dem Fußboden noch eine Pille fanden: weißlich, sehr klein, kleiner als eine Linse, anders als alle anderen, bereits gefundenen. War auch sie aus der Pillendose gefallen? Die Sauberkeit des Marmorfußbodens und die geringe Besucherzahl während des Tags legten diese Vermutung nahe.

17. März 1978, abends

Ich kann, während ich diese Ereignisse niederschreibe, nicht die anderen vergessen, die sich danach zugetragen haben. Ich war in meinem Büro und damit beschäftigt, Präzedenzurteile des Kassationshofs aus einem verstaubten Stapel von Fachzeitschriften herauszusuchen, den ich aufgeschnürt hatte, nachdem ich ihn mir aus der Bibliothek geholt hatte. Ich stand mitten in all den verstreuten Papieren, zwischen dem Schein der Tischlampe und dem Lichtfleck an der Decke – draußen war es schon längst dunkel –, als der Summer des Haustelefons ging. Es war der Präsident, François: »Kannst du rüberkommen?« Der Weg zu seinem Kabinett führte den gesamten Korridor an der Längsseite dieses Palasts entlang, der im Jahr XVII der faschistischen Ära erbaut worden war. Endlos lang, düster wie eine Totengruft, wie immer am Abend, mit dem im Halbdunkel liegenden Marmor, auf den kaum wahrnehmbar ein schwacher Schimmer aus den Bronzeleuchtern fiel, von denen nur jeder zweite eingeschaltet war. Außerdem menschenleer. Ich hörte im Gehen meine Schritte vom einen Ende zum anderen widerhallen, fast, als wären es nicht meine.

François saß hinter seinem völlig leeren Schreibtisch; wie immer war dort nur das vom Schirm seiner Tischlampe hellblau getönte Licht und ein krächzendes Transistorradio. »Nimm Platz«. Als er den Kopf neigte und wartete, bis ich Platz genommen hatte, bevor er das Gespräch begann, glänzte sein glattrasierter Schädel stärker als seine außergewöhnlich dicken Brillengläser. »Was hältst du von dieser Sache mit Valerio Garau?« Er sah mich an und kam sofort auf den Punkt zu sprechen: »Dir ist doch klar, daß du dich damit beschäftigen sollst?«

Dann erst stellte er das Radio ab: »Die am wenigsten unwahrscheinliche Vermutung ist, daß man ihn umgebracht hat, möglicherweise irrtümlich, irgend so ein pharmazeutisches Unternehmen. Du weißt ja, wie viele Medikamente er nahm, er war richtig verrückt danach. Doch Valerio war nicht verrückt, zumindest nicht mehr als ich oder du. Kannst du dir vorstellen, daß er sich auf diese Weise das Leben nimmt, in der Cafeteria in Gesellschaft seiner Herzallerliebsten?« Er klärte mich über einige Telefongespräche auf: mit dem anderen Palast (dem Hospital, wie er es nannte, wegen seiner ursprünglichen Bestimmung), wo die Sektion des Appellationsgerichts untergebracht war, mit Cagliari und Rom: »Sie wollen nicht einmal von Befangenheit sprechen hören. Valerio war Consigliere, ein hochrangiger Richter also, und wer hier die Untersuchung durchführt, ist das Gericht. Daher: keinerlei Zuleitung des Falles an andere Stellen, auch wenn es sich um einen Richter handelt. Um es kurz zu machen: mit diesem Problem müssen wir fertig werden, das heißt du.«

Ich war Zivilrichter, vier Verhandlungen pro Woche. »Du bist der Ermittlungsabteilung überstellt, und den Rest erledigst du, wie du kannst.« Ich weigerte mich, von meiner anderen Tätigkeit entbunden zu werden. »Jeder von uns vertritt dich, von Fall zu Fall, wenn es nötig ist.« Das konnte ich mir denken. Ich erinnere mich, daß ich ihn fragte: »Und was, wenn er nicht durch Gift gestorben ist?« Er schien nicht zu hören. Er nahm die Brille ab, die mit ihrem

Gewicht seine Augenpartie bläulich gefärbt hatte, und legte sie mit aufgeklappten Bügeln auf die Glasplatte seines Schreibtischs. »Morgen früh kümmerst du dich als erstes um die Autopsie. Vinci ist als Gerichtsmediziner der zuverlässigste.« In gewohnter Weise massierte er seine geschlossenen Augen und den Nasenrücken, mit beiden Zeigefingern, die Daumen unter dem vorgereckten Kinn.

»Du verstehst, es wäre wohl nicht ganz richtig, Lauretta Oppo damit zu beauftragen.« Sein Lachen war heiser, fast tonlos, und stand ganz im Gegensatz zu seinem großen, stämmigen Körper. »Hier bist du der einzige, der diese Untersuchung durchführen kann. Wir anderen hatten Valerio Garau immer schon zum Kollegen, unsere Büros lagen Tür an Tür neben seinem. Er war mit meiner Frau verwandt, das weißt du doch, oder nicht? Sohn eines Cousins: leider erben wir nichts. Wir sind alle verdächtig.« Ein blasses Lächeln erschien wieder auf seinem Gesicht. »Unter der Annahme, daß es sich um Mord handelt. Aber das wirst du uns sagen.« Er setzte die Brille wieder auf und sah mich an. »Abschließend noch ein Wort, sofern du einen Rat annehmen willst. Polizei und Carabinieri, halt sie aus dieser Geschichte heraus. Du mußt die Sache im Griff behalten. Aber ich glaube nicht, daß ich ausgerechnet dir das empfehlen muß.« Er schloß mit seinem hämischen Kichern. Erst danach drehte er sich um und wählte eine Nummer auf dem Haustelefon, mit jener Unsicherheit, die ich bereits an ihm beobachtet hatte, und sagte in die Muschel: »Kannst du runterkommen?«

Während wir warteten, erzählte er mir, daß Generalstaatsanwalt Pani (den er ausschließlich Monsignore nannte) wieder krank sei und machte eine Andeutung über den diplomatischen Grund der Verhinderung: »Seit heute morgen. Er braucht nur von weitem den Braten zu wittern, du hast es sicher selbst schon bemerkt: er täuscht sich nie.« Zu zweit kamen sie herunter aus der Staatsanwaltskanzlei, der stellvertretende Generalstaatsanwalt, mit dem François am Telefon gesprochen hatte, Mariolino Niolu, und der diensthabende Staatsanwalt, Giancarlo (Pupo) Manai. Niolu war ein kleiner Kerl, ebenfalls ziemlich kahlköpfig und bebrillt, immer bedrückt und jetzt ganz besonders niedergeschlagen. Er nannte François bei seinem Taufnamen: Nino. Manai schob sofort eine entschuldigende Erklärung vor, warum er ein Unbehagen empfand, sich mit dieser Ermittlung beschäftigen zu müssen: »Valerio und ich spielten gemeinsam Tennis.«

François hatte mich endlich gebeten, das Licht des prächtigen großen Kronleuchters aus Muranoglas einzuschalten, der von der Mitte der hohen Gewölbedecke herunterhing. Die Möbel waren im gleichen Renaissancestil wie in unseren Büros, allerdings auffälliger, mächtiger, mit Schnitzarbeiten. »Lieber Pupo, nicht so schnell«, sagte er, »denn hier geht es darum, entweder die Verfahrensordnung zu ändern oder jemanden von der Staatsanwaltschaft einzuschalten. Wen, das entscheidet ihr.« »Wir waren doch alle eng mit Valerio befreundet.« Der kleine Niolu legte seine vorgewölbte Stirn in Falten. Es gab also keine andere Lösung als die, den Richtlinien für die turnusmäßige Zuständigkeit zu folgen. Giancarlo, mit der ausgegangenen Pfeife herumspielend, gab sich geschlagen, eine Kämpfernatur war er nicht. Er trug seinen stets glattgebügelten nußbraunen Anzug, braune Krawatte, farblich passende Jacquardsocken. Sein Spitzname war Drossel, wahrscheinlich wegen seiner kräftigen Brust. Übrigens war er dunkelhäutig, hatte sehr gepflegtes welliges Haar, schöne weiche Züge und neigte etwas zu Übergewicht. Zu allen Jahreszeiten war er darauf bedacht, »Sonne zu tanken«, wie er es nannte.

Die ganze übrige Zeit wurde mit der Aufteilung der Aufgabenbereiche verbracht: der Präsident blätterte im Gesetzbuch, die Brille in die Stirn geschoben, die Nase förmlich auf dem Buch, wie er es immer tat, wenn er lesen wollte. Zwischendurch brummte er: »Denkt daran, daß es sich hierbei nicht um eine Frage von nationaler Bedeutung handelt, Moros Entführung reicht schließlich, oder nicht?« Giancarlo beharrte darauf, daß auch er ein enger Freund Laurettas und ihres Mannes Giomaria Martinez sei: »Wie könnte ich also?« François hob lachend den Kopf: »Auch du bist verdächtig, sagte ich ja schon.« Am Ende gab er ihm zu verstehen, daß er sich heraushalten würde: im Rahmen des rechtlich Möglichen. »Du garantierst für uns alle«, wandte sich Mariolino Niolu gravitätisch an mich, und es war nicht klar, ob es sich dabei um die Bestätigung des allgemeinen Rückzugs handelte, um eine Anerkennung für mich oder um ein Warnsignal an mich. »Komm, du Kröte, gib mir mal eine Zigarette«, sagte erst danach François, der aufgehört hatte zu rauchen und seit undenklichen Zeiten mit Schnorrereien dieser Art weitermachte. Seine Hand hatte er ungeduldig ausgestreckt.

Er wollte, daß wir zusammen hinausgingen, die

beiden anderen waren mit dem Aufzug in ihre Büros nach oben gefahren. Wir gingen über die nahezu dunkle Haupttreppe. Unten grüßte uns der Carabiniere, hinter den Glaswänden des Wachhäuschens sitzend, das von der Tischlampe nur schwach erhellt wurde. Und kaum waren wir draußen, hüllte uns die Feuchtigkeit ein: oben hing dunkel die Flagge zwischen den großen Säulen des Palasts, durchtränkt von all dem Regen, der heruntergekommen war, und ich bin mir immer noch nicht im klaren darüber, ob wegen des schlimmen politischen Ereignisses, das sich zur selben Zeit abspielte, oder wegen des Trauerfalls, der ausschließlich uns betraf. Wie gewöhnlich trug François keinen Mantel, er ging aufrecht, mit nach oben gerichtetem Gesicht. »Wenn sich dir Schwierigkeiten in den Weg stellen oder ein Problem auftaucht, dann weißt du, daß du mit mir sprechen kannst«, sagte er schließlich zu mir. »Wir können, wann immer du willst, zu kurzen Beratungen zusammenkommen. Vier Augen sehen mehr als zwei.« Aus seinem Mund klangen diese Worte geradezu komisch.

Wir verabschiedeten uns an der Straßenecke, und: »Einen Moment noch, hier, nimm das«, und er hielt mir etwas hin; schon wegen der Dunkelheit begriff ich nicht, um was es sich handelte. Es war die kleine Dose mit dem Taler, in der man die Pillen und Kapseln hören konnte, die wieder hineingetan worden waren: der taubstumme Barmann hatte sie gefunden, Nino, sein Namensvetter und Getreuer. Das erzählte er mir und reichte mir dann, was er selten tat, seine Hand, die ich bereits kennengelernt hatte: schlaff, fast ohne die meine zu drücken.

18. März 1978

Auf dem weißen Deckel, unter der Aufschrift des Gerichts, stand gedruckt: BERICHT ÜBER DIE EREIGNISSE, und die Hand des Kanzleiangestellten hatte in der nachfolgenden Zeile mit klecksendem Kugelschreiber hinzugefügt: »bezüglich des Todes von Garau, Valerio«. Wir waren in der Leichenhalle der Poliklinik. Samstag morgen. Die Sonne begann gerade auf den Marmortisch in der Mitte des Raums zu scheinen, während der Gerichtsmediziner sich Kittel und Handschuhe anzog und sich zu meiner Erbauung in philosophischen Betrachtungen erging (sie kannten sich noch vom Gymnasium her, waren sich beruflich oft begegnet, gehörten beide zum selben Club). Sein Assistent zog die leeren Plastikbehälter aus der Aktentasche und reihte sie am Fenster auf.

Die Leiche lag auf dem Tisch, bereits völlig entkleidet. Ein gutgebauter, glatter männlicher Körper, mit kaum ins Auge fallenden Fettansätzen: schon zu Lebzeiten, das erahnte man, vollkommen bleich; und noch immer erkennbar der Schutz, den im vorhergehenden Sommer, während der Badesaison in C., die Badehose der Haut gegeben hatte. Die Leichenstarre hatte etwas nachgelassen, das Gesicht neigte sich zur Marmorplatte, es zeigte sich ein bißchen Bart, der nachgewachsen war, ein leerer Ausdruck, aber nicht unbedingt der eines Toten; ganz regelmäßige, sogar feine Züge, Wangen, die im Verlauf der Jahre, vor allem der letzten, füllig geworden waren. Die Haare waren gelockt, kastanienbraun, kurzgeschnitten und kaum weniger dicht als die eines jungen Mannes.

Ich sah den Trauring am Finger, trotz der Scheidung, und erinnerte mich, daß ich ihn bereits früher bemerkt hatte. Und das Goldkettchen am Hals, dünn und kurz wie das eines Kindes, mit dem Medaillon auf der unbehaarten Brust. Der Assistent reichte es mir, nachdem er es abgenommen hatte: dieses Medaillon, das auf der einen Seite die Reliefdarstellung einer sardischen Madonna trug, von Bonaria, wie man behauptete, hatte auf der anderen Seite seinen Taufnamen und sein Geburtsdatum eingraviert: 7. März 1931. Auf der Innenseite des Rings, der mir ebenfalls übergeben wurde, war dagegen zu lesen: Niki – 20. 9. 1955. Inzwischen war die von der Sonne beschienene Fläche größer geworden, und Vinci, der Gerichtsmediziner, hatte begonnen, die Beschreibung des Äußeren zu diktieren: »Bei der Leiche handelt es sich um eine Person männlichen Geschlechts, deren Alter mit fünfundvierzig Jahren angegeben werden kann...«

Ich hatte mich entschlossen, nicht hinzusehen, und sah auch nicht hin. Ich trat an die Tür. Die Wolken jagten durch den blauen Himmel, es wehte ein starker Wind. Natürlich, März. Ich versuchte, mich an das Motiv des Finales (»Allegro appassionato«?) aus dem a-Moll-Quartett zu erinnern, aber es gelang mir nicht – *Muß es sein? Es muß sein:* »Eine Geschichte von Krankheit und Genesung...« Der Wind bog die Bäume im Garten der Poliklinik, er trug den Blütenduft bis hierher. Gegenüber, auf der anderen Seite des Platzes, in einem niedrigen Gebäude, öffnete man die Leichenzimmer: und davor warteten ganze Menschenscharen, Trauerkränze lehnten an der Mauer, gerade war ein Leichenwagen vorgefahren.

Zu seinem Begräbnis an jenem Nachmittag bin ich aber nicht gegangen; darüber wurde mir berichtet. Es wurde alles ein bißchen schnell abgewickelt, es gab peinliche Situationen und, glücklicherweise, unvermeidliche Banalitäten: angefangen von der über dem Nußbaumsarg ausgebreiteten Robe und der schwarzen Richterkappe, mit vergoldeten Rangabzeichen, auf dem Zeremonienkissen. Verwandte waren kaum anwesend: nur die blinde Tante, im schönen Kostüm wie immer, am Arm ihrer Haushälterin, und der alte Onkel Kanonikus – in der ersten Reihe mit dem Präsidenten François und Mariolino Niolu, der den verhinderten Generalstaatsanwalt vertrat. Die Erbin, die inzwischen erwachsene geistig behinderte Nichte, war im Heim geblieben, bei ihren Ordensschwestern, in Unkenntnis all dessen. Seine frühere Frau war nicht gekommen. Aufmerksamkeit zog natürlich Lauretta Oppo auf sich, als sie die Kapelle betrat: ihr blondes Haar über dem grauen Pelzmantel, das Gesicht ungeschminkt, tränenlos, erschöpft, beinahe ausgelöscht. Ihr Mann, der Präsident Martinez, hielt sie am Arm. Das tat er auch während der gesamten Zeremonie und während des kurzen Aufenthalts im Freien. Beide hochgewachsen, er aber sehr mager und leicht gebeugt.

»Mögen die Engel dich ins Paradies geleiten«: der Sarg wurde mit den Blumen in den Mercedes des Bestattungsinstituts geschoben, der dann, von nur zwei Autos gefolgt, dem der Verwandten und dem blauen des Büros, nach C. fuhr, der kleinen, weit entfernten Stadt, in der Valerio geboren war und nun im Familiengrab beigesetzt werden sollte. Zurück blieb, nachdem das Auto um die Ecke des hohen Gebäudes der Poliklinik gebogen war, inmitten der wenigen Personen, die dort zusammengekommen waren und sich jetzt verabschiedeten und auseinandergingen, unter dem inzwischen wolkenlosen, winddurchfegten Frühlingshimmel einen Augenblick lang das bei solchen Gelegenheiten übliche Gefühl einer nicht auszufüllenden Lücke.

2.

20. März 1978

Ich bezweifle, daß irgendwer gesehen hat, wie diese Engel ihn ins Paradies geleiteten. Morgens – Montag: bereits der Montag der Karwoche – sind sie jedenfalls nicht an dem Streifen Himmel zwischen Justizpalast und dem gleich daneben liegenden Gefängnis (»Bezirksstrafanstalt«) vorbeigekommen: nur die Kuppel des Rundbaus lag vor meinem Blick, dunkel, mit strahlenkranzförmig angeordneten Trakten und dichten Vergitterungen und, innerhalb hoher Mauern, die Höfe für den Freigang. Jetzt: ein leerer Himmel und, seit Monaten bereits, der gewohnte Ausblick, wenn ich an meinem Schreibtisch eine Pause einlegte und ans Fenster trat – Gesellschaft meiner Gedanken. Die Wachposten draußen gingen gemächlich die Umfassungsmauern oben entlang, von einem Wachhäuschen zum nächsten. Und auf der hiesigen Seite war unten sogar ein kleiner Garten mit ziemlich vernachlässigten Beeten und einem kleinen Brunnen. Ob dieser Garten zur Gefängnisdirektion gehörte oder zu den Unterkünften für das Personal, weiß ich nicht. Gurren von Tauben kam von dort. Also: wer hatte ihn vergiftet?

Möglicherweise gar, ohne (konkreten) Schwierigkeiten zu begegnen. Die von der Polizei auf dem Fußboden gefundene weiße, verschwindend kleine Tablette – sie hatte einen Spalt, der das Zerbrechen in zwei Hälften und auch die Bestimmung der genauen Dosis: 0,10, erleichtern sollte – war nichts weiter als ein harmloses Beruhigungsmittel, wem immer sie auch gehörte. In dem Kaffeerest in der Mokkatasse waren keine Spuren von Gift, wie sich erwies. Das Zyankali – darum handelte es sich letzten Endes – befand sich in den blauroten Kapseln: auch in zwei weiteren von den dreien, die man zusammen mit der Pillendose gefunden hatte. Kapseln eines ganz gewöhnlichen Leberschutzpräparats: aber jemand hatte sie geöffnet – was ein Kinderspiel und jedem möglich war – und in jede eine massive Dosis (fast ein Gramm) dieses Gifts eingeführt. Wahrscheinlich viel schwieriger, daran zu kommen, und viel schwieriger, die Kapseln wieder in die Pillendose zu stecken, nachdem sie auf diese Weise »behandelt« worden waren.

Die Annahme, daß es sich um ein Versehen bei der Herstellung des Medikaments gehandelt habe, erschien ziemlich wenig wahrscheinlich. Und Selbstmord war auch nicht plausibel; François hatte offensichtlich recht: unter derartigen Umständen, in dieser Begleitung, auf diese Art... Man brauchte sich ja nur klarzumachen, daß das Zyankali auch in anderen Kapseln gefunden worden war, nicht nur in der, die Garau mit dem Kaffee hinuntergeschluckt hatte und die für ihn tödlich war. Vorsätzlicher Mord also: wenn man darüber nachdachte, gab es für mehr als eine Person nicht wenige Möglichkeiten, sich das Gift zu verschaffen oder es in die Hand zu bekommen, ein einziges Mal oder auch rein zufällig, wenn Kaliumzyanid sogar »in der Fotografie, in der Galvanoplastik und beim Vergolden« verwendet wird, worauf die gerichtsmedizinische Literatur hinweist. Genauso, wie sich vielen die Gelegenheit geboten haben konnte, das Döschen mit dem Taler in die Hände zu bekommen, für jenen kurzen Augenblick, ja, für Sekunden, die für die Durchführung der geheimen Operation ausreichten.

Dies bedeutete, daß man keine Gruppe der verdächtigen Personen zusammenstellen konnte – zumindest jetzt noch nicht, nicht bei dem mir vorliegenden Erkenntnisstand –, aufgrund der sich jedem einzelnen darbietenden Möglichkeiten für die Durchführung des Verbrechens, wenn man es denn als solches bezeichnen mußte. Gewiß, wer dem Verstorbenen – einerlei, ob man ihn nun als Ermordeten oder als Opfer bezeichnete – am nächsten stand, hätte größere Möglichkeiten dazu gehabt; das betraf in erster Linie die Frauen, sofern man an die ihm nachgesagte unverbesserliche Neigung zu ihnen glaubte, die er unter einer ausgeglichenen Oberfläche verbarg: also Lauretta, die, wie alle wußten, ein Verhältnis mit ihm hatte, obwohl sie weiterhin mit ihrem Mann, Giomaria Gomez, zusammenlebte; und seine mir unbekannte frühere Frau, die nach der Scheidung wieder in Valerios Haus nach C. zurückgekehrt war und, wie es schien, noch immer mit ihm zusammenlebte, wenn er dort hinkam – eine sonderbare Geschichte, über die ich schon seit längerem Bemerkungen machen hörte.

Aber daß Lauretta Oppo jemanden, und ausgerechnet ihn, vergiften könnte, schien mir vollkommen unvorstellbar: und aus welchem Grund auch? Über seine frühere Frau wußte ich nicht das geringste: trotzdem schien es mir übertrieben, die Verdachtsmomente auf sie zu konzentrieren. Freilich, die Geschichte war sonderbar: ihr mußte nachgegangen werden. Dann war da Martinez, Präsident der abgegliederten Sektion des Appellationsgerichts, des Hospitals, wie François es nannte, in dem Valerio Garau einer der obersten Richter war, Consigliere. Natürlich konnte Martinez ihm wegen Lauretta nicht auch noch dankbar sein, doch das zeigte er nicht. Aber ich konnte mir beim besten Willen nicht vorstellen, wie er, so mager und introvertiert, so liebenswürdig, die Kapseln mit dem Zyankali präparierte – der Präsident Martinez, der Baron Martinez: anerkannt als hervorragender Jurist, alter cagliaritanischer Adel, das Beste vom Besten auf der gesamten Insel. Trotzdem: auch dem mußte nachgegangen werden.

Wahrscheinlich auch nicht mehr als anderem, das auf uns allen lastete, uns, den Insassen der beiden sogenannten Justizpaläste, und nicht allein das: Verknüpfungen, wer weiß, von Wünschen, Sympathien, Abneigungen und Hintergedanken, hier und anderswo, mir vollkommen unbekannt, aber lebendig und wer weiß von welchen Leben belebt, in dieser Stadt jenseits des Meeres, von dem ich gerade erst an Land gegangen war, dieser Stadt, die nicht die meine war (wenn es überhaupt jemals eine gegeben hatte): und dazu bestimmt, sich noch auszuweiten, sich zu verändern und in Richterkanzleien zu landen, an Treffpunkten, in Wohnzimmern, von denen ich nicht einmal die geringste Vorstellung hatte; oder auch weiter weg, in der kleinen Stadt C., von der ich nur den Geschmack ihres Weins kannte, der mir vor noch nicht ganz einem Monat angeboten worden war, an einem verschneiten Vormittag.

Ich wußte nicht einmal, ob Valerio Garau bei seinem Tod ein Testament hinterlassen hatte: nur, daß die rechtmäßige Erbin seine einzige Nichte war, von Geburt an geisteskrank, Tochter seiner frühverstorbenen Schwester und davor schon Halbwaise durch den Tod ihres Vaters. Jetzt schien es mir so, daß unter denen, die ich kannte und die ihn kannten, jeder in gleichem Maß dem Verdacht ausgesetzt war, ihm das Gift verabreicht zu haben. Und viele andere, Männer wie Frauen, die ihn kannten, kannte ich natürlich nicht. Der Sache also nachgehen? Natürlich, was sonst?

Aber Lust hatte ich dazu nicht. Ich fühlte mich eher gehemmt als neugierig, und, um genau zu sein: kein bißchen neugierig. Auch nicht auf den wichtigsten Gegenstand der Ermittlung, die mir übertragen worden war: auf die unbekannte Identität dessen, der Valerios Tod verursacht hatte. Die Tauben gurrten noch immer. Plötzlich sah ich sie im Flug herankommen: unten, aus dem Garten des Gefängnisses, hatte ihnen ein Kind ein paar Körner hingeworfen. Der Wachposten auf der äußeren Umfassungsmauer war stehengeblieben und beobachtete: aber über die Mauer hinweg, in Richtung Straße. Ich wandte mich ab und rief Giancarlo Manai an, die Drossel, um ihm ein paar meiner Überlegungen mitzuteilen.

Ich fand ihn einigermaßen unzugänglich. Er sagte mir, daß er gerade im Begriff sei, wegzugehen, ins Hospital (das wirkliche, nicht das Gericht), um ein paar Verwundete zu befragen; er werde sich am Nachmittag mit mir in Verbindung setzen, ich solle ruhig zu Routineermittlungen übergehen. Also nahm ich die Aussagen von Augenzeugen des Geschehens alleine auf, außer der von Frau Oppo Martinez, der ich es ersparen wollte, in diese Gruppe einbezogen zu werden, und mit der ich ein Sondertreffen vereinbaren wollte. Befragt wurden: der taubstumme Barmann, Nino, François' Namensvetter; der Rechtsanwalt (Suelzu) und sein Mandant, ein kleiner Möchtegernunternehmer, den jemand dazu aufgefordert hatte, Konkurs anzumelden; der Gerichtsdiener Càmbule (Vorname: Erasmo) und der Carabiniere, kaum mehr als ein Junge, rotbehaart, vom Kontinent, wie ich: allerdings von einem anderen Kontinent, stelle ich mir vor. Routine, wie gesagt: außer der Schwierigkeit mit dem Taubstummen bei der Untersuchung, dem ich, wie es die Zivilprozeßordnung vorsieht, die Fragen aufschreiben wollte, auf die er ebenfalls schriftlich antworten sollte; statt dessen bemühte er sich, sie, nachdem er die Worte von meinen Lippen abgelesen hatte, auf seine Weise zu beantworten, mit schwerfälligen, schlecht artikulierten Lauten: jedenfalls dauerte es ziemlich lange.

Nichts, was nicht schon bekannt gewesen wäre. Der Consigliere Garau erschien nicht anders als sonst auch, ja sogar gutgelaunt (Nino legte spontan Wert auf die Feststellung, er sei »ein wirklicher Herr« gewesen, wie er mit gurgelnden Lauten hervorbrachte): er alberte mit der Frau Doktor herum. Es passierte, während er den Kaffee trank: der Zeuge hatte nicht bemerkt, ob der Gerichtsrat eine farbige Kapsel eingenommen hatte oder eine Pille; er sah, wie ihm das Silberdöschen aus der Hand fiel (hören konnte er es nicht, das Metall auf dem Marmorfußboden, aufgrund der Taubheit), wie er sich auf dem Fußboden krümmte, unter Stöhnen, wie von anderen berichtet wurde. Nein, ganz sicher hatte der Consigliere kein Wort mehr gesagt, als das Unwohlsein anfing, das innerhalb so kurzer Zeit zu seinem Tod führte. Die Dottoressa? Sie weinte. Und vorher, was sagten sie da? Sie alberten herum, wie gesagt. Der Consigliere hatte sich ein paar Monate vorher für kurze Zeit einen Schnauzbart wachsen lassen (er trug ihn, erinnerte ich mich, als ich ihn bei meiner Ankunft kennenlernte; aber nach Weihnachten nicht mehr): sie kamen darauf zu sprechen. Der Barmann las die Worte automatisch von den Lippen ab, und ihm entging kein einziges, das wußte man. Ja, das Döschen hatte er aufgehoben, kurz nachdem der Consigliere mit dem Krankenwagen bereits abtransportiert worden war: er hatte mit großer Sorgfalt auch die Kapseln und Pillen zusammengesucht, er erinnerte sich sogar welche und wie sie aussahen; danach hatte er alles pflichtgemäß dem Commendatore François übergeben, Präsident des Gerichts; die kleine weiße Tablette hatte er allerdings nicht gesehen, er verneinte sogar (hartnäckig), daß sie gleich nach dem Unglück auf dem Boden gefunden werden konnte. Er war es auch, der die Mokkatasse mit dem Kaffeerest auf die Seite getan hatte: er hatte sie absichtlich nicht gespült, wie er stolz beharrend sagte.

Ich hatte den Eindruck, daß Rechtsanwalt Suelzu (der in Begleitung seines schon erwähnten Mandanten und, wie es schien, angeheirateten Verwandten aus der Gallura gekommen war), obschon provinziell oder vielleicht gerade deshalb, mit einer gewissen Neugier aus den Augenwinkeln zu dem Paar hinübergesehen hatte, zum Consigliere und zur Arbeitsrichterin: wie alle, oder doch viele, auf dem laufenden über die Art ihrer Beziehung. Vielleicht hatte er sogar gehorcht: er berichtete über den scherzhaften

Zwist wegen des Schnauzbarts, der Consigliere habe sich mit galanten Worten dafür entschuldigt – seine letzten Worte –, die Dottoressa habe nur wenig Bewunderung aufgebracht (»Du hast ausgesehen wie ein Schweizer Gardist«). Danach nichts weiter: die Übelkeit – die spasmodischen Atemzüge, Konvulsionen, Geruch von Bittermandel – und der Transport in den Aufenthaltsraum der Rechtsanwälte, auf das beige, aus dem neunzehnten Jahrhundert stammende Sofa mit durchgesessener Federung, Reliquie vergangener Einrichtungen des Palasts. Er hatte den Gerichtsrat keine Kapsel einnehmen sehen; er schloß aus, daß Garau danach noch etwas gesagt hatte. Dottoressa Oppo Martinez weinte und nannte ihn Ninni.

Ich schrieb mit der Hand, ohne Hilfe einer Sekretärin, und bemühte mich, so zu schreiben, daß man es auch lesen konnte: dabei versuchte ich, die Buchstaben zu vergrößern, aber sie werden bei mir immer klein, was mir von jeher einen Komplex bei meiner Arbeit verursacht hat. Auch die übrigen Untersuchungen liefen so ab, auf den gleichen, längst vorgezeichneten Bahnen: der alte Mandant mußte, dort in der Cafeteria, mehr mit seinen eigenen Problemen beschäftigt gewesen sein, und wenn er überhaupt etwas war, dann höchstens verwirrt wegen der Neuartigkeit der Situation und der Erfahrung. Kein weiteres Licht brachten Erasmo (Càmbule) und der Carabiniere *poil de carotte* in die Angelegenheit: ihre Aussagen betreffs der Ereignisse, denen sie beigewohnt hatten, waren gleichlautend mit den vorausgegangenen, wie man so sagt. Zu diesem Zeitpunkt fiel mir ein, daß ich vergessen hatte, den taubstummen Barmann über den bewußten Bittermandelgeruch zu befragen: aber ich wollte ihn nun nicht noch einmal rufen und ein weiteres Mal seine vergeblichen Sprechbemühungen über mich ergehen lassen. Außerdem war der Vormittag vorüber.

Ich sagte es ja schon, es war Karwoche: in der Erinnerung verquicken sich jene ersten Untersuchungen mit Prozessionen und liturgischen Trauerriten. Ununterbrochene Prozessionen, wie mir jetzt vorkommt: zu Mittag aß ich irgend etwas im üblichen Imbiß-Restaurant gegenüber dem Justizpalast, als die erste auftauchte, ich hörte Trommel und Pfeife, eine Bruderschaft zog vorüber, ein paar Männer, in Weiß gehüllt, Kutten oder Roben, was immer es auch war, unter denen ihre Hosen hervorschauten; und die Darstellung irgendeines der Schmerzensreichen Geheimnisse, die sie zu dieser merkwürdigen Stunde von einer Kirche zur anderen trugen: ich hörte für einen Augenblick auf, meine Zeitung zu lesen (die das erste Kommuniqué der Roten Brigaden abdruckte, das Foto von Moro vor dem aufgespannten Tuch), und sah von meinem Hocker aus seitlich zur Wand hinüber und drehte mich um, während der Kellner, nachdem er die Bierflasche geöffnet hatte, bei mir stehenblieb und mir Erklärungen gab.

Die Abendprozession dagegen hörte überhaupt nicht mehr auf, in der dunklen Luft blieb der Widerhall von Trauermärschen zurück, die verschiedene Blasmusikkapellen spielten. Das Echo wechselte sich im Lichtschein von Kerzen und Fackeln mit den Gebeten der Frauen ab, die in Reihen langsam vorwärtsgingen, mit Rosenkränzen. Ein paar von ihnen schleiften an der Hand ihre herumhüpfenden irdischen Engelchen mit – im weißen Kleidchen, mit

Flügeln aus Pappkarton und ein bißchen Straß. So kamen – wieder erklang das Unisono von Pauken und Bläsern, jetzt ganz nah – hoch über der Menge schwebend, wie von Rauchschwaden eingehüllt, die Statuengruppen der Geheimnisse näher, sieben, eine nach der anderen, von unerforschlicher Bedeutung (eben darum): gerade zu diesem Zeitpunkt explodierte, zu früh, ein Knallfrosch, man hörte das Geräusch rennender Füße, unterbrochen von Rufen. Währenddessen nahm ich in meinem Büro die Aussage von Lauretta Oppo auf.

Sie hatte mich angerufen, von zu Hause, nachdem ich sie im Amtsgericht gesucht hatte. Sie mußte benachrichtigt worden sein. Die alten gußeisernen Heizkörper – im allgemeinen inadäquat und schlecht funktionierend – waren inzwischen abgestellt: im großen Raum war es kalt. Vierzig geworden im September: so stand es auf dem Formblatt, in meiner Handschrift, erste Zeile des Protokolls. Sah man es ihr an? Die Schönste einer Generation – ein solches Renommee ist stets übertrieben, wie man weiß: man sah es ihr an. Sicher, immer noch schön. Sehr blaß, die Gesichtszüge noch gezeichnet von dem Todesfall, dessen Zeugin sie gewesen war: als wäre dieses Ereignis, das ja nicht das ihre war, irgendwie auf sie übergegangen, auch physisch. Jetzt saß sie mir gegenüber, an dem langen Tisch, in dem unbequemen Sessel mit der geschnitzten Rückenlehne. Mit ihrer natürlichen Freundlichkeit, die mich schon bei unserer ersten Begegnung vor einigen Monaten beeindruckt hatte: und sogar jetzt noch hatte sie sie sich bewahrt, trotz all der Mühe, mit der sie die Worte aus einem Schacht der Erschöpfung hervorholte, die nie wieder heilbar schien. Und sie hüllte sich fester in ihren Regenmantel, einen sonderbar farbigen Regenmantel, in diesem fahlen Licht: wegen der Kälte. Das Knie der Basketballspielerin, die sie einst gewesen war, kam bei den übereinandergeschlagenen Beinen darunter hervor, verhüllt von allzu dicken Nylons.

Ich hatte mich entschlossen, die Untersuchung an diesem Abend nur auf die Ereignisse des Freitags zu beschränken. Ja, sie hatte ihn die blaurote Kapsel schlucken sehen, die er aus der Pillendose nahm, eines von den vielen Medikamenten, die er wieder schluckte (»Das war bei ihm schon eine Manie«), während sie am Tresen warteten, der Kaffee kam später, und er hatte gerade noch Zeit, einen Schluck zu trinken. Wie seine Stimmung war? Gut, normal. Sie blickte auf und sah mich an: »Wenn überhaupt etwas sicher ist, das kannst du mir glauben, dann die Tatsache, daß Valerio sich nicht umgebracht hat.«

Ich war es, der die Geschichte mit dem Schnauzbart zur Sprache bringen mußte: und sie lächelte, ganz gegen ihren Willen; vor allem, weil sie sich genierte, wie mir schien. Er hatte ihn sich wachsen lassen während einer Grippe, die ihn ans Haus fesselte, vor Weihnachten, und es hatte ihm Spaß gemacht, ihn für eine Weile zu tragen. Außerdem war es nicht das erste Mal. Und jetzt drohte er im Scherz, ihn sich wieder wachsen zu lassen. »Mir gefiel er nicht«, gab sie dann zu, und ihre Stimme wurde leise, nachdem ihr leuchtendes Lächeln längst verschwunden war. Ja, es war passiert, während sie noch so miteinander herumalberten und sich die bewußten Worte sagten (die sie mir nicht berichtete: »Du hast ausgesehen wie ein Schweizer Gardist«, erinnerte ich mich im stillen). »Gab es noch weitere Kapseln dieser Art in der Pillendose?« Das hatte sie nicht bemerkt. »Ist das wichtig?« fragte sie dann ihrerseits. Ich wußte bereits, daß welche drin gewesen waren, oder zumindest, daß sie vom Fußboden aufgesammelt worden waren. War es sinnvoll, ihr diese weitere Information mitzuteilen? Ninni wurde er genannt, als er noch ein kleines Kind war: jetzt, während sie dies erklärte, wurde sie richtig rot. Den Geruch von Bittermandel hatte sie wahrgenommen.

Ich schrieb die letzte Zeile: gelesen, bestätigt und unterschrieben, und dann reichte ich ihr das Blatt hinüber, damit sie ihre Unterschrift daruntersetzen konnte. Es geschah, nachdem sie bereits aufgestanden war, aber ihren orangefarbenen Regenmantel noch nicht wieder zugegürtet hatte: sie reichte mir, von der anderen Seite des Tisches, die Schlüssel, indem sie die Hand öffnete, in der sie sie hielt. Fünf, für verschiedene Schlösser und unterschiedlich groß, durch keinen Ring zusammengehalten. »Sie sind von seiner Wohnung und von seinem Haus«, sagte sie, »Viale Caprera und Platamona. Möchtest du, daß wir dem Protokoll noch einen Zusatz anfügen?« schlug sie dann vor.

»Ist nicht weiter wichtig«, beharrte ich, während ich sie verabschiedete, »wir machen morgen weiter.« Ich sah mir die Schlüssel eine Weile an, als ich zum Tisch zurückgekommen war, nachdem ich sie zur Tür begleitet hatte (ihre Schritte hatten sich auf dem Korridor entfernt: sie trug Mokassins, die fast wie Männerschuhe aussahen). Dann trat ich, wie es mir inzwischen zur Gewohnheit geworden war, ans Fenster. Der Rundbau des Gefängnisses war vollkommen erleuchtet und still, wie ein Schiff in der Nacht: nur eben gestreift von dem, was draußen vom Montag der Karwoche gerade zu Ende gegangen war, Prozession und Musik, und von allen übrigen Dingen des Lebens.

3.

21. März 1978, am Tag

Ich war noch einmal an dieses Fenster getreten, morgens, Dienstag. Nach nicht einmal einer Stunde am Schreibtisch: gerade soviel Zeit, wie ausreichte, um die Papiere noch einmal durchzulesen – die bisher erstellten Berichte – und ein langes Telefongespräch mit Vinci zu führen, dem Gerichtsmediziner. Es gab keine Zweifel, bestätigte er nach der quantitativen Analyse in seiner campidanischen Dialektfärbung, die herauszuhören ich gelernt hatte: Zyankali in beachtlichen Mengen. Natürlich war das keine Überraschung. Einen Irrtum bei der Herstellung des Medikaments hielt er für äußerst unwahrscheinlich. Ich hatte ihm jedenfalls erzählt, daß eine Untersuchung auch in dieser Richtung angeordnet worden war, und zwar schon am Samstag nachmittag. Und danach rief ich Manai an, die Drossel: aber er war nicht da, ausgeflogen irgendwohin, an diesem Vormittag des nur vom Kalender verordneten Frühlingsanfangs.

Ziemlich kalenderverordnet: das Wetter war unbeständig, seine Farbe glich dem des Rundbaus vor meinen Augen. Dem Rundbau dieses Provinzgefängnisses, das den Mörder von Valerio Garau erwartete. Den Mörder, auch wenn dieses Wort jetzt sonderbar, übertrieben klingen könnte. Er würde dort eingesperrt werden in eine der Zellen, die ich niemals gesehen hatte und mir nur vorstellen konnte, hinter den vielen, völlig gleich aussehenden Gitterstäben. Da hätten wir ihn eingesperrt, wir, also auch ich. Wenn... (wenn wir herausgefunden hätten, wer er war). Aber dieses »wenn« schien mir unüberwindlich, der hypothetische Satz drückte hochgradige Unwahrscheinlichkeit aus. Mir kam es vor, als wäre die Ermittlung an diesem Punkt eigentlich abgeschlossen und jede weitere Initiative, zu der ich mich, entsprechend der mir übertragenen Aufgabe, aufraffen mußte, nur noch bürokratische Pflichterfüllung.

Valerio Garau war mir in der kurzen Zeit, die ich ihn kannte, sympathisch vorgekommen, mit seiner zerstreuten Freundlichkeit, seiner Gabe, anderen Menschen das Gefühl zu geben, sich wohl zu fühlen, auch wenn er selbst immer woanders war, beschützt von den gleichen zivilisierten Umgangsformen, deren er sich bediente – Substanz, so schien es, nicht nur Hülse seines Lebens: die aufrichtige, gewinnende Sprache seiner braunen, langbewimperten Augen. Aber ich hatte keinerlei Interesse, irgend jemanden in dem alten Gebäude gegenüber einzulochen – San Sebastiano wurde es meines Wissens genannt –, hinter eines dieser Gitter zu bringen. Trotzdem, da ich meinen Teil, mehr oder weniger, dazu beitragen würde und nicht die Absicht hatte, mich aus der Affäre zu ziehen – wer? Wenn doch nur jemand auf irgendeine Art sagen würde, wer.

In diesem Augenblick läutete das Telefon. Es war François: »Was weißt du darüber?« fragte er. »Die Polizei hat alles durchsucht, Valerios Büro und seine Wohnung und schließlich sogar noch sein kleines Landhaus in Platamona. Hast du das angeordnet, oder haben sie dich wenigstens vorher informiert?« Er ließ seinen Ärger an mir aus. »Ich habe dir doch gesagt: laß dich nicht in die Enge treiben.« »Was heißt durchsucht?« fragte ich. Natürlich handelte es sich nicht um eine formale Durchsuchung: »Immerhin haben sie ihre Nase in die Sache gesteckt, wie es ihnen paßte. Im Appellationsgericht, auf Weisung von Martinez: hätte ich ihm das etwa verbieten können, bei seiner Position?« Sein Ton wurde etwas versöhnlicher: »Na, sieh mal zu. Pupo Manai ist ein tüchtiger Kerl, aber Rückgrat hat er nie besessen, ganz abgesehen davon, daß er als Richter hier drinnen völlig in seiner Arbeit aufgeht und sich in jedes Schlamassel verbeißt, das ihm unterkommt. Du weißt ja, wie das ist, wenn ein Vorgesetzter fehlt: auf der Etage über uns will Monsignore, Pani, nur in Ruhe gelassen werden. Währenddessen rufen sie mich von morgens bis abends aus Cagliari an: die Angelegenheit ist heikel, nimm sie einfach in die Hand, ohne Rücksicht auf Verluste. Hast du Lauretta Oppo schon zu dir bestellt?«

Er schien enttäuscht zu sein, als ich ihm Bericht erstattete. »Meines Erachtens ist es nicht ohne Bedeutung, daß sie mit Valerio ins Bett ging«, unterbrach er mich. »Ich verstehe ja, daß es peinlich ist, aber allein deshalb der Geschichte nicht nachgehen? Ich fürchte, du mußt auch Giomaria verhören, Martinez. Außerdem hat er es ja immer schon gewußt. Aber was soll's, schließlich muß ich dir ja nicht beibringen, daß das der Beruf ist, für den wir bezahlt werden.« Unterdessen hatte ich die Schublade vor mir geöffnet und spielte mit den fünf Schlüsseln herum, von denen ich ihm nichts erzählt hatte. Dann blätterte ich in der Zeitung. »Ich verstehe ja, daß es nicht einfach ist, wem sagst du das«, redete er weiter ins Telefon, »man muß ein großes Netz auswerfen, jede Windrichtung verfolgen und auch durch Klatschgeschichten hindurchsegeln«: stolz auf seine nautische Metapher. »Was überflüssig ist, weiß man erst hinterher. Du hast dich nicht mehr blicken lassen«, sagte er zum Schluß, »zu einer Plauderei.«

So verbrachte ich den Tag damit, Schauplätze in Augenschein zu nehmen, was ich nicht vorgesehen hatte. Zuerst das Büro, im Appellationsgericht. Auf der breiten, steilen, im Halbdunkel liegenden Treppe des alten Hospitals, die ich gemeinsam mit Maresciallo Masu von der Kriminalpolizei hochstieg, holte mich schließlich, außer Atem, Giancarlo ein, noch im Tennishemd unter dem Hahnentritt-Jackett. Er sagte, man habe ihn angerufen, während er im Gefängnis war. Danach hielt er sich abseits, sogar ziemlich auffällig, während wir unserer Arbeit nachgingen. Welcher Arbeit? Maresciallo Masu dagegen – ein großer Junge, farblos und gewissenhaft, vielleicht sogar ein bißchen zu witzig bei dieser ersten Annäherung – schien hier zu Hause zu sein, weil er, wie sich sofort herausstellte, an der Untersuchung am Vortag teilgenommen hatte. Wir brachen die Versiegelungen an der niedrigen Tür auf, die, zusammen mit denen von zwei weiteren Gerichtsratskanzleien, auf den engen Korridor hinausführte. Sie befand sich in einer Mauer von außergewöhnlicher Dicke, die man eher in einem Kloster als einem Hospital vermutet hätte. Ein paar Klebebandstreifen, mit Steuermarken und Unterschriften versehen, versiegelten auch das Türschloß. Die Schlüssel dazu hatte er, der Unteroffizier, er zog sie aus einer verschlissenen schwarzen Ledertasche.

Das Innere lag im Halbdunkel, die Fensterläden

mußten sofort geöffnet werden, nirgends eine Spur der bereits durchgeführten Untersuchung: nur die von etwas Leben, von dem Leben eines anderen, das sich hier, über Jahre hinweg, abgespielt hatte; es lag noch in der Luft und schloß mich endgültig aus – einfach ausgelöscht, ganz plötzlich, und voller Pläne für den folgenden Tag, den es nicht gab. Zufällig zusammengetragenes Mobiliar, wahrscheinlich aus den Gästezimmern der Krankenschwestern von damals oder aus einem sardisch-piemontesischen Justizpalast, mit einem Hauch vergangener Vornehmheit, neunzehntes Jahrhundert; in den Schrank hatte man nach der Begräbnisfeier die Robe (schwarz mit goldenen Quasten) wieder zurückgehängt; auf dem Schreibtisch – mit plastikbeschichteter Platte, erst kürzlich hier aufgestellt, restauriert – lag noch ein roter Kugelschreiber, dessen Kappe wer weiß wann verlorengegangen war, und ein verstaubter Ordner mit Steuermarkenpapier. Giancarlo blätterte gedankenverloren in ihm herum (Zivil-Angelegenheiten) und las laut die Namen der gegnerischen Parteien.

»Seine Schwester«, unterbrach er sich, um mir die Erklärung zu geben: auf dem Schreibtisch stand eine Fotografie, die ich betrachtete, sie war die einzige im ganzen Zimmer, in einem sonderbaren Rahmen aus Silber und Korallen. Das Gesicht einer blonden Frau (fünfundzwanzig, dreißig Jahre?), eher sympathisch als schön: hart, heiter. Es lächelte von der dem Kanzleisessel gegenüberliegenden Seite herüber, in dem ich jetzt auf dem unbequemen Lederkissen saß, die abgegriffene Akte in der Hand: das übliche, kaum benutzte Löschpapier, ein großes, abgerissenes Blatt (wer benützt denn noch Tinte?); eine Aufstellung von

Verhandlungsterminen im Gericht, in chronologischer Reihenfolge aufgeschrieben in der Handschrift, die ich inzwischen kannte, klein, ein bißchen in der Art wie meine eigene; ein Zustellungsbericht, unentzifferbar wie alle, aus wer weiß was für einem Prozeß; zwei Einzahlungsquittungen über die Stromrechnung und eine Rechnung aus einem Restaurant: aus dem Vorjahr, zwei Personen. »Hinten auf der Fotografie steht etwas geschrieben«, sagte der Maresciallo dann, beinahe zögernd.

Er nahm sie aus dem häßlichen Rahmen heraus und zeigte sie uns. Ich las auf der Rückseite des Bilds, auch Giancarlo war näher gekommen:

Forgot the profit and loss

und weiter unten:

A current under sea
Picked his bones in whispers. As he rose and fell
He passed the stages of his age and youth
Entering the whirlpool

mit Bleistift geschrieben, von derselben Hand, aber noch kleiner. »Valerio schrieb Gedichte«, sagte die Drossel, reckte ihren braunen Hals vor und versuchte zu übersetzen. »Aber das ist nicht von ihm«, unterbrach ich nach einer Weile seine Anstrengungen und gab ihm die Fotografie: »Es sind Verse aus einem der berühmtesten Gedichte unseres Jahrhunderts: Eliot.« Da kam mir der Maresciallo zuvor und las aus einem Notizbuch, das er aus der Tasche gezogen hatte: »Vergaß Gewinn und Verlust. Eine Tiefsee-Strömung pickte seine Knochen murmelnd. Wie er stieg und sank durchlief er die Stufen von Alter und Jugend und trieb in den Wirbel.«

»Oh, ja, schön, ich erinnere mich.« Die Drossel buchstabierte noch bis zu Ende, im englischen Original: »Es wird auch verständlich, warum jemand wie Valerio es hier aufgeschrieben hat. Die Schwester, Biba – Anna Maria – ist im Meer ertrunken.« Selbstmord, erklärte er etwas zögernd, in einem anderen Tonfall: vor Jahren; sie sprang vom Schiff, während einer nächtlichen Überfahrt. »Sie hingen sehr aneinander: sie hatte ihn sozusagen großgezogen, nachdem sie zu Beginn des Kriegs Waisen geworden waren.« »Dann ist der ›er‹ also als ›sie‹ zu verstehen, sie trieb in den Wirbel oder genauer noch: beim Eintreten in den Wirbel, *entering the whirlpool*«, bemerkte ich. Doch das Zitat auf der Rückseite der lächelnden jungen Frau von wer weiß vor wie vielen Jahren rief ein Unbehagen in mir hervor. Es erschien mir schamlos oder irgendwie gemein. Und schamlos war auch, daß wir da herumstanden und es lasen.

Giancarlo schien mich aber nicht gehört zu haben: »Biba war außergewöhnlich, wirklich außergewöhnlich. Weißt du noch, was man damals als Prinzessin der Jugend bezeichnete?« Er war emphatisch, was bei ihm häufiger vorkam: »Ich war wesentlich jünger, aber ich erinnere mich sehr gut an sie: wer hätte je gedacht, daß sie so enden würde. Sie nahm an Autorennen teil, Rallyes und Meisterschaften, was damals für eine Frau ungewöhnlich war, und sie gewann. Nein, schön war sie eigentlich nicht.« »Warum der Selbstmord?« fragte ich. »Geld, ein finanzieller Zusammenbruch.« Er hatte eine Zeitung gefunden, auf einem Stuhl, die *Unità*, ausgerechnet vom 17. März, mit der Riesenschlagzeile auf der ersten Seite über den Fall Moro: neu, nicht einmal aufgeschlagen, liegengelassen von dem, der sie gekauft hatte und zur Cafeteria im anderen Palazzo gegangen war, zu seinem letzten Kaffee: das machte die Zeitung deutlich.

»Valerio war kommunistisch angehaucht«, sagte Giancarlo dann, mit der Nase in der Zeitung, als er die Seiten umblätterte, »ein bißchen maoistisch.« Der Maresciallo hatte das Foto in den Rahmen zurückgesteckt und wartete auf Anweisungen. Wieder hatte ich das Gefühl, diesmal viel stärker, daß wir hier den Versuch unternahmen, das Meer mit einem Löffel auszuschöpfen – wie immer, wenn man Erkenntnis sucht, abgesehen davon, daß diese Suche hier mit mir überhaupt nichts zu tun hatte: es war nicht mein Beruf. Ich begann, eine Schublade im Schreibtisch zu öffnen, ich fühlte mich nicht wohl in meiner Haut: die Anwesenheit dieser beiden, des Maresciallo und Manai, legte mir ein weiteres Hindernis in den Weg. Möglicherweise fand sich da drinnen oder zwischen den Seiten eines der in den Regalen aufgehäuften Bücher das, was man Beweis nennt, möglicherweise der einzige: der Schlüssel zum Verständnis dessen, was vorgefallen war. Aber die Vorstellung von den unzähligen oder beinahe unzähligen Orten auf dieser Welt, wo man den Beweis finden könnte, erschreckte mich: soweit mir bekannt war, hatte Valerio im letzten Sommer seinen Urlaub in China verbracht. Vielleicht lag der Beweis dort. »Masu, haben Sie schon überall nachgesehen?« fragte ich.

Er bejahte, und Giancarlo war darüber sichtlich erleichtert. So bereiteten wir weitere Klebestreifen vor, mit unseren Unterschriften, weiteren Siegeln, und verschlossen erneut die Fensterläden und die Tür. Während wir wieder durch denselben Flügel des Palazzos gingen, Treppen und Treppchen hinunterstiegen, ein wahres Labyrinth aus krummen Korridoren mit abgenutzten Ziegelfußböden, die von Oberlichtern erhellt wurden, fragte mich die Drossel, ob ich etwas dagegen hätte, wenn ich nachmittags ohne ihn weitermachen würde: er habe bereits Zeugen zu sich bestellt, die Erkrankung des Chefs (Pani) brachte mehr Arbeit für sie alle mit sich. Wir gingen hinunter, und er fuhr dabei mit seinem Kommentar zur Affäre Moro fort: pessimistisch.

Als wir aus dem großen Portal herausgetreten waren, brachte ich ihn, während wir uns verabschiedeten, noch einmal auf das zurück, was uns beruflich verband: »Wie ist es, Giancarlo, hast du eine Vermutung?« Ich gestand ihm, daß ich nicht wüßte, wo ich anfangen sollte. Er antwortete nur, er sei verblüfft und ratlos, sein Gesicht wurde auf der Stelle ernst, ja finster und zeigte einen leicht abwesenden Ausdruck: Pupo, das Kind, so wurde er genannt. Er wiederholte: »Verblüfft und ratlos«, als wäre ihm diese Erkenntnis nicht leichtgefallen und auch wieder nur zweifelhaft; dabei strich er gedankenverloren den kleinen Kaiman auf seinem Polohemd mit dem Finger glatt. Dann hakte er sich bei mir ein und führte mich ein paar Meter auf dem Bürgersteig weiter, damit der Maresciallo nicht zuhören konnte, und im gleichen Tonfall bat er mich, François nichts von seiner Abwesenheit am Nachmittag zu erzählen: »Belasten wir Nino möglichst nicht mit dieser Geschichte. Ist doch klüger, meinst du nicht?«

So fuhr ich alleine mit Maresciallo Masu zum Viale Caprera. Er hatte mich am Imbiß-Restaurant mit dem alten blauen Fiat 1100 abgeholt. Dienstwagen der Ermittlungsabteilung. Die Sägewerkstatt hatte nach einer Pause ihre Arbeit wieder aufgenommen. Ein großer, mit Bauholz vollgeladener Lastwagen versperrte den Portikus, und wir mußten die Männer um Erlaubnis fragen, die das Holz abluden. Oben war die Wohnung von Valerio Garau (ohne Namensschild) mit den üblichen Klebestreifen versiegelt. Der Maresciallo riß mit gründlicher Emsigkeit einen nach dem anderen herunter: dadurch wurde ich auf die Stille aufmerksam und dachte, daß jetzt keine Musik heraustönte.

Dann, nachdem ich mit den beiden Schlüsseln geöffnet, das Licht eingeschaltet und ein paar Schritte in den Flur gemacht hatte, erinnerte ich mich an alles vom vergangenen Mal, als ich hiergewesen war, vor noch nicht ganz einem Monat. Doch jetzt kam erneut dieses nicht zu unterdrückende Gefühl hinzu, ins Leben eines anderen einzudringen: »Wo sollen wir anfangen, Masu?« fragte ich. Das Bett in dem mir unbekannten Zimmer – Masu war mir dorthin vorausgegangen – war kaum berührt: Bettlaken und Decken am Kopfkissen zurückgeschlagen, als wäre der, der hier geschlafen hatte, gerade aufgestanden und ins angrenzende Badezimmer gegangen; das hingegen wirkte weniger ordentlich, zeigte deutlicher Spuren von Benutzung: so hing noch ein gestreifter Bademantel über dem Rand der nicht gesäuberten Wanne.

»Öffnen wir die Fenster?« fragte Masu und tat es, nachdem ich ihm die Erlaubnis dazu gegeben hatte.

Sogleich hörte ich, daß er es auch in den anderen Zimmern tat. Das Bett war aus Messing, hoch, mit Pinienzapfen aus Kristall, die die vier Pfosten zierten. Am Fußende, links, fehlte einer. Aber was mich wirklich in Erstaunen versetzte, war ein fast wandgroßer Schaukasten mit Regalen, in dem, angeordnet wie in einem Museum, Grabungsfunde von ungewöhnlicher Schönheit ausgestellt waren: Nuraghen-Bronzen, kleine phönizische Statuen und Gefäße, Lampen und Kelche aus römischer Zeit, Halsketten aus verschiedenen Epochen (wie man mir später sagte: noch mit Überresten der Zeit – Erde, Asche, unauslöschlichen Rußspuren) hinter der sonnenbeschienenen Glasscheibe, die diese geheimen, verbotenen Gegenstände schützte, die für eine einzige Person bestimmt waren, die inzwischen so tot war wie diese Objekte.

Dann bemerkte ich den blauen Seemannspullover über einem Stuhl und die beiden seitlich in den Spiegelrahmen gesteckten Fotografien. Auf einer lächelte, in kurzem Tennisrock, die gleiche Frau, die ich in dem mit Korallen besetzten Rahmen im Büro gesehen hatte, Anna Maria Garau, Biba – nur war sie hier noch jünger; und neben ihr stand ein fünf oder sechs Jahre jüngerer Mann, ebenfalls lächelnd, ebenfalls in weißer Tenniskleidung, den Schläger in der Hand, und sah sie an. Nur mit Mühe erkannte ich Valerio, der damals dem Jugendalter gerade entwachsen war (also vor ungefähr dreißig Jahren): ausgesprochen hageres Profil, ganz glatte Haare mit Seitenscheitel, und ein Blick, wie ich ihn an ihm kannte, nur noch einnehmender, hochgezogene Augenbrauen, die ihm eine unschuldsvoll übertriebene Ambiguität verliehen: man wußte nicht recht, ob er

Bewunderung für die Frau neben sich und den Betrachter ausdrücken wollte oder Gefallen an sich selbst. In welcher Weise ähnelten sie sich?

Auf der anderen Fotografie aus noch früherer Zeit ein fast noch kindlicher Valerio im Frack, identifizierbar aufgrund der Gesichtszüge als der junge Tennisspieler; an der Hand hielt er ein kleines Mädchen, das höchstens sieben sein mochte und als Rotkäppchen verkleidet war. Sie standen auf einer Bühne und sangen gemeinsam, ihre Lippen waren angemalt. »Der Consigliere und Frau Doktor Martinez«, erklärte mir der Maresciallo, der inzwischen zurückgekommen war. Ich dachte mir: er bezieht sich auf Informationen, die er während der Inspektion am Tag zuvor aufgeschnappt hat. Am Rand der Fotografie erschienen, sobald das Licht darauf fiel, undeutliche Blüten, wie von Schimmel überzogen. »Sie traten bei Wohltätigkeitsveranstaltungen auf, gleich nach dem Krieg.« Ein leichter Luftzug bewegte sanft die Vorhänge an allen Fenstern: unten lag der Viale Caprera, mit den Baumkronen der Linden in zartestem Grün. Als ich hinausblickte, drang das Geräusch der elektrischen Säge aus dem Hof wie ein Summen herauf. Ob der Frühling wohl bald kam? »Habt ihr gute Arbeit geleistet gestern, Masu?« fragte ich.

Ich begnügte mich damit, eine quietschende Schranktür zu schließen und mir die Titel der auf dem Nachttisch neben dem Bett aufgestapelten Bücher anzusehen – alles mögliche, auch Comics – und zwei Schubladen aufzuziehen: Hemden und andere Wäschestücke. Auf diesem Nachttisch stand, auf silbernem Tablett, auch ein Trinkglas mit dem Rest eines weißlichen Getränks, ein paar Tropfen nur, und ein paar nicht aufgelösten Zuckerkrümeln auf dem Grund. »Kamillentee«, informierte mich der Maresciallo, der schon wieder dabei war, die Fensterläden zu verschließen, »Consigliere Garau trank jeden Abend Kamillentee.« Ich ging ihm ins Arbeitszimmer voraus: der blaue Glasteller mit den Orangen, anderen Orangen, stand an seinem Platz auf dem Sekretär, ein vergessener Schlüssel zwischen dem Obst; der Karton, der die Glasscheibe ersetzte, verschwand vor dem Dunkel des inzwischen geschlossenen Fensterladens. Ich dachte daran, daß ich ihm das entliehene juristische Fachbuch noch nicht wiedergebracht hatte: noch nicht? Der Plattenteller war leer. Aber ich bemerkte ein Band im Tonbandgerät. Ich schaltete es ein und drückte auf »Play«: sofort kam das Crescendo der Streicher und der Flöte, die den Auftritt Papagenos ankündigen, »von Kopf bis Fuß mit Federn bedeckt und mit seiner großen Vogelsteige«: »Der Vogelfänger bin ich ja, / Stets lustig, heisa, hopsassa!« »Ist das von Bedeutung?« trat Masu fragend näher. Er war einigermaßen besorgt. Ich begriff, daß sie am vorhergehenden Tag nicht darauf geachtet hatten.

»Ich glaube nicht.« Aber diese Musik (»heisa hopsassa!«) blieb mir noch lange im Ohr, während wir uns, nachdem die Siegel wieder angebracht waren, in dem alten Fiat, den Masu fuhr, nach Platamona begaben. In weniger als einer Viertelstunde kamen wir dort an. Ich war schon einmal dortgewesen: ein Vorort mit kleinen Ferienhäusern, im allgemeinen häßlich und etwas heruntergekommen, der zu Beginn der fünfziger Jahre auf einem Abschnitt der Golfküste entstanden ist, am Rand eines Pinienwalds. Wir fuhren am Strandbad Eden entlang, wie das große, beschädigte Schild besagte: die runde, aufs Meer hinausgehende Plattform mit sich ablösenden kleinen Steingutkacheln und die Reihen von Badekabinen, deren Verputz von der Zeit und der salzhaltigen Luft in Mitleidenschaft gezogen worden waren. In den Badesaisons längst vergangener Jahre war dieses Strandbad groß in Mode, sagte mir der Maresciallo, der vormittägliche und abendliche Treffpunkt der Jeunesse dorée von damals. Auch der von Valerio? dachte ich, auch der von dem, der das Zyankali in die Kapseln gefüllt hat, die Valerio schlucken mußte? (»Das war eine Manie bei ihm.«) Der Viale verlief jetzt zwischen Mimosensträuchern, die trotz allem schwer waren von der jungen Blüte. Wir überholten irgendeinen bebrillten Menschen (einen Alten, schien mir), der in knapp sitzender Badehose, trotz der schon niedrigen Sonne und des leichten Mistrals, einsam dahinjoggte.

Das Haus von Valerio Garau stand hinter den Dünen, in einer Art Senke, inmitten von anderen, unter hohen Eukalyptusbäumen verstreuten Häusern, wenig mehr als zehn Meter von der salzzerfressenen Asphaltstraße entfernt. Der Maresciallo hatte sich sofort eine Zigarette angezündet, was im Auto nicht erlaubt war, und erklärte mir, während wir den sandigen Weg hinuntergingen: »Der Gerichtsrat hatte den Anteil seiner Schwester gekauft, als bei ihr finanzielle Schwierigkeiten auftraten.« Von dort aus, zwischen den Bäumen stehend, konnte man das Meer nicht sehen, und es war schon fast Abend: er riß die Siegel an der Eingangstür herunter, in der für ihn typischen akkuraten Weise; andere verblieben an den

Fensterläden und an einer verschlossenen Tür des ersten Stockwerks, die auf eine Terrasse führte, wohin man über eine Außentreppe aus Granit gelangte. »Diese Treppe war zuerst in der Gallura, in einem Pferch, der seiner Frau gehörte, Donna Niki: Consigliere Garau hatte sie hierherbringen lassen, als sie noch miteinander verheiratet waren.« Erst zu diesem Zeitpunkt erzählte er mir, daß Valerio der Firmpate eines Bruders von ihm war: »Auch ich nannte ihn Pate, solange ich noch klein war.« Und dann, während er die Türschlösser aufschnappen ließ: »Mein Papa war Aufseher im Bezirksgefängnis von C.«

Nachdem wir eingetreten waren, nahm er, gleich links, einen Korb von der Wand, hinter dem die Hauptsicherung verborgen war, und schaltete sie ein: die Beleuchtung schien mir ziemlich schwach, es roch stark nach Feuchtigkeit, die Einrichtung bestand aus zusammengewürfelten Stücken, auch wenn einige von ihnen, das sah man, aus einer respektablen Vergangenheit stammten. Sie kontrastierten mit modernen Stücken, die es ebenfalls gab, von minderwertiger Qualität, bezogen mit häßlichem Kretonne. Ich mußte an die Schlüssel denken, die Lauretta zurückgegeben hatte, an ihre von zahlreichen Zufälligkeiten bestimmten Besuche in der kalten, nicht gerade freundlichen Atmosphäre dieses Hauses. Allerdings war das Bett im oberen Stockwerk (man hörte, aufgrund des eingeschalteten Stroms, die Pumpe Wasser ins Badezimmer pumpen) in Ordnung: es war niedrig, ein handgewebter sardischer Wandteppich schmückte das Kopfende. Unterdessen bereitete der Maresciallo, der begriffen hatte, daß unsere Inspektionen reine Formsache waren, bereits neue Siegel auf dem kleinen Tisch neben der Tür vor (es war die, die auf die Terrasse führte, ein Lichtschimmer fiel durch sie herein) und zog Streifen, Steuermarken und Klebstoff aus der Aktentasche, obwohl ich ihn gar nicht dazu aufgefordert hatte.

Bevor wir weggingen, wollten wir noch das Meer sehen, und kletterten auf den Rand der Dünen, die es vor uns verbargen. Die Wellen, langsam und trübe, kamen fast bis zur Höhe dieses ziemlich flachen Strandabschnitts herauf, dessen Bucht sich ausdehnte, soweit das Auge reichte. Sie ließen beim Abfließen Schaum zwischen dem Strandgut zurück, das mit dem zu Ende gegangenen Winter angespült worden war, verfaultes Holz, Plastiktüten, ein großer, wer weiß wann und wer weiß wo abgerissener Ast. In dieser Stille hörte man nur das rhythmische Schlagen der Wellen, und die Sonne, ein kleiner roter Ball am Meeressaum, war dabei, sich in ihm zu verlieren. Das Dach von Valerios verschlossenem Haus ohne Leben lag jetzt weit weg zwischen Eukalyptusbäumen, ein Stück von der Terrasse und der Granittreppe war gerade noch sichtbar. Aus einem anderen Haus in der Nähe, schwer zu erkennen, welches, stieg im dunklen Schatten der Bäume dünner Rauch auf. Ich erinnerte mich, »heisa hopsassa!«, an die *Zauberflöte*, an Papagenos Ritornell.

4.

21. März 1978, abends

Danach gelang es mir, dieses Motiv aus der *Zauberflöte* zu pfeifen, im Auto, während der Rückfahrt, als die Dämmerung einsetzte. Der Maresciallo hatte mich gefragt, nachdem er mehr Vertrauen zu mir gefaßt hatte, ob er sich eine Zigarette anzünden dürfe, und ihr Geruch verbreitete sich im verschlissenen Inneren des 1100er Dienstwagens; und während er fuhr, nahm er sich die Freiheit, mir seine Hypothesen über Schuld und Verantwortung in der Mordsache mitzuteilen. »Es kann sich nur um einen Irrtum gehandelt haben. Niemand hatte irgendein Interesse: erben wird ausschließlich die Tochter von Donna Biba, Marta, seine verwaiste Nichte, die in einem Heim für Behinderte lebt. Außerdem wollte dem Consigliere niemand übel, im Gegenteil, man hat ihn eher zu gerne gehabt.« »Wer?« fragte ich. »Alle«, sagte er lachend, »ich meine: alle Frauen, seine Gattin, Dottoressa Martinez, vielleicht auch noch andere. Aber glauben Sie ja nicht, daß es nur Frauen waren, der Consigliere war wirklich ein sehr netter Mensch, vielleicht sogar zu nett. Man braucht ja nur daran zu denken, wie er Donna Niki behandelte: er war von ihr geschieden, trotzdem hat er die Arme weiterhin in seinem Haus wohnen lassen und sich um sie gekümmert. Ein wirklicher, ein großer Herr, aber nicht nur ein Herr.«

»Was heißt: die Arme?« fragte ich. »Weil sie immer unglücklich war.« Er zündete sich eine weitere Zigarette an, ohne noch einmal um Erlaubnis zu fragen. »Bis zum Wahnsinn in Don Valerio verliebt. Sie wissen doch, was das heißen soll, wenn man sagt: bis zum Wahnsinn? Aber er seinerseits paßte nicht zu ihr, und wahrscheinlich hatte er auch schon vorher nie zu ihr gepaßt, und deshalb konnten sie nicht miteinander auskommen. Aber schließlich«, setzte er seinen Satz fort, »mit wem konnte Donna Niki je auskommen? Immer allein, nie wollte sie jemanden um sich haben, außer Don Valerio.« »Warum hat er sie dann geheiratet?« fragte ich. »Na ja«, er zögerte mit der Antwort, seine Hände lagen schlaff auf dem Lenkrad, »ich vermute, aus reiner Güte. Vielleicht hat sie ihm aber auch gefallen, als sie beide noch jung waren. Ich erinnere mich noch an sie: sie war ein kleines Etwas, sogar ganz hübsch, aber an ihr war zu wenig Frauliches. Sie spielte Geige. Ich weiß nicht, ob sie sie noch immer spielt. Ein paarmal habe ich sie getroffen, in C., sie verläßt das Haus immer mit einem kleinen Hund an der Leine.« »Könnte sie ihn nicht getötet haben?« fragte ich. »Jeder von uns könnte ihn getötet haben, jeder einzelne; auch Sie, Dottore, oder etwa nicht?« sagte er kichernd, übertrieben vertraulich. »Nach der Scheidung, gar nicht so lange danach, ist Donna Niki nach Hause zurückgekehrt, und er hat sie wieder aufgenommen. Daran sieht man, daß sie es ohne ihn nicht aushalten konnte. Er hat sie zusammen mit dem Hund wieder aufgenommen. Ob sie ihn letztlich getötet hat? Alles ist möglich, aber ich glaube nicht daran, immerhin habe ich beide ein bißchen gekannt.«

»Ein tragischer Irrtum. Glauben Sie mir, er ist aufgrund eines tragischen Irrtums gestorben«, beharrte er, während wir, bereits wieder in der Stadt, langsam in einer langen Schlange den Viale Umberto hinauffuhren, an der Stadtmauer entlang, Meter um Meter, bis zu den Pausen an den Ampeln; endlich fuhren wir unter dem Torbogen von San Pietro hindurch und vorbei an alten, stillen Palazzi. Vor einem von diesen verlangsamte er die Fahrt, an einer kleinen, im sinkenden Abend fast schon dunkel daliegenden Piazzetta fuhr er an den Bürgersteig heran: »Der gehörte ihnen, dort sind sie aufgewachsen, bei ihrem Vater, Don Mirco, Präsident der Provinzialverwaltung über viele Jahre, zur Zeit des Faschismus. Später hat der Consigliere hier mit seiner Frau gewohnt, im obersten Stockwerk, als sie verheiratet waren. Wahrscheinlich, wenn sie Kinder gehabt hätten ...« sagte er in einem unüberhörbaren Ton des Bedauerns.

Ich wußte, daß in diesem Gebäude jetzt der Club seinen Sitz hatte. »Zuerst zur Miete«, fuhr er mit seiner Erklärung fort, »und dann auch nur die Beletage – nach dem Tod von Don Mirco und Donna Iole. Es gibt prächtige Salons da oben, als Kind, wissen Sie, bin ich oft hiergewesen.« Dann, als Bibas finanzielle Schwierigkeiten begannen, hatten sie verkaufen müssen. Valerio behielt lediglich die Wohnung im obersten Stockwerk, die ihm überschrieben worden war, auch den Teil, der einmal seiner Schwester gehört hatte; allerdings hatte er sie an den Club vermietet, der dort Billardtische aufgestellt hatte. »Dann kam die Scheidung oder doch immerhin die Trennung, ich weiß nicht genau. Don Valerio hat alles getan, um ihr, Donna Biba, zu helfen. Ich hab' Ihnen ja schon gesagt, er war von einer Güte, die man so schnell nicht wiederfindet.«

Weiter vorne mußten wir halten, in einer unendlich langen Schlange, wegen der Prozession, die durch den Corso zog. Wir konnten sie nicht sehen, zu uns drangen lediglich hin und wieder die Klänge eines Trauermarsches von der Blaskapelle herüber. Währenddessen fuhr Masu fort, die Eigenschaften des Verstorbenen aufzuzählen: »Er hatte alles.« Der beste Richter von Sardinien. »Das sagt man zwar Martinez nach, aber für mich stand Don Valerio über ihm.« Ein Mann von Kultur, Schriftsteller. »Wissen Sie, daß er im vergangenen Jahr die Kandidatur als Abgeordneter der Kommunistischen Partei abgelehnt hat? Wer weiß, hätte er angenommen, wäre er vielleicht noch am Leben, in Rom.« Endlich war es uns gelungen, aus der Schlange auszuscheren. Wir fuhren um das große Viereck der Piazza d'Italia. »Er war nur ein paar Jahre älter als mein Bruder Maurilio«, sagte Masu abschließend, »ich erinnere mich, daß er am Tag der Firmung, als er meinen Bruder als Firmpaten begleitete, noch eine Kniebundhose trug.«

Er setzte mich am Justizpalast ab, vor den hohen Granitsäulen, die, da sie nichts trugen oder stützten, die im Faschistenstil erbaute Fassade erdrückten: düster und kalt waren sie jetzt, ausgerechnet dort waren die Neonlampen der Straße defekt und schimmerten nur schwach bläulich, unterbrochen von einem Zirpen, ungefähr wie bei Insekten. So bemerkte ich – wendischer März! – wieder die ersten Regentropfen. Doch jenes Motiv aus der *Zauberflöte* (»heisa hopsassa!«), das mir immer wieder in den Sinn kam, verflüchtigte sich, als ich auf dem Schreibtisch in meinem Büro, wo ich ihn liegengelassen hatte, den Aktenordner (inzwischen Strafsache gegen Unbekannt) nicht mehr vorfand, in dem ich die Protokolle über die Inspektionen am Vor- und Nachmittag ablegen wollte. Vergebens suchte ich in den Schubladen, dann im Schrank. Schließlich ging ich hinaus, um mich nach dem Grund zu erkundigen. »Der Präsident hat ihn haben wollen«, sagte mir einer der Kanzleiangestellten, der um diese Stunde inmitten der verlassenen Büros viele Türen weiter noch übriggeblieben war. Er hob den Kopf von der Schreibmaschine, deren Klappern mir den Weg gewiesen hatte. »Er sucht Sie im übrigen.«

François hatte keinerlei Recht, diese Dokumente zu lesen, da sie dem Ermittlungsgeheimnis unterlagen: was er begangen hatte, war wesentlich mehr als eine Indiskretion. Allerdings war mir das zunächst nicht klar, ich spürte nur eine vage, möglicherweise unbegründete Unruhe, vor allem nach dem, was mir der Kanzleiangestellte gesagt hatte. Erst nach und nach wurde es mir bewußt, als ich den Hund vom Teppich vor dem Sofa aus mich knurrend begrüßen hörte und François' honigsüße Stimme ihn zurückrief, die aus dem Halbdunkel auf der anderen Seite der spiegelnden Glasplatte auf dem Schreibtisch kam, während das Transistorradio weiterhin leise seine Melodie spielte. »Nimm Platz, Cavaliere.« Aber er schaltete es nicht ab. »Neuigkeiten?« Der Aktenordner, den er mir entwendet hatte, lag dort, auf der Seite, zugeschlagen. »Ein Schlag ins Wasser«, sagte er und zeigte auf mich. Während ich ihm Bericht über meinen sinnlos verbrachten Tag erstattete, bemächtigte sich meiner ein immer stärker werdendes Gefühl der Pflichtverletzung, der Beschämung, zu deren Objekt er mich machte.

»Hast du dir ein Bild machen können?« fragte er mich am Ende. »Wie ist diese frühere Frau von ihm?« fragte ich meinerseits. »Verrückt. Allerdings glaube ich nicht, daß sie ihn umgebracht hat. Trotzdem, wer kann das schon wissen.« »Es scheint so, als hätte niemand ein Motiv gehabt, ihn umzubringen«, versuchte ich weiterzusprechen. »Eben! Man kann sagen, was man will, aber die plausibelste, wenn nicht gar einzige Hypothese bleibt die, daß es sich um einen Irrtum der Arzneimittelfirma handelt. Weißt du was?« Er war es, der mir die Information gab: »Vinci hat angerufen, während du weg warst. Er hat Zyankali auch in zwei weiteren Kapseln desselben Leberschutzpräparats gefunden, unter den vielen, die in der Wohnung im Viale Caprera waren. Sie ist von der Polizei durchsucht worden gestern, sagte ich dir ja schon.« Der Hund, genauer gesagt: die Hündin, ein Boxer, der nie von seiner Seite wich, schnarchte jetzt mit regelmäßigen Zügen, auf der Seite an seinem üblichen Platz liegend.

»Er schluckte sie einfach so runter, alles durcheinander«, sagte er und schloß damit dieses Thema ab. »Na ja, offensichtlich hat das keinerlei Bedeutung. Der Irrtum, wenn es sich denn um einen Irrtum handelte, konnte mit einer Kapsel alleine keine Folgen nach sich ziehen. Wenn ihn also jemand umbringen wollte, ist er auf Nummer Sicher gegangen.« »Das ist Vincis Ansicht«, wagte ich vorzubringen, da ich ja auch mit ihm darüber gesprochen hatte; es war höchst unwahrscheinlich, daß sich Zyankali unter den Substanzen befand, die in der Fabrik auf mechanischem Weg in die Kapseln des Leberschutzpräparats eingefüllt wurden. Hätte es sich aber darunter befunden, wäre es unmöglich, daß es sich nicht verteilt und mit den anderen Substanzen vermischt hätte, während es in den Kapseln fast ohne Spuren dieser Substanzen gefunden wurde, rein; jedenfalls wurde das Leberschutzpräparat vor mehr als zwei Jahren hergestellt, mit dem Verfallsdatum 1980, und es war wenig wahrscheinlich, daß es in der Zwischenzeit nicht auch andere Opfer gefordert hätte, sofern in der Partie von Anfang an Gift enthalten war. »Das scheint mir doch überzeugend oder nicht?«

»Na ja« – er drehte den Knopf von Radiostation zu Radiostation – »was soll ich dazu sagen? Schlüssig ist es ja, aber nur als Konstruktion. Je länger ich darüber nachdenke, um so mehr Widersprüche scheinen mir dahinterzustecken.« Es würde schon genügen, daß ein vorher nicht abwägbarer Faktor hinzukomme, wandte er ein, und die ganze Konstruktion würde in sich zusammenbrechen. »Denk doch nur mal an ein krankes Hirn, an einen Verrückten, irgendwo, an irgendeinem Punkt bei der Herstellung des Arzneimittels« – der daran Gefallen gefunden hätte, hin und wieder andere, Unbekannte, Ahnungslose, diese Form von russischem Roulette spielen zu lassen. »Ist ja schon vorgekommen, stand in den Zeitungen. Also kann es auch Valerio Garau getroffen haben.«

Dann erst schaltete er das Radio ab: »Beachte bitte, ich sagte: kann. Eine von vielen Hypothesen. Und mir ist klar, daß sie unwahrscheinlich ist«, fuhr er fort, »aber doch auch nicht weniger unwahrscheinlich als die, daß jemand Valerio Garau umbringen wollte.« »Es hat den Anschein, als wäre er ein Heiliger gewesen«, sagte ich, »oder fast.« »Heiliger Valerio von C.«, lachte er, »Märtyrer. Wenn vielleicht auch nicht gerade jungfräulich. De mortuis ...« Sofort kam er wieder auf seinen Gedanken von vorhin zu sprechen. »Jedenfalls muß die Justiz ihren Anteil beisteuern, vor allem in einem Fall wie diesem. Es muß klarwerden, daß man auf niemanden Rücksicht nimmt. Und der Untersuchungsrichter bist du. Darf ich dir etwas sagen?« Er verstummte und sah mich an, mit einem Lächeln, das an den Schlitz einer Sparbüchse erinnerte, und er wartete doch tatsächlich auf meine Antwort. »Siehst du«, begann er dann, nachdem ich ihm selbstverständlich zugestimmt hatte, und legte seine fleischige weiße Hand wieder auf den Aktenordner, »es ist der Eindruck entstanden, als hättest du die Sache auf die ziemlich leichte Schulter genommen.«

»Nicht, daß ich was dagegen hätte«, fuhr er fort, »um Himmels willen nein, du mußt dir ja ein Bild machen, du kennst die Verhältnisse nicht. Das gerade macht dich auch zum idealen Richter. Aber jetzt mußt du beginnen, aktiv zu werden: du führst die Ermittlung schon seit fünf Tagen. Und laß es dir von einem Freund nochmal gesagt sein: ohne Rücksicht auf Verluste.« Dann zog er ein Formular aus einer Schublade. »Aussageprotokoll eines Zeugen der Untersuchung (Artikel 348-359 der Strafprozeßordnung)«, und reichte es mir herüber. »Zumal, wenn dieser Prozeß mit einem Urteil gegen Unbekannt abgeschlossen wird, wie ich voraussehe. Fang ruhig bei mir an. Schreib.«

Er bestand darauf, mir zu diktieren, als wäre dies impliziert, ja selbstverständlich, und als brauchte er mich nur als Gerichtsschreiber. Vor ihm, auf der anderen Seite des Tischs sitzend, im Schein der Lampe, hatte ich Mühe, ihm zu folgen, manchmal mußte ich es mir wiederholen lassen. »Ich kannte den verstorbenen Consigliere Valerio Garau seit seiner Kindheit, kann man sagen, da es sich bei ihm, unter anderem, um einen Verwandten fünften Grades (Sohn eines Cousins) meiner Frau, Pintus François Bonaria, handelt. Ich erinnere mich, daß er auf meiner Hochzeit im Jahr 1941 dabei war: er war noch klein, bei ihm befand sich seine später verstorbene Schwester Anna Maria, genannt Biba, die einige Jahre älter war als er und damals ein junges Mädchen.« François pflegte sich mit seinem außergewöhnlichen Gedächtnis zu brüsten. Er veränderte seinen Tonfall: »Er trug einen Knabenanzug aus braunem Samt, mir ist, als sähe ich ihn vor mir. Aber das schreibst du natürlich nicht nieder.« Er hustete oder räusperte sich und begann wieder zu diktieren: »Beider Eltern, der Rechtsanwalt Mirco Garau und die Adelige Iole Grixoni Garau, waren ein oder zwei Jahre zuvor bei einem Autounfall gestorben.« Und dann: »Mirco saß am Steuer, es war eine furchtbare Geschichte«, erläuterte er wieder außerhalb des Protokolls. »Es schüttete aus vollen Kübeln. Seine Frau starb auf der Stelle, er dagegen erst viel später, im Krankenhaus, allerdings von Anfang an im Koma.«

Der Vormund der beiden Waisen war der Onkel, ein Kanonikus, Monsignore Pietro Garau. Sie hatten keinerlei finanzielle Schwierigkeiten, ganz im Gegenteil: ihnen ging es mehr als gut. Zwischen den Geschwistern bestand eine tiefe, enge Beziehung: die Schwester, die fünf oder sechs Jahre älter war, hatte ihren Bruder großgezogen, auch wenn sie, Biba, nicht gerade ein mütterlicher Typ war. Der Junge hatte keine Probleme, war gut erzogen, ausgesprochen brillant. Der Krieg ging zu Ende, zumindest auf der Insel, und die Besetzung durch die Alliierten war in Gang. Zu dieser Zeit hatten die Damen des Clubs, während es nichts gab und man den Zeitungen, wenn sie überhaupt herauskamen, nur furchtbare Nachrichten entnehmen konnte, eine Wohltätigkeitsveranstaltung ihrer Kinder organisiert: eine richtiggehende Revue, *Die kleinen Narrheiten*. Sie ist allen im Gedächtnis geblieben: in ihr – und dabei wurden die großen Familienreisekoffer durchstöbert, in denen vergilbte Abendroben, Klappzylinder, Kreissägen, spitzenbesetzte Hochzeitskleider, die wer weiß wem gehört hatten, und Charlestonröcke mit Kostümen längst vergangener Karnevale durcheinanderlagen – war die ganze Generation derer aufmarschiert, die jetzt zwischen Vierzig und Fünfzig waren und die führende Schicht in der Stadt darstellten. Valerio Garau, damals Ninni, hatte sich seit seinem Debut im Spätfrühling 1944 – und was für ein Spätfrühling! – als Erster Schauspieler und sublimer Vortragskünstler durchgesetzt. Die Revue hatte einen außerordentlichen Erfolg, sie wurde auf der ganzen Insel als Tournee wiederholt (mit den behelfsmäßigen Mitteln von damals), es gab neue Versionen in ein paar aufeinanderfolgenden Frühjahren oder Sommern jener Nachkriegszeit. Und dort hatte Valerio Garau Lauretta Oppo kennengelernt, die damals halb so alt war wie er.

Ich begriff, daß François genau an diesen Punkt anlangen wollte, zwischen den Sätzen, die er mir diktierte, und den langen Abschweifungen, die er sich erlaubte, wobei er mich mit dem für ihn typischen ironischen Kichern anwies, nicht zu schreiben: »Er allein nannte sie Laura. Für alle anderen war sie immer Lauretta.« Ein kleines Mädchen aus einer niedrigeren Gesellschaftsschicht: einzige Tochter eines nicht mehr ganz jungen Ehepaars – er Feldwebel im Militärdistrikt von Castello, sie, neben der Haushaltsarbeit her, als Schneiderin tätig, die auch bei der Herstellung der Bühnenkostüme geholfen hatte: auf diese Weise wurde sie, Lauretta, unter die Darsteller der *Narrheiten* aufgenommen; auch weil sie intelligent, vor allem aber, weil sie hübsch war. (Ich versuchte, sie mir im Geist noch einmal auf der alten Fotografie an der Schlafzimmerwand im Viale Caprera vorzustellen.)

Jetzt bringe ich wahrscheinlich das, was François mir an jenem Abend erzählt hat, mit dem durcheinander, was ich später aus anderen Quellen über die Geschichte gehört habe. Auch Valerio war schön, außerdem umstrahlt vom Glanz, vielmehr einer richtigen Aureole, einem von innen kommenden Licht, das ihm die Erfolge auf der Bühne verliehen: wahre Triumphe in der Stadt in jenen Jahren. Heute scheint das alles unglaublich, und trotzdem gibt es noch manchen, der sich an Biba erinnert (bereits im ersten Jahr des Jurastudiums?), wie sie am Schluß der Vorstellung auf die Galerie lief, um ihm die Rosen eines verfrüht warmen Maimonats hinunterzuwerfen, während er im Frack den Schlußauftritt an der Rampe beschloß und im Licht des Scheinwerferkegels bei Javaschritten (»Luna tu!«) Grüße austeilte; dabei hatte er das schöne Lächeln, das er sich unverändert bewahren sollte. Aber nicht nur sie: da gab es eine junge, etwas leichtlebige Frau, frisch von ihrem Mann getrennt, der es gelungen war, ihn, den Jungen, der so en vogue war, in ihr Bett zu schleifen – sicher scheint, daß es für eine Spielzeit war –, in einer kleinen Villa im Kapuziner-Viertel, wenige hundert Meter von der Wohnung entfernt, die, viele Jahre später, seine letzte sein sollte. Es ist fraglich, ob er damals bereits das entscheidende vierzehnte Lebensjahr vollendet hatte, die Altersschutzgrenze für Notzucht. Sollte sie aber tatsächlich stattgefunden haben, wurde sie gewiß nur mit seinem Einverständnis begangen, wie das Gesetz dies nennt, und Valerio Garau hatte sich darüber niemals beklagt.

Jedenfalls ist es wahrscheinlich, wenn man alles in Betracht zieht, daß er zur Zeit dieser Ereignisse bereits fünfzehn war und über etliche einschlägige Erfahrungen verfügte, wesentlich mehr als andere Jungen seines Alters. Und auch, daß er, wie berichtet wird, ziemlich wegen dieser so ungewöhnlichen ersten Liebe litt, die so »viel größer als er« war (wie im Titel von Zuccolis Roman). Indessen war Valerio allerdings auch das Objekt der Leidenschaft vieler (aller?) großer und kleiner Mädchen der *Narrheiten*, sogar noch der kleinsten: einer kollektiven und auch individuellen, öffentlichen und zugleich verborgenen Leidenschaft einer jeden von ihnen. Lauretta Oppo machte da keine Ausnahme, im Gegenteil, es kann sogar sein, daß der Alters- und Gesellschaftsunterschied dieses Gefühl in ihr nur noch verstärkten. Sie betete ihn an, kann man das sagen?, und er reagierte, weil es in seiner Natur lag, wie ein (angehender) Kavalier, ganz wie immer, ganz wie bei allen anderen Mädchen. Bei ihr aber möglicherweise mehr, wer weiß, weshalb: vielleicht, weil er die Art ihrer Ergebenheit als intensiver empfand, und er überhäufte sie unablässig mit lächelnden Aufmerksamkeiten. Das Idyll hatte etwas Komisches: die Art, wie er, der so viel größer war, sie an der Hand führte und sich dabei ein wenig zu ihr hinunterneigte.

Bis es zum Skandal kam. Was wirklich geschehen war, an einem der schon fast sommerlichen Nachmittage vor den Proben, unter der Loge des Verdi-Theaters, wohin manche vom Stamm der *Kleinen Narrheiten*, trotz der Verbote, ihre Streifzüge ausdehnten, oder in einem der Abstellschuppen, die sich im angrenzenden Innenhof befanden, über dem ganze Scharen von Schwalben durch den Himmel schossen, das sollte für immer ungewiß bleiben: ob er tatsächlich das kleine achtjährige Mädchen beschlafen hat oder ob sich die ganze Sache bloß auf ein paar Berührungen mit der Hand oder mit dem Körper beschränkt hat, das Mädchen aber körperlich unversehrt ließ. Sosehr man auch der ersten Vermutung zuneigte: auch in den folgenden Jahren sollte sich Valerio Garau als jemand erweisen, der wenig Lust verspürte, auf etwas zu verzichten, das sein Interesse erregte. Jedenfalls wurde, zum Besten aller Beteiligten, die dadurch erregte Aufmerksamkeit erstickt: der Feldwebel, ihr Vater, geriet völlig außer sich und wurde schließlich wirklich krank; der Onkel Kanonikus (damals Pönitentiar) schritt wiederholt ein, ebenso der Oberst aus dem Hauptquartier, der seitens einer nicht näher bekannten Mittelsperson dazu veranlaßt wurde; der Haufen unmäßig aufgebauschter Klatschgeschichten. Aufgebauscht, kurz darauf aber schon wieder zerstreut, mit dem Ende des Schuljahrs und dem Beginn der Badesaison, der ersten, wie es schien, nach Jahrhunderten: zu diesem Zeitpunkt war der Krieg wirklich zu Ende, überall. Außerdem hatte der Umstand, daß die kleine Hauptperson zu einer nicht bekannten Familie, zu einem anderen Milieu gehörte, dazu beigetragen, die Neugier letztlich in Grenzen zu halten.

»Heiliger Valerio also, soviel du willst«, sagte François lachend, »aber nicht damals. Ein guter Sohn ist er gewesen in der kurzen Zeit, die ihm blieb; ein treuer Bruder, der nichts unversucht ließ, um Biba aus ihrem Schlamassel zu befreien, und ich versichere dir, das war nicht harmlos.« Eilig gab auch er seinen Nekrolog zum besten: hervorragender Zivilrechtler; ein Linker, »wenn das eine Tugend ist«; großzügig, uneigennützig; und er veröffentlichte sogar Gedichte. »Aber was Frauen betrifft, hat er sie behandelt, wie es ihm paßte, vollkommen rücksichtslos. Ich habe zwar nie daran geglaubt, aber weißt du, daß man sich eine Zeitlang erzählte, er hätte was mit seiner Schwester, mit Biba, gehabt?« Er sah mich beinahe verstohlen an, hinter seinen Brillengläsern, die, weil sie so dick waren, ein konzentrisches Blitzen von sich gaben: wie üblich, um die Wirkung lauernd zu beobachten.

»Nein, daran glaube ich nicht«, fuhr er fort, »daran nicht. Jedenfalls ist seine Frau, die arme Niki, auf diese Weise wegen ihm verrückt geworden.« Unter einem Haufen Leid ein unerträglicher Haufen von Betrügereien: »Verstehst du, am Ende reicht auch kein zivilisiertes Verhalten mehr aus. Tatsachen bleiben Tatsachen, und Lügen bleiben Lügen. Vielleicht noch Schlimmeres.« Nach einer Weile nahm er den Gedanken wieder auf, nachdenklich: »Ich glaube, Niki hat er wirklich geliebt. Wer weiß, vielleicht war sie die wichtigste Frau in seinem Leben. Aber wen hat er schließlich nicht geliebt, der gute Ninni?« Wieder begann er zu lächeln, in seiner gewohnten Art. »Aber denk nur nicht, er sei ein Frauenheld gewesen, und noch viel weniger war er ein Hurenbock. Im Gegenteil, er fühlte sich beleidigt, wenn jemand eine Andeutung in diese Richtung machte. Bestenfalls unterbrach er einfach das Gespräch.« Und niemals hätte er sich eine, sagen wir, unter Männern mögliche Bemerkung erlaubt, ein deplaziertes Wort, nicht einmal ein Urteil über ein Mädchen: »Er war ein Hund, der zubiß, ohne zu bellen...« Sein Hund war inzwischen ungeduldig geworden, war aufgestanden und drängte ihn, nach Hause zu gehen, wobei er den getigerten Rücken krümmte und winselnd zum Schreibtisch herüberkam. »Ruhig, Perla«, aber François streichelte gleichzeitig liebevoll seinen Kopf.

Lauretta Oppo Martinez war in diesen letzten Jahren seine Geliebte gewesen, das war allgemein bekannt. Dies ließ er mich nach einem a. F. – auf Frage – kurz und bündig ins Protokoll aufnehmen und kam damit endlich auf seine eigentliche Absicht zu sprechen. »Wie spät ist es?« Er unterzeichnete, die Augen dicht über dem Blatt, wie es seine Gewohnheit war. Und er erzählte mir die (exemplarische) Geschichte bis zu Ende, während wir, mit dem Boxer an kurzer Leine, durch Korridore und über Treppen zum Ausgang gingen. Die Hervorragendste einer ganzen Generation, trotz ihrer bescheidenen Herkunft. Beste Basketballspielerin in der Mannschaft des Gymnasiums. Abitur mit lauter Einsen. Eine Art Funktionärin im Ortsverband der Kommunistischen Partei Italiens, gegen eine kleine Bezahlung, bis zum Assessorexamen, das sie ebenfalls mit den besten Noten bestand. Etwas spät in die Gerichtslaufbahn eingetreten, zu Beginn der siebziger Jahre, nach noch immer brillanten Bewerbungsprüfungen. Und außerdem schön. »Aber als Richterin taugt sie nicht viel. Fleißig, sonst nichts. Viel zu lange, platte Urteilsbegründungen: eben nach Frauenart.« Sie war etwa zwölf Jahre jünger als ihr Mann: »Giomaria sieht viel älter aus, als er wirklich ist. Sicher, wenn man sich vorstellt, daß im Stammbaum der Martinez jetzt auch die Tochter des Feldwebels Oppo eingetragen ist...« Er beschrieb ihn mir: klein, untersetzt. »Lauretta sieht wirklich nicht wie seine Tochter aus. Im übrigen gleicht sie auch ihrer Mutter nicht.«

Als er sich an der Straßenecke von mir verabschiedete, legte er mir ans Herz, den alten Kanonikus Garau anzuhören: »Wenn es jemanden gibt, der etwas weiß, dann ist er es, vorausgesetzt, daß es etwas gibt, was man wissen sollte. Du wirst schon sehen: extravagant, aber genial. Zumindest war er es früher.« Da erst, unter dem seltsamen, in Abständen ertönenden Summen der Neonlampen und in dieser Dunkelheit – der Hund zog an der Leine, weil er weiterwollte –, gelang es mir, ihn über die geheime Sammlung von Grabungsfunden zu befragen. Er schien auf dem laufenden zu sein: »Mirco hatte bereits gesammelt, aber wenig, glaube ich. Was soll's, offensichtlich war Valerio auch auf diesem Gebiet kein Heiliger.« Sie anzukaufen, bedeutete ein Vergehen gegen das Strafgesetz, das wußte ich zur Genüge. Auch als wir uns dann verabschiedet hatten und ich über den menschenleeren Fahrdamm nach Hause ging, kehrte mir das Bild von dem Schaukasten im Viale Caprera in die Erinnerung zurück: diese fremdartigen Materialien und Formen im Schatten hinter der Glasscheibe, wie Meteoriten, die über unvorstellbar lange Zeiträume enorme Entfernungen zurückgelegt hatten, abgesprengt von längst erloschenen Sternen. Das Bild kehrte mir immer wieder ins Gedächtnis zurück, Resultat einer Reise ins Unbekannte: fast gegen meine Absicht und fast, als enthielte es den Schlüssel zu dieser Geschichte.

5.

22. März 1978, vormittags

Nachts hatte es viel geregnet. Von meinem Bett im Hängeboden aus hatte ich lange Zeit das Prasseln auf dem Blechdach im Innenhof gehört. Später, ich glaube, wesentlich später, wachte ich auf, und immer noch klatschte der Regen mit fast gleicher Intensität herunter. Morgens dann – Mittwoch der Karwoche – waren die Straßen noch ganz naß. Es war kalt. Ich hatte vom Büro aus telefoniert und begegnete einem unerwarteten Widerstand auf seiten meines Gesprächspartners, Monsignore Pietro Garau, Valerios Onkel: in Kürze sollte er die Messe lesen, gesundheitlich ging es ihm schlecht, der Tag war scheußlich. Im übrigen ging er in seinem Alter nicht mehr aus dem Haus. »Ich weiß nichts, überhaupt nichts, was die Justiz interessieren könnte«, wehrte er sich weiterhin, auch nachdem ich ihm angeboten hatte, um es kurz zu machen, zu ihm nach Hause zu kommen. Das konnte er nicht abschlagen: So wurde dieser Zeuge zu Hause verhört, dank des Privilegs, das »Kardinälen und hohen Repräsentanten des Staates« vorbehalten ist.

Die Kirche zum Heiligen Rosenkranz, wo er die Messe als freier Priester zelebrierte, der er inzwischen geworden war, lag genau in der Stadtmitte; die Feuchtigkeit der Altstadt drang in den beinahe dunklen Innenraum ein: barock und gleichzeitig schmucklos. Ich blickte in den Raum, während ich vorne im Kirchenschiff wartete, neben der Tür. Eine unsichtbare Glocke hatte geläutet. Nach einer Weile, nicht unmittelbar nach diesem Zeichen, war der Monsignore herausgekommen, im violetten Meßgewand und wirklich etwas wackelig auf den Beinen, mit einem Mesner, der auch nicht besser dran war als er selbst und ihm ohne Formalitäten folgte. Die Messe, die dafür, daß es ein Werktag war, zu ziemlich später Stunde stattfand, nuschelte er auf Latein (»Introibo ad altare Dei«), wobei er sich entsprechend den alten Regeln dem Altarbild zuwandte und nicht der Gemeinde, die auch gar nicht anwesend war. Ob es sich dabei um ein weiteres Privileg handelte? Ich nahm jedenfalls den Hinweis zur Kenntnis, den die beiden auf ihre Jugendtage machten (»Ad Deum qui laetificat juventutem meam«).

Ich höre gerne Messe, obwohl es nicht oft vorkommt. Oder vielleicht gerade deshalb. Doch sofort ließ ich mich ablenken, in dieser Stellung eines Katechumenen oder des römischen Zöllners aus dem Evangelium, die ich, kerzengerade neben der Eingangstür stehend, eingenommen hatte. Je mehr Zeit verstrich, desto stärker empfand ich François' Amtsmißbrauch als objektiv unerträglich, und ich fragte mich, welchen Sinn das haben sollte und welches Ziel er damit verfolgte, während ich das alles mit dem Umstand in Verbindung brachte, daß der Maresciallo, den ich zur Seite hatte, praktisch ein Familienangehöriger des Verstorbenen war oder jedenfalls zu den Seinen gehörte, wie er mir gegenüber in seiner Naivität hatte durchblicken lassen. Sollte das lediglich ein Zufall sein? Das kleine, von echtem Öl gespeiste Licht flackerte über dem Altar hinter seinem roten Glas.

Und der Zelebrant widmete sich jetzt, mit seinem schwachen Atem, der Lesung des Evangeliums für diesen Tag – oder vielleicht auch für diese Woche –, der nicht aufhören wollenden Leidensgeschichte: »Propter hoc vocatus est ager ille Haceldama, hoc est, ager sanguinis, usque in hodiernum diem.« – »Daher ist dieser Acker genannt der Blutacker bis auf den heutigen Tag.« Das Grundstück – der Töpfersakker: »figuli« –, vom Synhedrion erworben, um die verstorbenen Pilger dort zu begraben, für die dreißig Silberlinge, die Judas dem Hohen Rat zurückgab, indem er sie in den Tempel schleuderte, bevor er sich erhängte. Also gut, diese Kirche, mit diesem Geistlichen, schien mir etwas Ähnliches zu sein, sofern es nicht allzu respektlos ist, so etwas zu denken. Inzwischen kniete er sich bereits hin, bei den Worten »Iesus autem iterum clamans voce magna, emisit spiritum« (»Aber Jesus schrie abermals laut und verschied«), stand danach unter Schwierigkeiten auf, wobei ihm der Mesner behilflich war.

Geräuschvoll zerkaute er die Hostie während der Kommunion, danach hörte er gar nicht mehr auf, den Kelch zu reinigen und abzutrocknen: seine lange Nase, die an Pinocchio erinnerte (und an Biba?), war auch aus dieser Entfernung deutlich erkennbar. Immer noch ein berühmter Exorzist, das wußte ich, ein siegreicher Gegenspieler des Dämons. Kurz gesagt, diese Messe dauerte, auch wegen der Passionsgeschichte, fast eine Stunde. Ich ging zu ihm in die Sakristei, wo er gerade dabei war, Paramente und Chorhemd abzulegen. Er wohnte gleich dort gegenüber, Wohnung und Laden direkt nebeneinander, im zweiten Stock, ohne Aufzug: ihm die Stufen hinauf zu folgen, wobei er schwer atmete und häufiger eine Pause einlegte, war ein zeitaufwendiges Unternehmen. Er schloß mit einem Schlüssel auf. Bruder, auch noch der ältere Bruder von Rechtsanwalt Mirco Garau, dachte ich, während er mir in den engen Korridor vorausging: »Ein Gelehrter, ein Historiker, ein Wissenschaftler«, hörte ich François' Stimme wieder sagen; und ich erinnerte mich an die Geschichte von dem Observatorium, das er sich gebaut hatte, in seiner Art von freiwilligem oder unfreiwilligem Exil vor ich weiß nicht wie vielen Jahren, und wo er jede Nacht stand, in seiner Pfarrgemeinde in der Argentiera (als die Silberminen dort noch abgebaut wurden).

Er führte mich in ein kleines, mit karminrotem Damast ausgeschlagenes Arbeitszimmer, nachdem er das Licht eingeschaltet hatte. Das gleiche Karminrot wie seine Strümpfe – er hatte sich gleich in einen Sessel sinken lassen und wies mir das kleine Sofa an –, das auch in den Knopflochsäumen, *more antiquo*, wiederkehrte. Natürlich hatte ich die Bronzebüste Mussolinis in natürlicher Größe bemerkt und danach die Einbände seines Gesamtwerks in einem eigens dafür aufgestellten kleinen Bücherregal: »Ich bin niemals Faschist gewesen«, erklärte er, während er wieder zu Atem und Stimme zu kommen versuchte, »ich bewundere lediglich die Größe dieses Mannes.« Über kurz oder lang – welchen Unterschied machte das schon aus? – würde man ihn begreifen, dessen schien er gewiß: »Wissen Sie, wie viele Jahre ich Geschichte unterrichtet habe?« In diesen von Gittern und Damast geschützten Schränken befanden sich auch die in Spanien übersetzten Bücher, die er über die mittelalterlichen sardischen Regierungsbezirke geschrieben hatte; aus Spanien stammte das jahrhundertealte, auf dem Schreibtisch aufgestellte Porzellankruzifix, dessen Blutstropfen so fein gearbeitet waren, daß sie wie echt aussahen. »Faschist war mein Bruder Mirco, auch meine Schwägerin Iole, ich erinnere mich an sie, ach, und wie ich mich an sie erinnere!, in der maßgeschneiderten Tropenjacke: das waren Valerios Eltern – ihm dagegen hat es dann ja mehr gefallen, den Kommunisten zu spielen. Ist doch ganz einfach, oder nicht?«

Die Ausströmungen des Deodorants – Veilchen, aus dem blumenstraußartigen Plastikbehälter – wurden nach kurzer Zeit unerträglich. Monsignore saß, inzwischen in korrekter Haltung, im Sessel, die Beine übereinandergeschlagen, die Hände gefaltet, mit einem finsteren Gesicht, das sich nicht aufhellte. Die Lider hatte er über seine ungewöhnlich tief liegenden Augenhöhlen gesenkt, unter Augenbrauen, deren nahezu makellose schwarze Färbung im Gegensatz zum angegilbten Weiß seiner ungekämmten Haare stand. Und während er sich augenscheinlich hinter seiner strengen, hochmütigen Miene verbarrikadierte, worin auch etwas Zurückhaltendes lag, meinte ich, dahinter die doppelbödige, aber immer noch verbissen arbeitende Intelligenz beobachten zu können. »Ich habe Ihnen ja schon gesagt: ich weiß nichts.« Wie wenn er todmüde wäre, und vielleicht war er es ja auch. In diesem Augenblick prasselte der Regen wieder gegen die geschlossenen Fensterläden. »Was soll ich Ihnen sagen, meinen Neffen Valerio habe ich nur wenig gekannt, auch wenn ich sein Vormund war. Wir haben nie zusammengelebt, seine Schwester Anna Maria hat ihn großgezogen, nachdem sie Waisen geworden waren. Um dann auf eine solche Art ihren Lohn dafür zu empfangen.«

»Was für eine Art?« fragte ich. »Irgendwann hatten ihre geschäftlichen Angelegenheiten Schiffbruch erlitten. Sie leitete Steuereinnahmestellen: die in C., wo sie wohnte – die Stadt, aus der wir stammen –, und noch andere; gleichzeitig aber auch die Apotheke, die sie von ihrem Mann geerbt hatte, jedoch nicht selbst führen konnte, weil sie Juristin war. Zu viele Eisen im Feuer. Nun gut, ich glaube, daß es in einer derartigen Situation die Pflicht eines guten Bruders ist, der Schwester zu helfen.« »Es wird aber doch erzählt, daß Valerio dies getan habe«, wandte ich ein. »Das glaube ich nicht. Aber was soll das Ganze noch! Sie sind tot. Ich denke, das alles hat nur noch wenig Gewicht.« Er machte lange Pausen zwischen den Sätzen, hob die Augenlider, um sie auszusprechen, richtete seinen Blick auf mich: und das Gewicht dieses Blicks kontrastierte mit den schweren Tränen, die ihn einhüllten und die er sich abtrocknete, so, als stiege seine Aufmerksamkeit einen Augenblick lang aus einer tiefen Gleichgültigkeit herauf. »Anna Maria wird ihren Teil Schuld gehabt haben«, begann er dann wieder.

»Sind Sie sicher, daß Valerio sich nicht umgebracht hat?« sagte er danach, wieder aus einer dieser Phasen des Schweigens heraustretend. »Jeder von uns macht sich Gedanken über Ereignisse, über die wir nur wenige Aufschlüsse besitzen. Und ich, das habe ich Ihnen ja schon gesagt, bin Historiker, zumindest fröne ich diesem Laster, was schlimmer ist. Auch wenn ich glaube, daß niemand vorwärtskommen kann ohne einen derartigen Anspruch an sich selbst. Jedenfalls wüßte ich nicht, wer den Tod meines Neffen Valerio wirklich gewollt haben könnte. Vielmehr glaube ich, daß er besondere Schwierigkeiten mit dem Leben gehabt haben muß. Zwischen dem, wozu er Neigung verspürte, und dem, was er tat, lagen Welten.« Man hörte den Regen noch immer gegen die morschen Fensterläden prasseln, hinter denen sich der Tag mehr und mehr verfinsterte; und der schmiedeeiserne Kronleuchter gab nur ein spärliches Licht. »Sogar noch innerhalb dessen, wozu er Neigung verspürte, und in dem, was er tat«, schloß er. »Ich empfinde Reue noch im selben Augenblick, da ich dies gestehe, vor allem jetzt, nachdem er gestorben ist, und dazu noch auf diese Weise. Aber wissen Sie, daß ich für Valerio noch nie Sympathie empfunden habe? Es handelte sich nicht nur um Mißbilligung. Er war der einzige Sohn meines allzu früh verstorbenen Bruders und war mein Mündel: aber wir haben uns nie verstanden.«

»Messen Sie dem, was ich gesagt habe, nicht allzuviel Bedeutung bei«, forderte er mich auf, als er sich mit Mühe aus dem Sessel erhob. »Ich habe selbst Zweifel: manchmal, vielleicht sogar häufig, geschehen die Dinge rein zufällig, große Wirkungen aus kleiner Ursache. So könnte es sich auch mit seinem Tod verhalten, si licet. Nun ja, für ihn sicherlich ein großes Ereignis. Etwas könnte ihn getötet haben, was uns unbedeutend oder auch unverhältnismäßig vorkommt. Ja, es ist sogar wahrscheinlich, daß es so gewesen ist. Ich würde die Ermittlungen in diese Richtung lenken.« Aber inzwischen hatte er sich den

Abschweifungen überlassen: »Die Logik der Tatsachen ist komplizierter als unsere«, wobei er Verbindungen herstellte zur unerbetenen Excusatio für Mussolini. »Ich sehe viele Gemeinsamkeiten mit dem Fall Aldo Moro: glauben Sie mir, sie werden auch ihn umbringen. Die Geschichte bietet dem, der sie zu lesen versteht, ähnliche Parallelen an.« Aber wir waren bereits im Korridor, auch dort eingeschaltetes Licht, keine Fenster: »Ich habe sie beide getauft, zuerst Anna Maria, dann Valerio: in der Kirche zum Heiligen Rosenkranz, die Sie heute morgen kennengelernt haben.« Er nahm die Kette von der Tür, öffnete mit dem Eisenschlüssel, viele Umdrehungen. »Große Feste, hochgestellte Persönlichkeiten als Gäste, elegante Damen. Mein Bruder Mirco war eine Persönlichkeit nicht nur in der Politik. Valerio, erinnere ich mich, schien alles andere als ein hübsches Kleinkind. Später, als er ein Junge war und manchmal auch noch in jüngster Zeit, machte er sich einen Spaß daraus, mich Priesterchen zu nennen, Babbai, wie wir hier in Sardinien sagen, aber nur zum Spaß: um mich bei Laune zu halten, das machte er mit allen.«

Ich ging noch einmal an der Kirche zum Heiligen Rosenkranz vorbei: heruntergekommene Fassade, eine Art Spätbarock – mit Buschwerk, das seitlich hervorsproß, unter dem Dauerregen, unerklärlich, wie es da wuchs –, kaum sichtbar wegen der hohen Häuser auf der anderen Seite der Gasse (»Das Taufkleid kam aus Ioles Familie und wurde schon von ihr getragen«). Es war noch Zeit, zu der Tante zu gehen, der Blinden, die ich ebenfalls angerufen hatte. Sie empfing mich in dieser ganz anderen Wohnung –

hell und ordentlich, in einer nicht weit entfernten, aber breiten, geraden Straße – der Geruch von Essen auf dem Herd, durchaus nicht unangenehm, aber irgendwie nicht zur Umgebung passend: die schöne Konsole in der Diele mit ihren seitlich aufgetragenen alten Schablonenmalereien, die Stühle mit ihren unbequemen Rückenlehnen in Form einer Lyra. Die Haushälterin, in gestreiftem Kittel und weißer Schürze, führte mich in einen Salon auf der linken Seite, im gleichen Stil eingerichtet, antike beziehungsweise alte Stücke, gepflegt, sauber.

Sie kam mit der Blinden zurück: Donna Teresita und sie, Teresa, gleichnamig, ihr ergeben – noch nicht alt –, was ich aus der Art entnahm, wie sie gerufen wurde. Die Blinde reichte mir, aufrecht stehend, mit einem feinen Lächeln sofort die Hand und wartete darauf, daß ich sie drücken würde. »Pietro ist wirklich ein Heiliger, aber er war immer zu streng.« Sie hatte sich auf eine Sofaecke gesetzt, ich mich neben sie, in einen kleinen, zum Sofa passenden Sessel. Die Haushälterin hatte uns diskret alleine gelassen. Pietro war der Älteste, dann kam Mirco, Valerios Vater, zuletzt sie, unverheiratet. Iole dagegen, Mircos Frau, hatte keine Geschwister. Mit starrem Blick, der über mich und die Fenster hinwegging, und glanzlosen Augen – hellblau oder grau, ich weiß es nicht – entwirrte sie für mich die Stammbäume, wobei, ganz leicht nur, ihre Garausche Nase (Valerio hatte sie nicht) vibrierte, die die Fotografien bei Biba feiner und gleichzeitig kräftiger überlieferten, die beim Kanonikus allerdings so ausgeprägt hervortrat wie in einer Karikatur, jetzt vielleicht wegen des Alters. »Das ist der Grund, weshalb Valerio nur wenige nahe Verwandte hinterläßt.« Der Palazzo in der Via Grixoni, wo jetzt der Club war, gehörte der Mutter, Iole. Tochter eines Professors der Rechtswissenschaft, der auch Bürgermeister war: »Die Grixoni, nach der die Straße benannt ist, sind sie.« Und dann: »Auch Mirco war unglaublich brillant, als er jung war«, womit sie möglicherweise auf seine Heirat anspielte. »Danach wurde er zu einer herausragenden Persönlichkeit des Lebens in dieser Stadt.«

Niki, ihrerseits, »das kommt von Nicoletta: Nicoletta Solinas«, war die Tochter eines Rechtsanwalts, »ursprünglich aus Aggius in der Gallura. Eine zahlenmäßig sehr große Familie, die ihre.« Sie hatten sich ein bißchen überall verstreut, vorwiegend auf dem Festland; doch der alte Vater, Rechtsanwalt Solinas, »wohnt noch immer in Tempio und praktiziert, wie es heißt, weiterhin am Gericht. Er muß uralt sein, Niki war das letzte von vielen Kindern, außerdem als Nachzügler geboren, ihre Geschwister waren schon groß.« Sie behauptete, daß das zwischen ihr und Valerio »eine ganz große Liebe« war. »Das fällt schwer zu glauben, wenn man bedenkt, was hinterher zwischen ihnen war. Wie traurig, auch das. Aber ich bin der Auffassung, daß sie sich auch weiterhin wie früher geliebt haben, in gewisser Weise.« Niki hatte sich seit eh und je mit Musik beschäftigt und das Konservatorium abgeschlossen, nach dem Gymnasium. »Bei bedeutenden Lehrern, sogar Solisten von internationalem Ruf: Lieblingsschülerin von Casati. Und alle stellten sie als vielversprechendes Talent vor: sie hätte eine gefeierte Geigerin werden können.«

Sie, mit dieser Nase eines alten Fräuleins, blasser

Hautfarbe, dem Twinset aus Angora und der einreihigen Perlenkette darüber, deren kostbarer Verschluß deutlich sichtbar war: »Ich glaube, hin und wieder spielt sie noch. Natürlich bin ich noch von der alten Schule, aber ich habe mir, angesichts der Vertrautheit, die zwischen uns bestand, erlaubt, Valerio zu sagen: Du mußt dir im klaren darüber sein, wieviel sie für dich aufopferte. Nur weil sie eine Frau ist, kann man nicht von ihr verlangen, ihr ganzes Leben aufzugeben.« Streng, ein bißchen albern. Ich bemerkte, daß sie mit höflicher Unauffälligkeit mit den Fingern die Zeit auf der kleinen Uhr ablas, die sie am Handgelenk trug, während sie gleichzeitig weitersprach: »Doch dann denke ich auch wieder, daß sie vom Leben sicher etwas gehabt hat, vielleicht sogar viel. Mit Valerio war sie ausgesprochen glücklich in unserem Haus in C., am Corso, wo sie gleich nach ihrer Hochzeit gewohnt haben – ihm war es gelungen, seinen ersten Amtsrichterposten ausgerechnet dort zu bekommen. In diesem Haus und, während des Sommers, in der kleinen Villa, die wir besaßen. Papa hatte sie gebaut, später wurde sie verkauft, zwischen dem Strand der Marina und der Flußmündung. Ich war bei ihnen zu Gast, mehrmals – Niki war überaus freundlich und anhänglich –, ich täusche mich nicht, wenn ich sage: sie war glücklich. Vor allem sie. Immer in Hosen, obwohl man sie damals kaum trug. Sie sah aus wie ein Junge. Sie hatten ein altes Fischerboot mit Motor, der Fluß ist ein paar Kilometer weit flußaufwärts befahrbar und wirklich schön, sagt man, vor allem in der guten Jahreszeit, mit hohen Bäumen, die sich übers Ufer neigen. Aber Niki fühlte sich auch im Palazzo Grixoni wohl, auf der obersten Etage über den Dächern, wohin sie dann gezogen sind, während der übrige Teil bereits an den Club vermietet war, als Valerio Richter am Regionalgericht wurde. Allerdings ist dort ihr gemeinsames Leben in die Brüche gegangen...«

Das hatte sie gesagt, als ob sie es eigentlich nicht hätte sagen wollen, und nun schwieg sie, es war, als hätte sie den Faden verloren. »Der Grund?« sagte ich. »Fragen Sie mich das nicht. Ich weiß es wirklich nicht und will es auch gar nicht wissen. So wie Niki sich später verhalten hat, könnte einem der Gedanke kommen, daß sie schuld war. Begreifen Sie, wie es eben ist, wenn einer nicht zu leben versteht. Aber ich glaube, daß die Männer stets schuld sind, mithin auch Valerio, so liebenswert er auch schien. Man erzählt sich, er habe sie betrogen. Mag ja sein. Auch wenn ich nicht verstehen kann, warum Niki nicht in der Lage war, ihm zu verzeihen. Aber vielleicht ist sie wirklich so: ihr Stolz übertrifft alles.« Als sie verstummte, bemerkte ich ihre Angespanntheit, ihre alten Hände verkrampften sich ineinander über dem mageren Unterleib und dem Tweedrock, unter dem die Spitze des Unterrocks hervorsah. »Trotzdem ist sie in ihr gemeinsames Haus in C. zurückgekehrt«, sagte ich. »Ja, das ist sie. Seit damals sehe ich sie nicht mehr. Ich glaube, ausreichend stark zu sein, aber ich könnte es nicht mehr aushalten, ihre Violine zu hören. Nach so langer Zeit, verstehen Sie?, hatte sie den Strich verloren, sie wurde ungeduldig und gab alle Hoffnung auf: dieses Gekratze, diese Dissonanzen, das tat sie sicher auch mit Absicht, vermutlich, um ihn zu reizen.«

Ich bemerkte, wie ihr eine Träne aus einem der Augen rann, die nicht sehen konnten, zwischen der Augenhöhle und der länglichen Nase, die runzlig und leicht gepudert war. »Ich verstehe den Stolz, vor allem bei einer Frau. Die besten Menschen können zu den schlimmsten werden, aus dem einen oder anderen Grund. Dottore, Sie sind als Richter hierhergekommen, ich weiß, daß ich bei Ihnen beichten muß. Nun, die Wahrheit ist, daß meine Familie stets vom Unglück verfolgt ist. Sehen Sie mich an, schon immer hatte ich diese Behinderung. Dann passierte der Unfall mit Mirco und Iole: ihr Tod, die beiden Kinder, die Waisen wurden. Auch Pietro, glauben Sie mir, hat seine Leidenslast tragen müssen. Und Marta, die Tochter von Biba, ist so geboren worden. Und Gavino, Bibas Ehemann, ist schon früh gestorben, an Krebs. Dann kam die Trennung von Valerio und Niki, danach die Scheidung. Unterdessen fingen Bibas Geschäfte an, schlechtzugehen. Wir alle haben versucht, ihr zu helfen, ohne Erfolg. Diesen Kelch haben wir Tropfen für Tropfen geleert. Ich erinnere mich noch an sie, wie sie da saß, wo Sie jetzt sitzen: wer hätte sich vorstellen können, daß sie das tun würde.« Die Tränen quollen ihr jetzt aus den Augen, eine nach der anderen. »Hinterher überhäuft man sich mit furchtbaren Vorwürfen. Nicht einmal begraben konnten wir sie. Sie sehen meinen Zustand: aber ich hätte alles für sie gegeben, selbst wenn, selbst wenn…«

Sie konnte nicht mehr weitersprechen. Das Taschentuch in ihren Händen knüllte sie zu einer kleinen Kugel zusammen, durchtränkt mit ihren Tränen, die sie dann mechanisch mit einem Zipfel wieder abtrocknete: »Und jetzt diese andere Tragödie mit

Valerio.« Am Schluß brach ihre Stimme: »Entsetzlich, wenn man nicht gläubig wäre. Wissen Sie das?« Sie verzog den Mund, und man begriff nicht, ob sie sich zurückhalten oder so etwas wie ein Lächeln zustande bringen wollte. »Ich empfinde sogar Erleichterung: geblieben sind nur ich, Pietro und die unglückliche Marta. Was kann uns noch passieren?« Ich ließ sie jetzt schluchzen, soviel sie wollte, und wartete dann, bis sie sich wieder etwas gefaßt hatte, wobei sie das Taschentuch mit den verschlungenen, gestickten Initialen, TG, zu Hilfe nahm, das ganz naß geworden war, bevor ich zu ihr sagte: »Verzeihen Sie, verehrtes Fräulein Garau, aber ich muß Ihnen die Frage stellen: Haben Sie eine Vermutung, wer Ihren Neffen Valerio getötet haben könnte?« Sie hob den Kopf, die blinden Augen noch immer voller Tränen. Sie wischte sie nicht ab, bevor sie antwortete: »Ich weiß es nicht, und ich hoffe sehr, daß ich es niemals wissen werde, so wahr mir Gott helfe.«

Sie hörte auf zu weinen: »Glauben Sie mir, ich habe Ihnen alles gesagt.« Ich sah, daß sie noch einmal, diskret wie zuvor, unter Seufzern die Uhr öffnete und mit den Fingerspitzen die Zeit kontrollierte. Es war wirklich schon spät, und ich stand auf, um mich zu verabschieden. »Warten Sie«, auf die gleiche Art. Mit sicherer Bewegung drückte sie die Klingel auf dem Tischchen neben ihr. Die Haushälterin kam, sie gab ihr Anweisungen. »Sie verstehen, für jemanden wie mich ist die Familie alles.« Sie lächelte, während wir warteten, und wischte sich das Gesicht mit den Fingern ab, der Brillant in einer alten Fassung am rechten Ringfinger – ich stellte mir vor: von ihrer

Mutter –, wodurch ihr Familienstand als Unverheiratete bekräftigt wurde.

Die Haushälterin kam mit den Fotografien zurück, einige gerahmt und offensichtlich eben erst von der Wand (des Schlafzimmers?) abgenommen, andere lose und zerknittert. Donna Teresita erkannte sie aufgrund der Berührung, bevor sie sie mir reichte und Erklärungen dazu gab. Ein noch ziemlich junger Valerio mit einer kleinen, mageren jungen Frau mit dunkelbraunem Haar: »Am Tag der Hochzeit.« Auf diese Weise sah ich zum ersten Mal Niki: Kleider ohne jeden Aufwand, für den Tag, eine verunglückte Pose, schien mir, bei beiden (sicher aber bei ihm: keinerlei Ungezwungenheit, irgendeine Nervosität hinter dem unsicheren Lächeln?): »Sie sind schön, nicht wahr?« Dann andere, nach und nach, aus der ersten Zeit, die sie als Eheleute in C. verbracht hatten, beide auf einem einzigen Sessel in einem dunklen Innenraum, die Andeutung einer Umarmung, andere Fotos zeigten sie in Badekleidung am Strand oder auch in dem Boot, von dem sie mir erzählt hatte, größer, als ich es mir vorgestellt hatte – eine Brücke war zu erkennen zwischen Häusern im Hintergrund, aufgehängte Netze –, mit Hund: »Der Hund hieß Charlot.« Und dann: »Dieses Foto – es sind doch keine Personen darauf, nicht wahr? – ist von meinem Zimmerfenster aus aufgenommen, zum Fluß hin. Können Sie sich den Lärm der Fischerboote vorstellen, die den Fluß hinauffuhren? Noch jetzt, wenn ich nachts nicht schlafen kann, versuche ich, mich daran zu erinnern.«

Dann gab es Aufnahmen von Biba, zwei am Lenkrad von Sportwagen, die Rennfahrerbrille über die blonden Haare hochgeschoben oder um den Hals hängend, fröhlicher Gesichtsausdruck. »Sie fuhr unter einem erfundenen Namen.« Dale Arden, ich las ihn unter einer lustigen Widmung: »Die blaue Rakete« – da erst fiel mir zum erstenmal ein, daß Biba nur ein paar Jahre jünger gewesen sein mußte als ich: die farbig reproduzierten Abenteuer dieser Figur aus den dreißiger Jahren hatten auch meine Biographie bestimmt. Andere Fotos schließlich zeigten Bruder und Schwester als Kinder: angefangen mit dem, wo sie, acht- oder neunjährig, mühsam versucht, die Pose für den Fotografen beizubehalten, mit ihm auf dem Arm, einem Dreijährigen mit großem Kopf und geduldiger Miene, wirklich nicht wiederzuerkennen – und ihre entschlossene Hand hatte mit Buchstaben nach Art der dritten Volksschulklasse hingemalt: »Dem lieben Tantchen von Biba und Ninni.«

»Sie nannten mich Tantchen«, hörte ich sie sagen, »auch später, als sie groß waren, immer.« Durch die offengebliebene Türe drang, nicht unangenehm, aber doch fremdartig, der Geruch aus der Küche herein; bereits im Stehen, durchblätterte ich noch schnell die letzten Fotos (die *Kleinen Narrheiten*), legte alles ungeordnet zurück auf den Tisch, bat um Entschuldigung und verabschiedete mich. Sie bestand darauf, mich zu begleiten, und bewegte sich dabei, als würde sie sehen, während die Haushälterin Teresa am anderen Ende des Korridors stehenblieb. »Ich bin es, die sich entschuldigen muß«, sagte sie, »ich bin niemals mutig gewesen. Ich habe Ihnen viel unnützes Zeug erzählt, auch Unwahres, weil es Ihnen einen falschen Eindruck von unserer Familie geben kann. Ich glaube aber, daß wir alle auch sehr glücklich gewesen sind. Und ich bin zufrieden, daß Sie die Fotos gesehen haben: so können Sie begreifen.« Ich dankte ihr noch einmal, aufrichtig: wenn dies meine Arbeit war und vorausgesetzt, daß ich sie weiterhin tun mußte, so wußte ich jetzt vielleicht ein bißchen mehr darüber. Aber natürlich sagte ich ihr das nicht. Sie war es, die die Tür öffnete, und sie hielt mir ihre Hand hin, wie sie es zu tun pflegte, mit einem leicht manierierten Lächeln, und wartete, daß ich sie drücken würde.

6.

22. März 1978, abends

Lauretta Oppo hatte mir, als ich sie angerufen hatte, gesagt – wobei sie darauf bestand, sich zur Verfügung zu stellen –, daß es ihr lieb wäre, wenn sie eher später kommen könnte: paßte es um achtzehn Uhr dreißig? Es paßte. Mein Vorschlag war absichtlich allgemein gehalten. Ich denke mir, daß sie es vorzog, die Öffentlichkeit der diensttuenden Kanzleien, des anwesenden Personals zu umgehen. So vereinbarten wir das Treffen unter beiderseitiger Verlegenheit, die bei mir größer war als bei ihr und unsere Begegnung dann entscheidend beeinflußt hat. Und so war es bereits dunkel, wie schon zwei Tage zuvor, als sie pünktlich in mein Büro kam. Sie klopfte an die Tür, was die Kollegen im allgemeinen nicht taten. Ein leises, entschiedenes Klopfen, das typisch für sie war und das ich erkennen lernen sollte.

Jetzt saß sie in ihrem verblaßten orangefarbenen Regenmantel auf der anderen Seite des Tisches: zwischen uns lag das Protokoll, das ich eben erst mit ihrem Namen versehen hatte (»Lauretta, nicht Laura«, hatte sie mich verbessert, »auch beim Meldeamt«). Und diese Befangenheit. »Was schreiben wir?« fragte ich sie und versuchte ein Lächeln. »Was willst du mir sagen, Lauretta?« »Alles«, mit ihren grauen Augen suchte sie die meinen, »alles, was ich weiß, nimm keine Rücksichten.« Aber ich sah auch gar nicht, wie ich welche hätte nehmen können: wie nicht auf diesen Blättern die Beziehung (»außerehelich« war das Wort dafür) würdigen, die sie mit dem Getöteten verbunden und etliche Jahre fortgeführt hatte und die einen nahezu offiziellen Charakter besaß: »aktenkundig«, hieß das im Strafgesetzbuch, als Ehebruch noch ein Vergehen war; fortgesetzt oder doch beinahe. Einen Augenblick lang dachte ich, ich sollte ihr anbieten, selber zu diktieren, auch sie, sollte zumindest die ersten, schwierigsten Sätze von sich aus sagen dürfen. Doch bei ihr war dies nicht angebracht, es hätte allzu demütigend ausgesehen. »Nimm keine Rücksichten« bedeutete, daß jeder seine Rolle übernehmen mußte, ich als Richter, sie als Zeugin; und ihre Art, sich zu stellen, zog objektiv auch (wie würde man das nennen?) eine qualvolle Herausforderung nach sich.

Also gut. Ich ließ es mir bestätigen: sie war seine Geliebte. Seit sechs Jahren (die Kindheitsgeschichte, auch wenn es sie gab, konnte sie sich sparen). Ihr Mann wußte davon. Allerdings versteht sich, daß sie nicht darüber sprachen (ich sah ihn wieder vor mir, den Präsidenten Martinez, mit seinen stolzen, müden Augen, mit seinem Ruf als Jurist, der sich über alle Teile der Insel verbreitete, und dem täglichen Kinobesuch, den er sich seit eh und je gestattete, allein, in der ersten Vorstellung). Die Angelegenheit war folgendermaßen geregelt worden: das eheliche Zusammenleben wurde fortgesetzt, ich wagte nicht zu fragen, in welcher Form (ich glaube auch nicht, daß ich es hätte müssen), doch ihr Mann war der andere geworden. »Warum?« war ich verpflichtet zu fragen, das heißt, warum hatten sie nicht die selbstverständlichere Lösung gewählt: die unvermeidlich gewordene Scheidung und das neue Zusammenleben. Sie hatte Mühe, es auszusprechen, sie verhärtete sich auf der Stelle und bezog Distanz zu ihren eigenen Worten: er, Valerio, wollte es nicht; er hatte dieses schwierige, ungewöhnliche Verhältnis verlangt. »Obwohl wir alle darunter litten.« Er noch mehr als die anderen. Dann fügte sie hinzu: »Ich habe mich darein gefügt, wenn auch nicht immer. Aber verstanden habe ich's nie. Es kam mir ungerecht vor, unnatürlich. Es kommt mir noch immer ungerecht vor, bei allem, was passiert ist.«

Wegen dieser Ehefrau, trotz der Scheidung. »Ich sagte es dir ja schon, ich verstehe es noch immer nicht. Sicher, auch für mich wäre es nicht leicht gewesen, auf Kosten des Unglücks einer anderen Person zu leben. Dieser anderen Person: er fühlte sich ihr gegenüber verpflichtet, ich weiß nicht genau; eine Verpflichtung, die anders zu bezahlen nicht möglich gewesen wäre. Nein, nicht wegen der Violine, die sie seinetwegen aufgegeben hatte, das glaube ich nicht: er war in solchen Dingen nicht besonders feinfühlig, darin war er wie alle anderen Männer.« Die Andeutung eines Lächelns, das sofort verschwand. »Allenfalls war sie stolz – sogar mir gegenüber, das verbarg sie nicht einmal –, stolz darauf, wie brillant sie gewesen war: das Konservatorium, die Accademia Chigiana, Basel und alles andere.« Ein Hauch von Schminke glänzte auf ihren Lippen, ein Bonbonrosa. Ich bemerkte, daß sie an Stelle des Traurings einen Ring mit einem Edelstein trug, ziemlich schön, schien mir, und ich fragte mich, ob er wohl von Martinez stammte oder von dem anderen: sie drehte ununterbrochen mit den Fingern der rechten Hand daran herum – eine Geste, die ihr wohl zur Gewohnheit geworden war.

»Diese andere Person«, sie beharrte darauf, Niki so zu nennen. »Er hielt sie für zu fragil, auf pathologische Weise fragil: er fühlte sich dafür verantwortlich.« Pathologisch war es bei allen beiden, erklärte sie: »Irgendwann habe ich es dann geglaubt«, weil sie eben einfach so war, die Ehemalige, ein schutzloses Tierchen, immer auf der Flucht, ein kleines Nervenbündel mit Neurosen, die immer komplizierter wurden. »Allerdings habe ich sie nicht mehr gesehen, niemand, versteht sich, hat mir je über sie erzählt, und auch er scheute sich davor.« Aber auch aus der Art, wie er sie ertrug, machte er eine übertriebene Last: »Er hatte sein Leben dabei verloren«, oder einen wichtigen Teil davon. »Natürlich sprach ich mit ihm nicht darüber. Ich wollte nicht daran denken. Sie wußte nichts von mir. Wir lebten einfach so.« Jetzt lief ihr eine Träne auch über ihre Sommersprossen herunter, zwischen Nase und Wange, und sie wischte sie mit dem Finger weg. »Wirklich, es war nicht leicht. Ich gestehe dir: ich war eifersüchtig.«

Das war also ihr Leben zu dritt, zu viert: das Leben unter einem Dach mit dem Ehemann – und wie dieser es hinnahm? »Zwischen mir und Giomaria bleibt viel Zuneigung, eine große Freundschaft, nenn es, wie du willst. Weißt du, niemand ist austauschbar.« Ihre Stimme wurde leiser, man hörte sie kaum noch. »Du kannst dir nicht vorstellen, wie verliebt er war. Vielleicht ist er es immer noch, bei ihm weiß man das nicht. Zu Beginn hatte er sich sogar erboten, mit Valerio zu sprechen. Meinetwegen: stell dir das vor.« Und dann die Beziehungen zu diesem anderen, die so weit verborgen werden sollten, wie es die Würde eines jeden forderte, vor allem ihre Rollen – in der Provinzstadt, wo sie lebten, in den beiden Justizpalästen, wo sie zu tun hatten, Richter beide oder besser gesagt, alle drei, wenn man den Ehemann hinzunahm. »Das war keineswegs leicht. Auch weil Valerio sich oft nicht im klaren darüber war, zuviel forderte. Du kannst dir nicht vorstellen, wie sehr er darunter litt: er konnte ungeheuer eifersüchtig sein, das wird dir sonderbar vorkommen. Eifersüchtig vor allem auf Giomaria. Aber dann auch auf jeden anderen, ohne den geringsten Anlaß: auf jeden Schatten.« Und schließlich diese Ehemalige: dieses Gespenst, das er in C. besuchte, dem er die Wochenenden widmete, Weihnachten, Ostern (»morgen hätte er hinfahren sollen«), die Sommerferien, und das ihn in gewissen Zeitabständen besuchte: »Er benachrichtigte mich vorher, du verstehst, warum. Dann, nachdem sie wieder weggefahren war, fand ich alle Zimmer aufgeräumt vor, die Bettwäsche, von ihr gewechselt.«

In diesem Augenblick gab es einen Stromausfall. In dieser Stadt passiert das manchmal. Wir warteten eine Weile; ich war aufgestanden, hatte mich vorwärtsgetastet (weder sie noch ich besaßen Streichhölzer), und so war es mir gelungen, die Tür zu öffnen, um mir – auf dem Korridor, der ebenfalls völlig dunkel war – ein Bild über das Ausmaß des Defekts zu machen. Danach hatte ich die großen Fensterläden geöffnet: der Stromausfall betraf jedes Viertel der Stadt, die man von dort aus sehen konnte und die jetzt ruhig im Vollmondlicht lag. Ein bißchen von diesem Schein drang auch ins Zimmer; und ich hatte mich auf die Fensterbank gestützt. »Warum hat er sich von seiner Frau getrennt«, fragte ich, »warum die Scheidung?« »Sie wollte es so.« Hin und wieder hörte man ein Auto näher kommen und dann die leiser werdenden Motorengeräusche, bis es wieder verschwunden war; die Scheinwerfer erhellten die Straße unterhalb der hohen Gefängnismauer, wanderten über die Häuser. Hier und da sah ich vereinzelt auch mattes Licht hinter weit entfernten Fenstern flackern: Notbehelf, Kerzen.

»Valerio hatte andere Frauen, und sie hat ab einem bestimmten Punkt nicht mehr mitgemacht, sie wollte einen Schlußstrich ziehen.« »Danach ist er aber zu ihr zurückgekehrt«, sagte ich auch zu ihr. »Was war der Grund?« »Den Grund dafür kannst du dir denken«, antwortete sie, »es gibt nur einen einzigen. Sie war nicht in der Lage, ohne ihn zu leben. Er hätte sie sogar wieder geheiratet, glaube ich. Aber sie wollte nicht. Ich glaube, es kam ihr vor, als würde sie so weniger leiden.« Jetzt blieb nur noch die Frage, die zu stellen ich nicht den Mut fand, nicht einmal im Dunkeln. Ob er auch dann noch andere Frauen hatte, als er mit ihr zusammen war – wie ein paar undeutliche Anspielungen von François vermuten ließen. Aber was sie mir unverzüglich sagte, klang wie eine ungewollte, doppeldeutige Antwort: »Er sagte, er würde mich lieben. Ich bin sicher, das stimmte.« Sie fuhr mit einem gewissen Stolz fort, als müßte sie sich etwas wiedernehmen, das ihr gehörte: »Er sagte, daß er in seinem ganzen Leben nur mich geliebt hätte.« Ich begriff, daß sie lächelte. »Vielleicht stimmt das ja auch in gewisser Weise. Aber sicher besaß er eine maßlose, unerträgliche Liebesfähigkeit. Ich sagte dir ja schon: ich war eifersüchtig, auf alle. Angefangen bei seinem Schutzengel, seiner Schwester Biba. Aber auch auf alles andere, restlos alles, was in seiner Nähe war oder mit ihm zu tun hatte.«

Das Licht kam nicht zurück: so konnten wir das Protokoll nicht abschließen. Ich öffnete die Fenster: es war nicht kalt. Der Rundbau und die anderen Gebäude des Gefängnisses lagen da wie leer und leblos, weißgetüncht vom Mondlicht. Nur der Schatten des Wachpostens bewegte sich langsam auf der Umfassungsmauer, von Wachhäuschen zu Wachhäuschen, vor dem jetzt wolkenlosen Himmel. Ich sah ihn stehenbleiben, sah einen Augenblick lang die auf diese Entfernung winzige Flamme eines Streichholzes, als er eine Zigarette anzündete. »Valerio war außergewöhnlich. Denk jetzt nicht, das sage ich, weil ich ihn liebte. Das macht mich nicht blind«, hörte ich sie wieder sagen, die Rhetorik in diesem Satz: »Das macht mich nicht blind«, während ich wieder die Fenster schloß. »Ich wußte nicht, daß man jemanden so sehr lieben kann«, fuhr sie im Halbdunkel fort. Ich erkannte lediglich ihre Gestalt, noch immer am Tisch, undeutlich: dort sitzend, unbeweglich. »Wirklich nicht. Und jetzt empfinde ich keine Scheu, wenn ich es erzähle, keinerlei Scham. Das ist etwas, was mir bleibt. Er war wirklich außergewöhnlich. Denk nicht, daß ich das sage, weil er tot ist. Außerdem kommt es mir gar nicht so vor, als wäre er tot.« Ich begriff, daß sie wieder lächelte. »Niemand kann sich vorstellen, wie sehr ich gelitten habe in den letzten Jahren, aus vielerlei Gründen. Aber ich bin froh, daß ich dies gehabt habe. Das kann mir niemand wegnehmen. Ich bin wirklich froh.«

In diesem Augenblick kam das Licht zurück: ich sah die vielen Fenster des Rundbaus und der strahlenförmig angeordneten Trakte des Gefängnisses plötzlich aufleuchten mit ihren Vergitterungen und die Neonlampen auf der Straße langsamer vibrieren; auch der Raum, in dem wir uns befanden, war wieder hell. Ich kehrte zum Tisch zurück: Lauretta schien verstört, daß wir uns nun wieder gegenübersaßen. »Möglicherweise hat das nicht viel zu tun mit dem, wonach du suchst«, sagte sie und drehte wieder an ihrem Ring. Ihre Stimme wurde einen Augenblick lang düster. »Aber das kann ich nicht entscheiden.« »Ich auch nicht«, antwortete ich, und ich dachte das wirklich. »Ich will dir ein paar seiner Gedichte geben. Er schrieb welche und veröffentlichte sie, sogar in wichtigen Literaturzeitschriften. Diese sind aber seine jüngsten, noch unveröffentlicht. Ein kleiner Zyklus, nicht abgeschlossen: der Titel lautet *Genosse Duilio*. Du verstehst etwas davon.« Ich sagte ihr, daß ich zwar nichts davon verstünde, daß ich sie aber mit Interesse lesen würde, und nicht nur in meiner Eigenschaft als Untersuchungsrichter. Dann fragte ich sie: »Lauretta, wer kann es gewesen sein?«

Sie schien entsetzt. »Hast du auch nur einen vagen Verdacht, einen Zweifel?« mußte ich hinzufügen. »Verzeih, aber ich bin nicht in der Lage, darüber nachzudenken«, sagte sie. Da sah ich vor mir das freundliche, in Gedanken versunkene Gesicht von Martinez (»Du kannst dir nicht vorstellen, wie verliebt er war«). »Seine frühere Frau?« fragte ich statt dessen. Sie verneinte entschieden: »Das halte ich wirklich nicht für möglich. Das scheint mir für jeden, den ich kenne, unmöglich«, fuhr sie dann fort. »Tatsache ist, daß ich wirklich nicht in der Lage bin, darüber nachzudenken.« Sie unterzeichnete das

Protokoll, Blatt für Blatt, gemeinsam mit mir. Wir haben auch die Rückgabe der Schlüssel schriftlich festgehalten, so, als wäre sie bei dieser Zusammenkunft erfolgt. »Verzeih«, wiederholte sie, und ein Lächeln lag auf ihrem Gesicht mit den blassen Sommersprossen. Ich verstehe immer noch nicht: verzeih was? Ich begleitete sie zur Tür; als ich sie öffnete, lag der Korridor im gewohnten abendlichen Dunkel, unendlich lang, nur die bronzenen Leuchter, von denen immer nur jeder zweite eingeschaltet war, vor den Wänden aus braunem Marmor. »Wenn dir etwas einfällt, und sei es auch nur eine Kleinigkeit«, sagte ich abschließend, während sie mir die Hand gab, »du weißt schon, ich brauche dir nichts weiter zu sagen.«

Dann, als ich hörte, wie sich ihre Schritte entfernten, die einst an Tartanspielflächen gewöhnt waren, sicher und leicht – »Ein schönes Paar«, erinnerte ich mich wieder an den keineswegs bösartig gemeinten Kommentar, den ich kaum einen Monat vorher aufgeschnappt hatte, und wieder sah ich, wie Valerio sie kaum merklich am Arm hielt, während sie in den sonnigen Winternachmittag hinausgingen –, dachte ich über den sonderbaren Stellenwert nach, den der Sport in ihrem Leben hatte: wie sich das Basketballspiel des jungen Mädchens, das sie war, mit seiner unbekümmerten Hingabe, an das Tennisspiel und der Rennfahrervergangenheit der bemerkenswerten Schwester verflocht, und wer weiß, was sonst noch alles: mens sana?

Vielleicht war genau das die Frage, sagte ich mir, als ich den üblichen Weg nach Hause ging. Aus dieser Geschichte trat irgendwie, noch vor dem gewalttätigen Tod, der an ihrem Ende stand, ein kaum wahrnehmbarer Unterton hervor, ein leiser Schrei, der jedoch Anzeichen für eine Leere (nach unseren Maßstäben) aus Angst war: alltäglich, dem Leben innewohnend und in der Lage, jede Regel über den Haufen zu werfen.

Danach allerdings, als ich bereits auf meinem Hängeboden im Bett lag und im Radio, das ich auf den Fußboden gestellt hatte, eine Aufführung von Puccinis *Turandot* hörte, rückte alles vorläufig wieder an seinen Platz, unter dem Gesang und den Tönen, die sich laut überlagerten:

Frau Prinzessin, du beherrschst ein Reich,
das sich vom Tse-Kiang bis zum großen Jang-Tse
dehnt!

Amor, du stürzest
ohne Göttin Fortuna!

Die Rätsel sind drei,
der Tod ist einer!

Turandot, die gibt es nicht!

aber auch:

Ja, leidensvoll sind der Verbannung Wege.
Drum hilf ihm, hilf, liebreiche Liú!
Hilf du ihm, diese Leiden zu ertragen:
tu's dem zulieb, der nie mehr lächeln wird!

Ich dachte an Lauretta wie an eine dieser Personen. Auf den Bohlen des Fußbodens standen, wie jeden Abend, die gewohnte Whiskyflasche und ein Glas: immer tröstlicher. Wer, Liú, Mimí? Oder vielleicht gar diese Turandot oder Tosca, die fähig sind zu morden? Aber wer, das war mir an diesem Punkt gleichgültig.

7.

23. März 1978, vormittags

Die Straße hatte auf den letzten dreißig Kilometern viele Kurven, die Maresciallo Masu mit jeder nur erdenklichen Vorsicht anging. Möglich auch, daß der 1100er Dienst-Fiat, durch wiederholte Inspektionen gegangen, dies erforderlich machte. Der Tag – Gründonnerstag, feierliche Aufsuchung des Heiligen Grabes, eine passende Koinzidenz – war schön, endlich frühlingshaft; die Landschaft abwechslungsreich: eine Hochebene jetzt, ziemlich morastige Weideflächen, aus losen Steinen aufgeschichtete Mäuerchen und Vulkangestein, bis hin zu den fernen Höhenzügen, die man hier Berge nennt und die auch wirklich so aussehen; ein weiter Himmel mit vereinzelt dahinziehenden Wolken. Ich dachte, daß Valerio Garau an diesem Tag, vielleicht sogar zur gleichen Uhrzeit, den gleichen Weg hätte zurücklegen müssen, der ihm ganz anders vertraut war – seit seiner Kindheit in sein Leben eingeprägt –, am Steuer seines schon etwas betagten Lancias sitzend, den ich noch kennengelernt hatte. »Die Bergzüge des Montiferro« – der Maresciallo nannte mir den Namen und unterbrach damit das Schweigen, in das er sich wegen der knappen Erwiderungen, die ich ihm gab, zurückgezogen hatte. Erhebungen – Berge? –, die wir nunmehr, weniger weit entfernt, links von uns ließen, umflutet vom Licht des Vormittags: blaue Linien, weißliches Schimmern einer Ortschaft auf halber Höhe, für den, der es gewußt hätte, sogar die Kuppel einer Basilika.

Die Reise wurde auf diese Weise ziemlich lang. Wir kamen durch ein paar Dörfer, die alle gleich aussahen und wo deutlich sichtbar Vorbereitungen für die Osterfeierlichkeiten getroffen wurden (oder wenigstens kam es mir so vor); alte, zur Seite ausweichende Frauen in Schulterschals (kamen sie zu dieser ungewohnten Stunde aus der Kirche zurück, von den Andachten der Karwoche?); hin und wieder aber auch eine, die einen Korb auf dem Kopf trug oder in einer Tür stand und heraussah; alte Männer an sonnenbeschienenen Kreuzungen, wie üblich viele Kinder, Schilder von Bars, unzählig viele, die sich dann als Schenken herausstellten, die auch schon zu dieser Stunde besucht wurden. Die Stunde, in der die Schäfer vom Melken zurückkommen, erklärte mir Masu. Lange hielten wir vor beschrankten Bahnübergängen, in dieser menschenleeren Landschaft aus Löß und Basalt, wo die Asphodelen zu blühen begannen: endlich tauchte schnaufend ein kleiner Zug auf – eine Lokalbahn, auf Schmalspurgeleisen –, die vorbeiziehenden Schatten wurden an die Hänge geworfen: klar umrissen, unterbrochen von den Fenstergevierten (»Der Triebwagen«, sagte Masu), und kurz darauf, nochmals wartend, begegneten wir ihm wieder, bei unserem Rendezvous mit weiteren Eisenbahnschranken; wir beobachteten, wie er, mit einem sonderbaren Pfeifton, langsam wieder verschwand. Danach drehte eine Bahnwärtersfrau ohne jede Eile, nachdem sie ihre häuslichen Beschäftigungen unterbrochen hatte, an der Kurbel, um uns zu befreien. Seine Landschaft, seine Leute, sein Geburtsort (Planargia heißt der Landstrich): alles das gehörte zu ihm, diesem mir fremden Menschen, dessen

Tod mir überantwortet worden war und dessen Weg wir jetzt zurückverfolgten.

Ich war müde, hatte schlecht geschlafen, und mein Blutdruck war niedriger als gewöhnlich. Am Ende, als wir aus einem dichten Schirmpinienwald herausgekommen waren, befanden wir uns am Rand des großen Trichters: C. lag da drüben, an dem kleinen Hügel (dem sogenannten Hang) gelagert, auf dessen höchster Erhebung wir die Ruinen des Kastells sich auftürmen sahen: ein Stück Befestigungsmauer und ein Turm. Der Fluß unten umspülte beinahe die Häuser und floß dann, nach einer letzten engen Biegung, schimmernd aufs Meer zu, das jetzt spiegelglatt war und vor lauter Helligkeit flimmerte. »Hier ist der Unfall von Don Mirco und seiner Frau passiert«, bemerkte Masu in einer Kurve, die wir hinunterfuhren, in Höhe eines Steinbruchs. Als auch sie nach C. fuhren, eines Abends: zu einem der Karnevale, für die die kleine Stadt damals berühmt war, und zwar wegen der Art und Weise, wie sie dort gefeiert wurden, von einfachen und besseren Leuten gleichermaßen. Dann befanden wir uns auf der schnurgeraden Straße, die auf der einzigen Brücke verlief: außerordentlich eng, zwischen hohen Mauern. Wir ließen die Flachdächer hinter uns, unter welchen sich einmal Gerbereien befunden hatten; jetzt standen sie verlassen da oder dienten bestenfalls als Lagerräume für die Fischer; sie spiegelten sich im ruhig fließenden Wasser.

Ich bat Masu darum – »Ist es weit bis zum Amtsgericht?« –, den Wagen auf dem Parkplatz am Fluß stehenzulassen. Ich fühlte mich wirklich nicht wohl, und die letzten Kurven hatten mir besonders zugesetzt. Der Ort entsprach genau dem, was ich von der Fotografie her kannte (der mit Charlot, dem Hund, unter dem Segel, Niki mit hochgekrempelten Hosenbeinen, in gebückter Haltung mit einem nautischen Manöver beschäftigt); und auch die Gesamtansicht kam mir nicht anders vor: da oben die Brücke mit jeweils ein paar Häusern auf jeder Seite, die charakteristischen Dächer; und hier, in unserer Nähe, die vertäuten Boote – die gleichen – und die zum Trocknen ausgebreiteten Netze. Wir gingen durch eine Gasse und gelangten gleich auf den Corso, auch er verschlafen daliegend: zwischen hohen Häusern, die sich allgemein in einem schlechten Zustand befanden, allerdings einer bestimmten bürgerlichen Tradition entsprachen, einige waren sogar ziemlich alt. Die Sonne fiel nur auf die oberen Stockwerke, erreichte aber nicht das Straßenpflaster. »Die Apotheke von Dottor Pes, Donna Bibas Mann«, machte mich Maresciallo Masu aufmerksam. Er bestand darauf, weil noch Zeit war, mir einen Espresso zu spendieren.

Es war eine Bar vom alten Schlag, ein riesiger Raum, der wahrscheinlich bessere Zeiten gesehen hatte; jetzt hielten sich dort im Halbdunkel nur wenige Gäste auf, außer uns und einem alten Mann, der an einem kleinen Tisch Zeitung las (bei ihm handelte es sich allerdings um den Besitzer, was ich einigen Sätzen entnahm, die er mit meinem Begleiter wechselte); noch mehr kleine Tische, aufeinandergestapelt, weiter hinten. »Wenn es Ihnen nichts ausmacht, nehme ich einen Brandy«, sagte ich. Das Mädchen mit der Schürze, das hinter den Tresen trat, goß mir reichlich ein. Meine Aufmerksamkeit wurde augenblicklich von den frei herumfliegenden kleinen Vögeln gefangengenommen: Kanarienvögel verschiedenster Färbung, Distelfinken, Grünlingen, alle völlig zahm. Zwei offene Käfige hingen an der Decke, und die Vögel hielten sich in ihnen auf, um zu schnäbeln und zu zwitschern, flogen aber auch zwischen den Käfigen und in dem großen Raum hin und her. »Donna Biba hat, solange sie konnte, die Apotheke behalten«, fuhr Masu fort. »Danach wurde auch sie natürlich verkauft. Sie wohnte genau da drüben, im Haus der Pes.« Die Pes waren Apotheker seit drei Generationen: auch der Vater und der Großvater von jenem Gavino, der sie geheiratet hatte.

Er bestand darauf zu bezahlen, ließ sich nicht davon abbringen. Der Eingang zur Apotheke lag genau gegenüber, die Häuserwand war mit häßlichen Kacheln restauriert worden. Ihre Wohnung lag darüber, er zeigte sie mir, zwei große schmiedeeiserne Balkons, die Fensterläden weit geöffnet oder angelehnt: inzwischen von anderen bewohnt, er sagte mir auch, von wem. Die Ausbesserungsarbeiten gingen auf die letzte Überschwemmung zurück, vor nicht ganz einem Jahr. C. war dafür bekannt (wie für seinen Karneval): beinahe stolz zeigte er mir beim Gehen die Höhen, die das Wasser in längst vergangenen, aber im Gedächtnis haftengebliebenen Zeiten erreicht hatte: »Bis hierher, bis zur Piazza, wo das Amtsgericht ist, kamen die Boote.«

Ein paar hundert Meter weiter, auf der anderen, im Schatten liegenden Seite des Corso, stand das Stammhaus der Garau. Eher enttäuschend: nicht einmal besonders groß, ein bißchen weniger würdevoll als die schönsten und ältesten, denen wir dort begegnet waren, wenn auch besser erhalten. Ein kleines Eingangsportal, das jetzt verschlossen war, zu dem man über drei breite Basaltsteinstufen gelangte; seitlich davon durch Eisengitter geschützte Fenster. Die eigentliche Wohnung befand sich auf der oberen Etage mit den üblichen Balkonen: in den schmiedeeisernen Verzierungen entzifferte ich die Initialen AG. »Don Antioco Garau, der Großvater des Consigliere.« Masu erklärte mir, daß sich das Haus vor allem in die andere Richtung, bis zum Fluß, erstrecke. »Jetzt, glaube ich, sind viele Zimmer geschlossen. Donna Niki lebt ohne Personal. Nur eine Patentochter macht hin und wieder für sie Besorgungen.«

Der Maresciallo der Carabinieri erwartete uns auf der Piazza, da, wo der Corso einmündet. Er ging unter sonnenbeschienenen Palmen mit ein paar Leuten spazieren, von denen er sich sofort verabschiedete, um zu uns herüberzukommen: ein kleiner Mann von tiefdunkler Hautfarbe, mit pechschwarzem Haar, in Uniform und mit einer Schirmmütze, die größer war als er selbst. Und das Amtsgericht war gleich dort: erkennbar, wenn man genau hinsah, durch ein auf emailliertes Blech gemaltes Wappen und seine Fahnenstange. Auf der Treppe, schief und krumm, versteht sich, unterrichtete mich dieser andere Maresciallo, Columbano, davon, daß es keinen Amtsrichter gebe, auch keinen Kanzleivorsteher, auch keinen Gerichtsvollzieher (auf jeder der Stufen aus losem Schiefer wurde einer erwähnt); für die dringlichsten Angelegenheiten kamen vertretungsweise die aus den Nachbarorten, aus dem Montiferro: »Wenn es nicht einen jungen Mann von hier gäbe, der maschineschreiben kann, wenn auch schlecht, dann bliebe der Laden dicht.« Ebendieser junge Mann war es, der uns empfing, gemeinsam mit dem Aufseher des Bezirksgefängnisses – Nachfolger, natürlich nicht der unmittelbare, von Masus Vater.

Als aber nach zwanzig Minuten Niki Solinas – vormals Garau – nicht erschienen war, trotz der formellen Vorladung – zugestellt: zu eigenen Händen –, außerdem jeder Gesprächsstoff ausgegangen war, mit dem man die Zeit hätte verkürzen können zwischen dem Schreibtisch – der zwanzig Jahre zuvor der im Mittelpunkt der Ermittlung stehenden Person gehörte – und den angrenzenden Büroräumen, deren Holzbohlen unter jedem Schritt quietschten, und als das Fenster, nicht ohne Schwierigkeiten, geöffnet worden war, von wo aus man auf der anderen Seite der Piazza, zwischen zwei Wohnblocks, die Uferbrüstung an der Flußpromenade und, weiter hinten, das glitzernde Meer sehen konnte, schlug der uniformierte Maresciallo vor: »Dottore, die gnädige Frau ist ein bißchen sonderbar. Ich schicke einen Schweizer Gardisten rüber, einfach so, als wär' weiter nichts.« Er ging ins Rathaus, um in der Polizeiwache anzurufen; selbstverständlich verfügte das Amtsgericht über kein Telefon. Was er sagen wollte, war: einen Carabiniere – und da erinnerte ich mich wieder an Laurettas Bemerkung gegenüber Valerio, in der Cafeteria des Justizpalasts (bei ihrem letzten Gespräch), wegen seines Schnauzbarts, und ich begriff endlich ihren Sinn und ihren Ursprung: »Ausgesehen hast du wie ein Schweizer Gardist...«

Nichts: der Schweizer (Ausdruck der Selbstironie bei den Unteroffizieren) kam zurück und berichtete, daß ihm nicht einmal aufgemacht worden sei, das Haus scheine unbewohnt: allerdings habe er vorher gesehen, wie sich ein Fensterladen oben bewegte. Was sollte ich tun? Ich gehöre nicht zu denen, die das Prestige der Justiz hochhalten, wenn wir es so nennen wollen; aber diese hundert Kilometer, einschließlich Kurven, hatte ich immerhin zurückgelegt, und beim Rückweg erwarteten mich noch einmal hundert Kilometer und ebenso viele Kurven. Daher war die schriftliche Aussage der früheren Frau, mit der er immer noch (mehr oder weniger) zusammenlebte, unumgänglich. »Dottore«, wandte sich mein Maresciallo in Zivil, Masu, an mich, »lassen Sie es mich mal versuchen. Übrigens«, sagte er zögernd, »würde es Ihnen etwas ausmachen, wenn wir uns in die Polizeiwache hinüberbegeben? Sie ist nur einen Schritt weit entfernt, hier unten. Vielleicht vereinfacht das die Sache.«

Ich stimmte zu, in dem unbestimmten Gefühl, daß ich ihn unterschätzt hatte. Der Maresciallo in Uniform wollte mich, als wir auf der Piazza waren – schon fast zwölf Uhr mittags –, ebenfalls zu einem Espresso einladen. »Ich hatte schon einen.« Ich erzählte ihm von der sonderbaren Bar mit den frei herumfliegenden Vögeln, gegenüber der Apotheke. »Die von Dottoressa Pes-Garau«, feixte er und ließ mir den Vortritt. Ich sah inzwischen auf die Uhr. »Ich würde lieber einen Brandy nehmen« – ich ging auf den Tresen zu –, »mit Kaffee bin ich vollgepumpt.« »Dort kaufte sie ihre Flasche, wenn sie abends nichts mehr im Haus hatte«, setzte er das Gespräch fort. So erfuhr ich, daß Biba – Dale Arden – von einem bestimmten Zeitpunkt an zu trinken begonnen hatte.

»Wie eine Dame natürlich, keiner hat sie jemals betrunken gesehen. Allerdings war am nächsten Tag die Flasche mit dem harten Zeug leer, im Abfalleimer, den die Frau, die zum Saubermachen kam, raustrug. Die Schwester des Gerichtsrats war in den letzten Jahren sehr dick geworden: sind ja schließlich auch Kalorien, nicht?«

Dann, nach dem Selbstmord – plumps! wie der Maresciallo sagte, das lautmalerische Wort gleichzeitig mit einer ebenso unmißverständlichen Geste begleitend: ins Wasser des Tyrrhenischen Meers, eines Nachts im Sommer –, wurden die Flaschen überall im Haus der Pes gefunden, angefangen von den Wandschränken bis hinunter in den Keller, als wären es ebenso viele Leichen. Mit ihnen hatte man dann ein Begräbnis veranstaltet, weil sie ja nicht vorhanden war. »Das Haus war bis unter die Dachbalken mit Hypotheken belastet, und zu den ersten Auktionen kam kein Mensch. Übrigens«, fragte mich der kleine dunkelhäutige Maresciallo der Schweizer Garde, als wir in der Polizeiwache angekommen waren, »wer wird eigentlich zum Vormund von Marta Pes bestellt?« Dieses Amt hatte Valerio inne, der Onkel mütterlicherseits – andere Onkel hatte die Behinderte im übrigen nicht –, dessen einzige Erbin sie jetzt geworden war. »Tja, dann muß Signora Niki wohl aus dem Palazzo Garau ausziehen. Verkaufen wird man ihn oder vermieten oder sonst was.«

Signora Niki erschien und wurde in diesem Augenblick von ihrem ehrerbietigen Begleiter hereingeführt, der mich mit ihr bekannt machte, einen Stuhl neben den Schreibtisch rückte und sie darauf Platz nehmen ließ. Sie zitterte und schien am Rand eines regelrechten Nervenzusammenbruchs. Sie sah kaum älter als ein Kind aus, klein und hager, mit vielen dichten Naturlocken, kurzgeschnitten und allesamt leicht ergraut, was im Gegensatz zu der glatten Bräune ihrer ebenfalls kindhaften Gesichtszüge stand, die einen leicht semitischen Einschlag hatten. Kein Make-up, nur ein herbes Parfum; sie hüllte sich fest in ihre Nerzjacke, die sie über den Jeans trug. Erst dann bat Maresciallo Columbano um Anweisungen und ging ins andere Zimmer.

Niki sagte im Grunde nichts. Ihre Antworten waren bündig und gaben nichts von ihr preis, außer ihrer Verteidigungshaltung: eingeigelt in eine Bitternis, die mittlerweile ihre Züge angenommen hatte. Gleichzeitig hörte ich – stärker als bei den anderen Personen, die ich vernommen hatte – aus ihren Sätzen den Haß auf den Mörder heraus; auch dies ein Gegensatz zu der sanften Aussprache, die ihr noch aus der Gallura anhaftete und die sich vermischt hatte mit dem Dialekt der Gegend, in der sie sich viele Jahre zuvor aufgehalten hatte. »Deshalb bitten wir Sie um Ihre Mithilfe, Signora«, drängte ich sie. »Ich weiß nichts, gar nichts. Was soll ich schon wissen?« Abwehr, mehr noch: deutliche Herausforderung. Sie sah ihn nicht, außer, wenn er zu ihr kam, im allgemeinen ohne jede Vorankündigung: »Wenn es ihm in den Sinn kam.« Sie erhielt keine Anrufe von ihm. Und rief ihn auch selber nicht an. Während seiner Aufenthalte gingen sie nicht gemeinsam aus, fuhren nur im Auto aufs Land, gingen dann dort spazieren, beide waren sehr gut zu Fuß, oder am Strand und bei den Klippen am Meer. Das Boot hatten sie schon seit vielen Jahren nicht mehr: »Seit damals.

Besser so, ich hätte es nicht mehr ertragen können.« Im übrigen verließ sie das Haus auch alleine nicht, außer mit dem Auto, wenn sie wegfuhr, und mit ihrem Hund. »Dennoch haben auch Sie ihn besucht, in T.« – ich nannte die Stadt, aus der ich gekommen war. »In der Wohnung im Viale Caprera.«

Sie verneinte beharrlich: »Wissen Sie eigentlich, daß ich dieses Haus niemals betreten, ja nicht einmal von außen gesehen habe?« Sie lächelte sogar, wegen der inneren Anspannung. »Als wir in T. wohnten, hatten wir eine andere Wohnung.« Ich konnte mich nur mit Mühe beherrschen, ihr nicht die Quelle zu nennen, durch die ich von ihren Besuchen wußte; welches Interesse sollte Lauretta denn daran gehabt haben, mich zu belügen? »Ich wußte nichts mehr über ihn. Er war ja nicht mehr mein Mann.« Dann, während sie umständlich das Protokoll unterschrieb (»Ich habe meine Brille vergessen«), sagte sie: »Ich wollte es nicht. Ich wollte nichts über ihn wissen.« Und gleich darauf: »Wissen Sie, daß ich nie einen Füller in die Hand nehme? Ich hatte schon fast vergessen, wie man es macht.« Sogar kokett, auf ihre Art. Nachdem die Formalitäten erledigt waren, wurde sie etwas aufgeschlossener: »Ich bin nicht einmal zur Beerdigung gegangen. Vom Fenster aus habe ich sie alle gesehen: den Onkel Kanonikus, die blinde Tante. Sie haben einen eigentümlichen Eindruck auf mich gemacht. Ob ich wohl auch so gealtert bin?« (Später sollte mir Maresciallo Columbano noch erzählen, daß sie zunächst nicht einmal ihnen hatte öffnen wollen.)

»Er, Valerio, wurde dagegen überhaupt nicht älter: Biba, seine Schwester, nannte ihn Peter Pan.« Doch, auf ihre Art kokett: merkwürdig schamlos in ihrer Kasteiung; der verschlissene blaue Seemannspullover unter der Pelzjacke, der gleiche, den ich auch an ihm gesehen hatte, die vielen Ringe, wie Mädchen sie tragen, an ihren kleinen Fingern, die kein Instrument mehr spielten. Sie hielt sie mir hin, eine ihrer Hände, und deutete ein Lächeln an: »Auch wenn ich nicht die Witwe bin, brauchen Sie nicht zu glauben, daß mein Herz nicht zerbrochen ist. Allerdings nicht erst jetzt.« Ihr Lächeln war breiter geworden: »Ich habe keine Träne vergossen, das dürfen Sie mir glauben. Aber ich möchte Sie bitten, mich nicht mehr rufen zu lassen. Ich stehe das nicht noch einmal durch, und ich hätte Ihnen auch nichts zu sagen. Ich hoffe aufrichtig, daß wir uns nicht mehr wiedersehen.«

Der Maresciallo in Uniform sagte danach, er sei sicher, daß sie C. niemals verlassen würde. »Wenn Sie ihr Auto sehen, Dottore, sind auch Sie davon überzeugt.« Ein vorsintflutlicher kleiner Kastenwagen, einer, bei dem ein Teil der Karosserie noch aus Holz war. »Sie kommt nicht über die Planargia hinaus, das schafft der Wagen nicht. Nicht weiter als Campeda. Außerdem spräche sich das rum. Und sie gehört nicht zu denen, die den Bus nehmen.« Trotzdem gab ich ihm den Auftrag, darüber Ermittlungen anzustellen und mir Bericht zu erstatten, innerhalb kurzer Zeit. Wir verabschiedeten uns, er schlug die Hacken zusammen, noch einmal gingen wir den Corso hinunter: da stand nun das Haus der Garau, endlich mit ein bißchen Sonne, die Fensterläden nahezu alle geschlossen, ein lang sich hinziehendes Gebäude auf der zum Fluß hin abschüssigen Straße (»Niki war dort glücklich gewesen«, hörte ich die blinde Tante sagen). Jetzt war ich an der Reihe, den Aperitif zu spendieren, in der Bar mit den herumfliegenden Vögeln: einen von den selten gewordenen Malvasiern (erst jetzt bemerkte ich die kleinen Exkremente hier und da). Die Apotheke und das Haus der Pes mit der häßlichen Kachelverschalung lagen gegenüber. Es war, wie gesagt, der Tag des Heiligen Grabes, eine Kirchturmglocke läutete in der Nähe, die Straße hatte sich noch mehr als sonst entvölkert; doch kam eine Frau vorüber mit zwei Kindern, sie trug einen Teller, auf dem sie, der Sitte entsprechend, blasse Gräser hatte wachsen lassen, die jetzt mit einem Band und ein paar Blumen geschmückt worden waren.

Dann waren wir in der Nähe der Brücke, von wo aus der »Hang« mit all seinen bis zum Kastell hinauf an ihm klebenden armseligen Häusern sichtbar wurde: Volk und Herren von C. Möwen überflogen ihn im Gleitflug, hoch oben in der Sonne, bis hierhergelangt; rauhes Klagegeschrei kam von ihnen herüber. Später, im 1100er Dienstwagen, sagte Maresciallo Masu: »Für Donna Niki wäre es furchtbar gewesen, wenn sie noch einmal aufs Amtsgericht hätte kommen müssen.« Die Landschaft, durch die wir bei unserer Rückfahrt kamen, lag frühlingsgrün in der Brise, mit den Weideflächen innerhalb der vielen Steinmäuerchen; dieser unendlich weite Himmel; der Montiferro kam wieder in den Blick. Ich sah auch weiterhin den alten, kleinen Schreibtisch in dem Zimmer vor mir, das als Kabinett für den Amtsrichter diente; die ausgetretenen Schiefertreppen, auf die das Tageslicht nur zurückgeworfen wurde. Mir kam vor, sie würden ein endgültigeres Schweigen in sich verschließen als das, in welches ich nunmehr aufgerufen war einzudringen. Wenn die Dinge ihre eigene Sprache hätten; wenn alles Sprache hätte, was die Menschen zu Lebzeiten gewesen sind (»Ich habe ihn niemals Ninni genannt«, hörte ich Nikis Stimme wieder sagen).

8.

23. März 1978, nachmittags und abends

Ich saß, nach meiner Rückkehr aus C., noch benommener am Schreibtisch in meinem Büro. Ich war in der Absicht dort hingekommen, die Papiere der Ermittlung in Sachen Garau zu ordnen, und auch, weil ich nicht wußte, wohin ich sonst hätte gehen sollen: bei Licht betrachtet, überstieg die Einzimmerwohnung, in der ich hauste, jedes Maß des Erträglichen; ebenso das Kino, das – Gründonnerstag – nur die Wahl zwischen einer Jungfrau von Orléans in Technicolor und einem klassischen Walt Disney ließ, in den ich meine Töchter vor vielen Jahren mitgenommen hatte, als sie noch klein waren: mithin untersagt. Also war ich, nachdem ich Maresciallo Masu verabschiedet hatte, in den Justizpalast zurückgekehrt, wo ich die grünen Marmorstufen der Haupttreppe hochstieg, die zu dieser Stunde von zwei Frauen geputzt wurden, kniend, eine oben, die andere unten, mit großem Aufwand an Scheuermitteln, als wäre auch dort der Osterhausputz in Gang: jedenfalls war der Eindruck der einer großen Leere wegen der Feiertage.

Aber auf meinem Schreibtisch hatte ich ein ganzes Bündel von Eingaben vorgefunden, darunter auch vertrackte, die mit Zivilprozessen zu tun hatten, die in meine Zuständigkeit fielen: daß François schon nach so kurzer Zeit unser Gentleman-Agreement mißachtete, machte mich, müde, wie ich war, ziemlich mutlos; vor allem, wenn ich an die Zukunft dachte (niemand hatte mich bisher in irgendeiner Sache vertreten). Doch wer hätte von François auch behaupten können, er sei ein Gentleman? Bevor ich ihn aufsuchte, ging ich auf den Korridor hinaus: nicht eine einzige Kanzlei war mehr geöffnet. Dann rief ich ihn an, doch merkwürdigerweise antwortete niemand. Ich fand mich also damit ab, die mit Steuermarken versehenen Papiere zu lesen, Gesetzbuch bei der Hand und juristisches Kompendium bereits aufgeschlagen vor mir, als Giancarlo Manai hereinkam.

Frisch und zerstreut – verwirrt –, wie immer, mit dem Pfeifenkopf, der aus seiner Brusttasche hervorguckte, fragte er: »Was machst du denn da?« Ich zögerte, ob ich mit einem »Ach, schau an, wer da kommt« reagieren sollte oder mit Klagen darüber, daß mir bisher keine einzige Zivilsache abgenommen worden sei. Wahrscheinlich gab es zwischen beidem keinen Mittelweg, und so entschloß ich mich für die zweite Lösung. Aber er schien durchaus nicht beeindruckt und gönnte mir keinerlei Genugtuung: »Nino ist schrecklich«, sagte er. Er ließ sich von der bisher durchgeführten Ermittlung berichten; währenddessen bearbeitete er seine Pfeife und hob nur gelegentlich, kaum wahrnehmbar, den Kopf, um mir ein paar fahrige Antworten zu geben: als wäre er nur zufällig hier zu Besuch und nicht der mit diesem Fall betraute Staatsanwalt. Er maß den unterschiedlichen Aussagen von Lauretta und Niki über die gelegentlichen Besuche der zuletzt Genannten in der Wohnung im Viale Caprera keine Bedeutung bei: »Möglicherweise ein Mißverständnis. Daß jemand vom Gedächtnis im Stich gelassen wird, passiert doch andauernd.«

Dann kam er wieder auf François zu sprechen, auf Einmischungen und Zeugenaussagen: »Er ist sauer auf Martinez. Du weißt ja, er will seine Nase in alles reinstecken. Aber jetzt kommt auch das noch hinzu.« Er las das Protokoll durch, das die Aussage festhielt, am Ende stieß er den Rauch aus, wobei er von Zeit zu Zeit nickte: »Wirklich eine Sauerei« – er klappte die Akte zu. »Du kannst das wahrscheinlich nicht restlos verstehen, du kennst das Milieu nicht. Aber das ist typisch Nino François.« »Warum ist er sauer auf Martinez?« fragte ich. »Auf wen ist Nino denn nicht sauer?« fragte er seinerseits. »Ich kümmere mich um meinen eigenen Kram. Die Arbeit in der Staatsanwaltschaft ist für mich ein Job wie jeder andere. Früher war ich Zivilrichter, wie du wahrscheinlich weißt.« Seine Pfeife war ausgegangen, und er bemühte sich linkisch, sie wieder anzuzünden, dann zog er den Rauch ein: »Nino ist sauer auf Giomaria Martinez, weil der tüchtig ist, weil der Ninos Urteile abändert und weil der, obwohl jünger als Nino, die Sektion des Appellationsgerichts leitet. Und er ist sauer auf Lauretta, weil die eine Frau ist, geschätzt wird und zur Linken gehört. Aber vor allem ist er, glaube ich, sauer auf die beiden und auf viele andere, weil er, na ja« – er lächelte –, »ein bißchen klatschsüchtig und boshaft ist.« Genau das sagte er: ein bißchen klatschsüchtig und boshaft.

Dann hatte er auf die Pfeife verzichtet, hatte sie in den Aschenbecher auf meinem Schreibtisch gelegt und war ans Fenster getreten, sah eine Weile hinaus – das Ruckedigu der Tauben – und bewegte absichtlich die großen Innenläden der Fenster, legte sie an und machte sie dann wieder auf. Schließlich drehte er sich um: »Würdest du auf einen Tee mit zum Chef kommen?« fragte er mit einer gewissen Gleichgültigkeit. Die Einladung versetzte mich in Erstaunen. »Er erwartet uns«, sagte er dann, »bei sich zu Hause: besser so.« Er sah auf die Uhr. Es war wohl Zeit, er blieb auf der anderen Seite des Schreibtischs stehen und begann wieder, seine Pfeife zu entleeren und zu putzen, das umgekehrte Ritual. »War François auch auf Valerio sauer?« fragte ich – mir kam es nicht so vor. »Nein, auf ihn nicht. Valerio war ihm sympathisch, und dann waren sie ja auch entfernt miteinander verwandt. Für Nino ist das ein wesentliches Argument.«

»Der Generalstaatsanwalt hat den Chef angerufen, von Cagliari aus«, vertraute er mir schließlich an. »Martinez ist ein einflußreicher Mann. Und gerade deshalb darf man es nicht zulassen, daß er mit Dreck beworfen wird.« Während ich, gleich nachdem wir hinausgegangen waren, mit vielen Schlüsselumdrehungen die Tür abschloß: »Das geht zu Lasten von uns allen. Und außerdem ist er der höchste Richter hier in der Stadt.«

Draußen – er hatte seinen Wagen nicht dabei: »Gehen wir zu Fuß? Es ist nicht weit« – ging der schöne Tag zu Ende: ein mit kleinen roten Wolken gestreifter Himmel im Westen, zum Meer hin, unter dem aufkommenden leichten Nordwestwind; und während wir über den höher gelegenen Fahrdamm gingen, tauchte, klar umrissen, zum Greifen nahe, die Asinara vor uns auf. Er sagte, daß dies immer seltener vorkomme, wegen der Petrochemie, und rief Erinnerungen an Zeiten wach – seine Jugend –, als man noch eine herrliche Sicht hatte. »Weißt du, von wo aus der Blick absolut ungewöhnlich war?« Vom Haus der Garau oder Grixoni, wie man will, von der obersten Etage, wo Valerio gewohnt hatte. Er meinte die Zeit (sechziger Jahre), in der Valerio mit Niki gerade von C. hierher umgezogen war, nachdem man ihn zum Richter am Landesgericht ernannt hatte: »Ich war Hospitant, unverheiratet, sie behielten mich auch zum Abendessen da.« Von ihren Fenstern sah es aus, als würde das Meer gleich hinter den Dächern beginnen: und immer wieder die Asinara, sogar Korsika war in Reichweite.

Zugleich kam er aber wieder auf das Gespräch von vorhin zurück: »Beispielsweise habe ich den Eindruck, daß du François ebenfalls ziemlich sympathisch bist.« Ich zuckte nicht einmal mit der Wimper, als er gleich darauf ins Fettnäpfchen trat und – ins Allgemeine überleitend – auf François' Vorliebe für verlorene Prozesse zu sprechen kam, die mir im übrigen bekannt und einer der schätzenswerten Züge meines Präsidenten war: »Sei trotzdem vorsichtig, du hast ja keine Ahnung, wie launisch er ist.« Die Pfeife in der Brusttasche, die Brust selber, an sich schon vorgewölbt, noch geschwellter, weil er die Luft einatmete, die allerdings wirklich ganz klar und rein war: in diesem Augenblick der Gnade konnte man auf dem beinahe rosafarbenen Meer das Schiff ausmachen, das seine nächtliche Fahrt nach Genua angetreten hatte, und noch weiter entfernt den flackernden Lichtpunkt eines Leuchtturms auf der äußersten Landspitze der Asinara.

Der Generalstaatsanwalt – der Chef, wie er genannt wurde: Pani konkret, Monsignore – wohnte gleich am Anfang des Fahrdamms, in der Dachwohnung eines modernen Wohnhauses (mit einer virtuosen Katasterklassifizierung: A/I): kleine, zur Wohnanlage gehörende Gärten nach japanischem Vorbild, abgerundete große Steine, Kies. Schweigend stiegen wir in den leise summenden Aufzug. Die Haushälterin gar mit Häubchen, und das in unseren Tagen. Geräumiger Vorraum, fast schon Eingangshalle, ein Mittelding zwischen ethnographischer Sammlung von sardischen Antiken und Andenkenvitrine: wahrscheinlich eher das erste. Dottor Pani erwartete uns in seinem gleich großen oder noch größeren Arbeitszimmer, in einen dunklen Hausmantel mit Schottenmuster gekleidet, der ihm, klein wie er war, fast bis zu den Füßchen reichte. Ich begriff den Sinn dieser Unternehmung, sofern ich noch Zweifel haben konnte, als ich ihn neben den wenigen Haaren, der vorgewölbten Stirn und den Brillengläsern von Mariolino Niolu stehen sah, seinem Stellvertreter, kaum viel größer als er selbst.

Die Zeremonie hatte etwas Chinesisches, und im übrigen entsprachen dem Panis Gesichtszüge: Schlitzaugen, breite Jochbögen und kugelförmiges Näschen über dem dreifachen Doppelkinn. Erzkatholisch, Humanist: das stilisierte Kruzifix am Ende des Schreibtischs und Tausende von Büchern und Zeitschriften geordnet in den Regalen. Das Gespräch behandelte zunächst literarische Themen; inzwischen wurde der Himmel jenseits der großen Fensterfront und der von japanischer Klebsame geschützten Terrasse, auf die sie hinausführte, dunkler, mit einer eben noch wahrnehmbaren Spur von lebhaftem Rot im dunkel gewordenen Wolkenband.

Ich fühle mich in derartigen Situationen nicht wohl, bringe es nicht fertig, die erforderliche ehrenwerte Scheinheiligkeit an den Tag zu legen. Es war allgemein bekannt, daß sämtliche Staatsanwälte von diesem Chef beeinflußt wurden, wovor sie sich lediglich durch mangelnde Qualifikation, Nachlässigkeit, Jagd- oder sonst irgendeine sportliche Leidenschaft und ein bißchen Frivolität schützen konnten. Vor allem Niolu zog daraus auch eine Erfahrung fürs Leben. Literatur und dann Kunst im allgemeinen: War nun Biasi bedeutender oder Figari? Monsignore, vor den jeweiligen Ölbildern stehend, die seine Wände zierten, neigte, entgegen der allgemeinen Meinung, der zweiten Ansicht zu und stellte Bezüge her, die von den Carracci bis hin zu Ignacio Zuloaga reichten, um seinen Standpunkt darzulegen. »Aber das schönste Bild ist und bleibt dies hier«, und er zeigte zur großen Fensterfront hinaus, »nicht vom Menschen gemalt.«

Er stand in dem Ruf, außerordentlich schlau, ganz und gar nicht mutig und impotent zu sein. Die zweite Phase galt höflichen Fragen danach, wie ich mich eingelebt hätte, in der Stadt, im Büro. Dottor Pani schwang sich auf zur Verteidigung der Provinz, dieser speziellen Provinz, »unbescheidenerweise«, räumte er ein. Hier, »keineswegs um steriler Gegenüberstellungen willen«, begann die Abschweifung zum Blutbad bei der Entführung Aldo Moros: »Ich weiß durchaus, das ist ein Schatten, der auf alle und alles fällt.« Er nahm eine Zeitung aus einem Korb, las einen Absatz aus dem berüchtigten ersten Kommuniqué der Roten Brigaden vor; dem stellte er den Kommentar aus einer anderen Zeitung gegenüber, die er ebenfalls unter diesem Haufen hervorzog.

Die dritte Phase schließlich richtete sich auf das genüßliche Schwelgen in den Ermittlungen im Fall

Garau: »Der Wolf wechselt zwar das Fell, aber nicht das Laster. Es ist allgemein bekannt, daß Juristen am Ende immer über ihre Arbeit sprechen.« Und schließlich blieb die Angelegenheit mit dem armen Valerio nicht nur auf die Arbeit beschränkt; jetzt wurde er auch noch melancholisch. Dazu gedrängt, legte ich die Dinge dar: er schien über alles im Bild zu sein, danach zu schließen, wie er zustimmte und durch bedeutungsträchtige Gebärden seine Billigung ausdrückte. Er äußerte sich weder zu der Annahme, daß es sich um einen Irrtum des pharmazeutischen Unternehmens handelte, noch zu sonst irgendeiner Hypothese. »Und wenn nun beide aufrichtig sind, Lauretta Oppo und die Solinas?« fragte ich im Hinblick auf die kontroverse Frage, die Nikis Besuche im Viale Caprera aufwarf. »Das würde bedeuten, daß Valerio Lauretta belogen hat. Und der Grund?« Der Grund war sogar Mariolino Niolu klar: »Cherchez eine andere femme«, beeilte er sich, scharfsinnig zu antworten. Der Hinweis gefiel dem Chef über die Maßen. Lediglich Giancarlo, Pupo – der weder ihn noch die Beweggründe verstand –, beharrte auf seiner Anschauung von der Ambiguität des Realen, indem er, etwas töricht, wiederholte, daß eine der beiden Frauen doch irren könnte, in Treu und Glauben.

Offensichtlich war Dottor Pani alles recht – »vorausgesetzt, es verstieß nicht gegen die Gerechtigkeit« –, was die Ermittlung von Martinez' Frau und vom Justizpalast wegführte, auch wenn er sich hütete, das zu sagen. Doch in diesem Augenblick – ein leichtes Klopfen an der Tür, der Form halber – trat die Gastgeberin ein, gefolgt von der Haushälterin, die auf einem Tablett den Tee hereinbrachte, im prunkvollen Silberservice. Auch sie war klein, außerdem dick und hatte eine wasserstoffsuperoxydgebleichte Dauerwelle. Und sie war es, die das Geld besaß. Ich hätte die Wette verloren, wenn ich sie abgeschlossen hätte: von den beiden stellvertretenden Staatsanwälten, Giancarlo Manai und Niolu, war es der letztere, der sich akkurat mit einem Handkuß verbeugte. Die Signora sprach sie mit dem Familiennamen an, jedoch per Sie; insbesondere Giancarlo behandelte sie wie einen Jünger – sie bat ihn um eine Zigarette –, was ihn freute. Monsignore erklärte ihr jetzt allerdings: »Wir waren gerade dabei, in eine herrliche Sitzung zu schlittern. Wundere dich also nicht«, und verabschiedete sie.

Dann – nachdem das Intermezzo des Teetrinkens vorüber war und die Hausherrin sich empfohlen hatte – fuhr er fort, daß für ihn die Hinzuziehung der stellvertretenden Staatsanwälte heilig sei: »Wir treffen alle Entscheidungen gemeinsam.« Damit begann die letzte Phase, die wichtigste: mit zunächst indirekten, dann beharrlich einkreisenden Hinweisen auf meine beruflichen Pechsträhnen, vor allem die letzten, die durch das Disziplinarverfahren noch verschlimmert worden waren, mit dem sie in Zusammenhang standen. Draußen war es vollkommen dunkel geworden; jenseits der Spiegelung in den Glasscheiben zeichnete sich nur der Schatten der japanischen Klebsame ab, und ich blickte auf den gewienerten Marmorfußboden, den großen Nule-Teppich – Sonnen- und Kelchsymbole –, der den Boden unter unseren Füßen bedeckte, und fragte mich, wohin uns dieses Gespräch noch führen würde. Taktvoll, freundschaftlich, eigentlich meine Partei ergreifend: »Mir ist klar geworden, daß sich viele unserer Vorstellungen decken.« Gleichzeitig ließ er vage durchblicken, daß er in Kenntnis über mich betreffende Mitteilungen war, die nicht schriftlich festgehalten waren, noch nicht. Die beiden Stellvertreter schwiegen, Niolu deutete hin und wieder seine übliche Zustimmung an.

Kurz gesagt, es handelte sich um einen Wink und um einen entschlossenen Druck, um ein: Auf-welcher-Seite-stehst-du? und um ein: Paß-auf-was-du-tust!-Du-kannst-dir-keinen-Fehler-leisten! ebenso eloquent wie unausgesprochen. Was er hingegen laut sagte, war: Gut, ich hätte einen ausgezeichneten Eindruck gemacht, ich sei bereits hochgeschätzt, und er beschloß das Gespräch, indem er mich der Freundschaft aller versicherte, vor allem – gewiß hätte ich das bemerkt – der Staatsanwaltschaft: er hatte sich bereits erhoben, stand da in seinem Haustalar nach schottischem Ritus, mit dem Geruch von Kölnisch Wasser und seinem schlaffen Händedruck. Dann erst fügte er hinzu, so als würde es sich um einen beiläufigen logischen Folgesatz handeln: »Ich glaube nicht, daß es nötig ist, Präsident Martinez als Zeugen vorzuladen, so wie die Dinge liegen. Was meinst du?« woraufhin er sich umdrehte, um Giancarlo Manais Ansicht zu erfahren.

Als wir hinaustraten, war der Nordwestwind stärker geworden und schaukelte die Lichtkegel der Neonlampen auf dem dunklen Platz hin und her. Mariolino Niolu hatte seinen Wagen dabei; er und Giancarlo setzten mich bei mir zu Hause ab. Bei beiden war die Bewunderung für den Chef unterschwellig, doch deutlich vorhanden: »Was sagst du zu unserem Monsignore?« Unterdessen sprachen sie von den bevorstehenden Osterferien, von ihren jeweiligen Plänen, ihren Familienangehörigen. »Fährst du weg?« fragte mich Mariolino, machte dann aber auf der Stelle einen Rückzieher: zum Schutz, vermute ich, meiner und seiner eigenen Privatsphäre, damit sie nicht durch irgendwelche gastfreundschaftlichen Verpflichtungen belastet würde. Währen wir uns noch gegenseitig frohe Ostern wünschten – ich stand bereits in der Kälte außerhalb des Wagens – sagte er zum Schluß: »Hör mal, dir wird ja wohl klargeworden sein, wer François eigentlich ist: er muß nicht unbedingt wissen, daß du mit Pani zusammengekommen bist.«

9.

In der Nacht vom 23. auf den 24. März 1978

Ich schlief abermals äußerst schlecht. Im Bett hatte ich wieder Radio gehört: in einem Programm für die Karwoche die Kantate *Actus tragicus* von Bach, »Gottes Zeit ist die allerbeste Zeit«. Das kleine Gerät, um getreue Wiedergabe bemüht, so gut es ging (nicht gut), war voll aufgedreht und übertrug seine Schwingungen – Chor- und Solistenstimmen – auf die Bretter des Hängebodens. Die Musikstücke, die ich damals gelegentlich hörte, kommen mir jetzt wie die zuverlässigsten Zeichen aus jener Zeit vor: und auch jener Angelegenheit, die nicht die meine war (»Bestelle dein Haus!«). In jener Nacht bezog ich daraus keinerlei Trost. Im Gegenteil, irgendwann begann ich – und tue es noch immer – auch die Bach-Kantate mit dem Unbehagen in Zusammenhang zu bringen, das auf mir lastete. Als würde sie für mich auch weiterhin ausschließlich die dunkle Last und die Angst jener Zeit symbolisieren, ohne sich jemals davon befreien zu können.

Doch vor allem mit einem Traum bringe ich diese unangenehmen Gefühle in Verbindung. Ein Traum, an den ich mich nicht erinnere und den ich bereits vergessen hatte, gleich nachdem ich ihn geträumt hatte; dennoch bin ich sicher, daß er eine Rolle in der Geschichte spielt, die ich hier erzähle. Hatte er mit Blut zu tun? Und auf welche Weise – welches Blut? –, wenn es denn so war? Während ich auf den Schlaf wartete, kreiste mein Verstand unter den verworrenen Bedingungen, die typisch sind für die Art, wie ich mir den Schlaf herbeihole – wenn ich nicht sogleich in einem Tiefschlaf versinke – immer wieder um ihn, Valerio; und so, als würde man den Linien einer Spirale folgen, gingen andere Gedanken davon aus: der lethale Prozeß, so wie er mir geschildert worden war, der von der Blausäure ausgelöst wird, sobald die Substanz in den Kreislauf, in die Blutbahnen eintritt; die Niederschlagung der Enzyme und die darauf folgende Anoxie (Sauerstoffmangel). Gleichzeitig verband sich damit die Erinnerung an das zweite Rätsel der Turandot – die Musik vom vorausgegangenen Abend –, das ja gerade mit Blut zu tun hat (»Wenn du zugrunde gehest, wird es kalt«).

Unter solchen Gedanken, wenn man sie als solche bezeichnen kann, oder Bildern, bin ich eingeschlafen. Noch bin ich nicht sicher, ob sie nicht, zusammen mit der Bach-Kantate, auf irgendeine Weise zu dem Traum wurden, der mir nach dem Aufwachen das Empfinden gab, erschöpft zu sein, mich zutiefst unwohl zu fühlen, auch körperlich. Ich erinnere mich aber nicht an ihn. Ich habe nur noch eine vage Vorstellung von Menschen und Lichtern, die darin vorkamen – oder möglicherweise von einer ununterscheidbaren Menschenmenge, gegen die sich ein unbegreiflicher Glanz brach; aber es kann sich auch um vorher oder nachher aufgetretene Schemen handeln, die auftauchten, während ich auf den Schlaf wartete oder bereits wieder wach war. Jedenfalls neige ich dazu zu glauben, daß Valerio Garau nicht darunter war, nicht einmal in einer Nebenrolle. Und trotzdem weiß ich, daß der Traum, den ich in jener Nacht hatte, die gesamte Angelegenheit darstellt, so wie in der Gattung die Art enthalten ist.

Daher kann es sein, daß es irgendeinen Verknüpfungspunkt oder einen kleinsten gemeinsamen Teil gibt, auch wenn ich ihn nicht erkenne, und daß deshalb jede Art von Musik, mehr als irgend etwas sonst, den Sinn eines verschwindend kleinen Augenblicks von Leben zu verdeutlichen in der Lage ist und uns sogar für die Geschichte eines anderen interessieren kann. Allerdings handelt es sich dabei um Fragen, die unbeantwortet bleiben; von ihnen kommt weder Hilfe noch Erleichterung, sondern ausschließlich Mortifikation, im wörtlichen Sinn. (Das Gegenteil von »lehre uns, daß wir sterben müssen, auf daß wir klug werden«, das Gegenteil von der Weisheit des Todes.) Das Haus bleibt unbestellt.

III. Blutacker

1.

28. März 1978, vormittags

Wie sich die Ermittlung dann weiterentwickelte, daran habe ich nur bruchstückhafte Erinnerungen. Auch deshalb, weil sie sich im Lauf der Zeit auflöste und die trügerische Kontinuität verlor, die ich ihr zu geben in der Lage war und die mir eine gewisse Vertrautheit mit den persönlichen Lebensverhältnissen der Hauptpersonen ermöglicht hatte, ohne auch nur einen Schritt auf irgendeine x-beliebige Lösung hin zu tun (von Wahrheit wage ich gar nicht erst zu sprechen). Der Mensch ist wirklich ein unbegreifliches Wesen, wenn ich noch immer verworrene Sehnsüchte bei der Erinnerung an die Tage jener Karwoche verspüre, in denen ich die ersten Untersuchungen durchgeführt habe, mit denen ich beauftragt worden war; und ich knüpfte Beziehungen zu einer Welt, mit der ich nichts zu tun hatte und zu der ich niemals gehören würde: eine in jeder Hinsicht unliebenswürdige Welt, mit sterilen, wenn nicht gar unangenehmen Beziehungen, wenn man genau hinsah. Soll das also bedeuten, daß das, was die Zukunft für uns bereithält, noch schlimmer ist? Daß das Erlebte stets weniger unbarmherzig ist als das Leben?

Das Gegenteil müßte der Fall sein, denke ich. Aber wir wissen, daß es zum Selbsterhaltungstrieb gehört, reale Bilder des Leidens aus dem Gedächtnis zu verbannen. Daher erinnere ich mich mit einer wenig plausiblen und gleichgültigen Zuneigung (oder doch fast) an die Schauplätze von damals: an die versiegelten Wohnungen im Viale Caprera und in Platamona; an die Landschaft der Planargia, in einer nicht enden wollenden Fahrt durchquert, wobei wir vor dem fernen Hintergrund des Montiferro dahinfuhren, der mir für immer unbekannt bleiben sollte, nur ein Name; an C., am Fuß seines Kraters, mit dem »Hang« und dem Fluß; an jene anonyme, keineswegs schöne Stadt T., in der ich eineinhalb Jahre lang gelebt habe; sogar an die Labyrinthe des Justizpalasts, den man Hospital nannte, nicht nur wegen seiner ursprünglichen Bestimmung, und auch an die Labyrinthe des anderen Palasts, ganz aus Marmor und Granit, wo ich einen Raum vorgefunden habe, zu dem mir der Schlüssel übergeben worden war: ein Büro, wie ich es seit vielen Jahren nannte, vielleicht auch etwas mehr, selbst wenn es noch so unwirtlich war an kalten Abenden, wenn die großen gußeisernen Heizkörper nicht einmal lauwarm wurden, und auch später, an Abenden eines Frühlings, der inzwischen das leere Gebäude in dem lediglich die Fenster von François, zwischen den Säulen der Fassade, und meine, zum Gefängnis hin, erleuchtet waren, mit Lauten von Leben erfüllte.

Und dann erinnere ich mich an die Personen: an Lauretta, ihren leichten, aber entschiedenen Schritt und ihr Durchhaltevermögen bei einer Prüfung, auf die sie nicht einmal die vorausgegangene Angst und der Todesfall vorbereitet hatten; an die arme Niki; an das unfreiwillige Paar von Onkel Kanonikus und blinder Tante – Don Pietro und Donna Teresita (und an ihren diskreten Schatten, die gleichnamige Haushälterin Teresa); an Giomaria Martinez, Würde (soweit möglich) und Last; aber natürlich auch an den unerträglichen François, an die Drossel mit dem kleinen Foulard um den Hals, an den nichtexistenten Niolu – den ersten stellvertretenden Staatsanwalt –, an Monsignore – feige und nur vordergründig kultiviert – samt reicher Frau ... Aber vor allem an sie, die Toten: Valerio und Biba – Ninni und Biba.

An anderes noch und an andere. Sie alle und das alles müssen ihren Platz in der Geschichte finden, wie sie auf diesen Seiten erzählt wird; denn von einer anderen, ihrer eigenen, sind sie ja bereits Bestandteil. Unterdessen rückte der Frühling mit lauen, fast schmerzhaften Zeichen näher. Das war offensichtlich. Ich habe ihn nie gemocht. Am Karsamstag, dem 25. März, erschien das zweite Kommuniqué der Roten Brigaden zu Aldo Moro, und die Zeitungen sprachen unablässig darüber. Die Flut der Zivilprozesse hatte ihren Weg bis zu meinem Schreibtisch gefunden und sie wurde immer größer und trüber und drohte, ihn unter sich zu begraben und mir in jedem Fall die Rechnung (sofern ich bezahlen wollte) für jeden Augenblick zu präsentieren, in dem ich mich mit anderen Dingen abgab; wie ich es eine Woche lang tat, und zwar in aller Ahnungslosigkeit.

Ich könne nicht andauernd die Garau-Ermittlungen vorschieben, hatte mir François just am Dienstag nach Ostern mehr oder weniger deutlich zu verstehen gegeben, als der Gerichtsbazar seine Tore nach den kurzen Ferien wieder geöffnet hatte. Man weiß, daß man die Gerechtigkeit mit einer Logik und einer Ethik verwaltet, die viel zu tun haben mit dem Spiel des Sich-arrangierens, wie es in den Kasernen betrieben wird. Von mir erwartete man sich konkret, daß ich ins Schwarze traf und mich gleichzeitig dem üblichen Kram widmete. Doch konkrete Erwartungen dieser Art widern mich an, meine Ambiguität ist von einer Art und einem Ausmaß, daß sie sich ständig mit einer parallel zu ihr verlaufenden Unbeugsamkeit vermischt, die ebenso typisch für mich ist. Da begriff ich, daß ich zu leiden hätte, und zwar aus ebendiesem Grund (schon ganz wenig kann ausreichend sein). Und als Reaktion darauf war ich nach der Rückkehr von der Audienz beim Präsidenten – die im Korridor stattfand und sich sogar auf eine Einladung zum Espresso in die Cafeteria des Verbrechens erstreckte, wie François sie jetzt nannte, sehr zum Amüsement ihres Pächters, des taubstummen Namensvetters – nicht in der Lage, an meinem Schreibtisch zu sitzen, wo die mit Steuermarken versehenen Papiere erneut den Ehrenplatz einnahmen.

Der Weg war der übliche, und kurz: bis zum Fenster, Blick aufs Gefängnis. Aber dann empfand ich das Bedürfnis, die Überlegung schriftlich festzuhalten, und ich begab mich wieder an den Schreibtisch, wobei ich mich auf die Besucherseite setzte, mit einem Kalenderblatt des Vormonats umgedreht vor mir. Also:

1. Aus den in den Apotheken unserer Stadt T. und in C. durchgeführten Ermittlungen ist hervorgegangen, daß sich niemand daran erinnert, an den allgemein bekannten Dr. Valerio Garau die beiden Schachteln mit dem Leberschutzpräparat verkauft zu haben, die in der Wohnung im Viale Caprera gefunden worden waren. Von diesen Schachteln war eine angebrochen und enthielt Kapseln, die mit dem Gift durchsetzt waren. Das negative Ergebnis konnte unterschiedliche Bedeutungen haben: *a)* irgendei-

nem der Apotheker ist, was fast alle als möglich bezeichneten, eine Tatsache entfallen , die sich jedoch zugetragen hat; *b)* das Medikament ist Valerio von einem der wenigen Apotheker verkauft worden, die ihn nicht oder nicht näher kannten; *c)* Valerio hat das Medikament nicht persönlich gekauft, sondern jemanden mit dem Kauf beauftragt. Diese zuletzt genannte Hypothese führte zu einer weiteren, die durchaus etwas für sich hatte: niemand anderes als der Beauftragte hätte eine bessere Möglichkeit gehabt, das Zyankali in die Kapseln zu füllen; aber das allein schon ließ Zweifel daran aufkommen, ob sich der Betreffende so leicht dem Risiko der Verdächtigung ausgesetzt hätte. Es sei denn, daß ... Es sei denn, was?

2. Da ein Motiv, das auf die Erbschaft abzielt, ausgeschlossen ist, ist zu überlegen, welche anderen Motive in Frage kommen. Augenfällig waren unzweifelhaft die komplizierten Verhältnisse im Gefühlsleben des Ermordeten – sofern man sie so bezeichnen kann: ihnen habe ich bislang einen großen Teil meiner Aufmerksamkeit zukommen lassen. *a)* Strenggenommen hätte Giomaria Martinez der Hauptverdächtige sein müssen: Ehemann der Geliebten und Verlierer in der bekannten Dreieckskonstellation. Die Hypothese, die ihn als den immer noch in Lauretta Verliebten darstellte, war durchaus überzeugend; lasse ich einmal die Sympathie außer acht, die er in mir hervorrief, so konnte ich mir nicht vorstellen, daß Martinez einen vorsätzlichen und ziemlich aufwendigen Mord beging, nach sechs Jahren dieser Beziehung, deretwegen er zwar gekränkt sein konnte, die er aber hingenommen zu haben schien, wobei er sogar alles aufzugeben bereit war. Es sei

denn, daß Eifersucht das Tatmotiv war, oder nicht nur Eifersucht: daß Martinez beispielsweise zum Schluß keinen anderen Ausweg mehr sah, wie er seine Frau aus dem Zustand tiefsten Unglücklichseins befreien konnte. Diese Vermutung schien mir meiner Vorstellung von ihm eher zu entsprechen, aber es gab nicht viele Elemente zur Stützung dieses Umstands, der die Voraussetzung für die Tat sein mußte: Lauretta litt zwar unter der Irregularität ihrer Beziehung zu Valerio, aber sicher nicht bis zu diesem Punkt. *b)* Also schloß ich ein Motiv für Lauretta aus, und noch viel weniger glaubte ich, daß sie moralisch dazu fähig gewesen wäre, Valerio zu vergiften. Diese Einsicht schien mir so selbstverständlich, daß ich es unterließ, die Rechtfertigung dafür in Worte zu fassen. *c)* Dann war da noch die andere Frau, Niki: verrückt, wie es hieß; und zweifellos waren, unabhängig von dieser banalen und wenig exakten Qualifizierung, ihre Schwierigkeiten offenkundig, sofern dieser Euphemismus Anklang findet. Niki war möglicherweise fähig dazu, das Zyankali in die Medikamentenkapseln einzuführen; und die Gelegenheit dazu hatte sie, Valerio war auch am Sonntag vor seinem Tod noch in C. gewesen. Doch die Grundlage für eine derartige Vermutung geriet sofort ins Wanken, und zwar wegen des Hasses auf den Mörder, den ich bei ihr gespürt hatte, und der, kaum artikuliert, doch übermächtig, meiner Ansicht nach nicht vorgetäuscht war. *d)* Es konnte auch sein, und vielleicht war es nicht einmal unwahrscheinlich, daß Valerio noch eine andere Frau hatte oder vielleicht mehr als nur eine, nach dem Muster des etwas beunruhigenden Spiels der russischen Puppen; und daß die Lügen, die er – wie es schien – Lauretta über die gelegentlichen Besuche seiner früheren Frau in T. erzählte, dazu dienten, heimliche Begegnungen zu kaschieren. Eine dritte Frau oder noch weitere: zusätzliche Darsteller, von denen ich nichts wußte; neue Anhaltspunkte für den Zweifel, den zu äußern ich verpflichtet war, an der Identität dessen, der Valerio Garau vergiftet hatte. Doch solche Personen vermehrten nur die Ungewißheit und ließen Lauretta und sogar ihren Ehemann in einem völlig neuartigen Licht erscheinen: nichtvorhersehbarer Reaktionen fähig.

3. Aber es war nicht sinnvoll, sich definitiv in derartigen Gefühlsverwirrungen zu verbohren; die Untersuchungen mußten in andere Richtungen zielen. Und aus Valerios Geschichte hatte ich etwas in Erfahrung gebracht, was in eine solche Richtung wies. Unter all seinen Widersprüchlichkeiten war auch jene aufgetaucht, die ihn, offensichtlich über einen langen Zeitraum hinweg, dazu veranlaßte, archäologische Grabungsfunde als Hehlerware anzukaufen (anders konnte man es nicht nennen): er, angesehener Richter, demokratische Persönlichkeit und so weiter; auch wenn sein Hang zum Sammeln – einfach so: für sich selbst, mit dem gehörigen Abstand und gleichzeitig mit Verbissenheit – mir als typisch für ihn erschien und irgendwie geeignet, ihn zu definieren. Also gut, und wer beschaffte ihm dann die Ware? Diese Beziehungen zu zwielichtigen Gestalten aus zweifelhaftem Milieu lösten ein paar weitere Vermutungen aus: jedenfalls eine Untersuchung.

Strategisch war also folgendes notwendig: 1) Feststellen, ob Valerio Garau jemanden beauftragt hatte, das Leberschutzpräparat zu kaufen, und wenn ja, wen; 2) Herausfinden, über welche Kanäle der Schwarzmarkthandel mit archäologischen Gegenständen abgewickelt wurde; 3) Eingehende Prüfung der Beziehung zwischen Valerio und Lauretta, die klären sollte, wie sie diese Beziehung wirklich erlebte; 4) Überprüfen, ob er eine dritte Frau oder noch mehr hatte; 5) Giomaria Martinez als Zeugen befragen, wie peinlich das auch sein mochte und wie sehr mich das beim Appellationsgericht und bei der Staatsanwaltschaft in ein schlechtes Licht rücken würde – als fehlte mir das gerade noch; doch anstandshalber konnte ich eine derartige Befragung nicht umgehen; auch die Richtungen, in die ermittelt wurde, machten dies notwendig. 6) Die Untersuchung in jedem Fall ausweiten, um andere Aspekte aus dem Leben des Opfers (wenn man es als solches bezeichnen mußte) in Erfahrung zu bringen und um, aus anderen Blickwinkeln betrachtet, Aspekte zu überprüfen, die ich als bereits bekannt eingeschätzt hatte. Ungefähr zehn Tage nach dem Verbrechen blieb das Feld, auf das wir unsere Aufmerksamkeit richteten, weiterhin auf die bisherigen, nicht gerade ermutigenden 360 Grad ausgeweitet, und es war nur zu hoffen, daß, wenn man hier und da wieder etwas aufwühlte, am Ende, möglicherweise rein zufällig, ein Umstand oder ein Gegenstand oder die Handlung irgendeines Menschen zum Vorschein kam, die in der Lage wären, eine Spur aufzuzeigen oder die Spur einer Spur. Im übrigen war ich ja nicht verpflichtet, Wahrheiten zu finden, sofern es überhaupt welche gab, sondern eine praktische Aufgabe zu lösen: festzustellen, wer Valerio Garau das kleine Quantum Giftsalz (überreichlich im Verhältnis zum Zweck) verabreicht hatte.

So beendete ich meinen Vormittag, vor dem Schiffbruch der mit Steuermarken versehenen Papiere, die auf meinem Schreibtisch einhertrieben, und telefonierte trübsinnig mit Maresciallo Masu, um herauszufinden, ob es irgendwelche Neuigkeiten gab (es gab keine), und ihn mit den in seine Zuständigkeit fallenden Überprüfungen zu beauftragen, die mir gerade eben durch meine Überlegungen in den Sinn gekommen waren. Für Lauretta und ihren Ehemann war ich zuständig. Ich überzeugte mich davon, daß ich Lauretta noch einmal hören müßte, und danach möglicherweise auch ihn (das würde sich zeigen, wer weiß: ich hatte wirklich keine große Lust dazu). Und ich dachte, daß ich früher oder später auch Niki Solinas noch einmal vorladen müßte: damit sie sich aus ihrer Abkapselung hervorwagte, die sie wie ein Gefängnis umschloß, über ihn reden würde, über sich, über sein und ihr Leben. Für nachmittags schließlich hatte ich eine kleine Gruppe neuer Zeugen bestellt, die nach der Schrotflintentaktik ausfindig gemacht worden waren – Streuung von ebendiesen 360 Grad: für den Fall, daß zufällig etwas aus einem vorher nie gesehenen Stück Himmel herunterfallen würde, das in die bis jetzt leer gebliebene Waidtasche der Justiz gehörte.

Nicht ins Auge gefaßte Zeugenaussagen also (wegen fehlender Zielpunkte), wie ich es mir vorgenommen hatte. Die ersten beiden waren Blindgänger, wenigstens kamen sie mir so vor, auch wenn sie zur Struktur des Unternehmens gehörten, was ich jetzt versuchte, zu ihren Gunsten auszulegen; jedenfalls konnte man nie endgültig sicher sein, denn nach der gleichen Logik konnte die Bedeutung eines Ergebnisses auch sehr gut erst a posteriori sichtbar werden. Die Frau machte die Wohnung im Viale Caprera sauber und manchmal auch die kleine Villa in Platamona, eine gewisse Rita Cavalieri: ich verhörte sie zu Beginn jenes (ziemlich laut) summenden Nachmittags.

Sie hatte Schlüssel – fünf, auch sie – und bestand sofort darauf, sie mir auszuhändigen; es war nicht leicht, sie aus dem Ring zu drehen (mit beschädigtem Anhänger, einem zweifarbigen Elefanten), der sie mit anderen Schlüsseln verband. Beide versuchten wir es verschiedene Male. In den Viale Caprera ging sie zweimal wöchentlich, morgens nach zehn, dienstags und freitags; sie konnte auch einen Tag früher oder später kommen, und es konnte auch passieren, daß »der Dottore« sie anrief und sie von ihrer Arbeit entband. Mit der kleinen Villa in Platamona dagegen hatte sie wesentlich weniger zu schaffen, und auch dann nur, wenn sie darum gebeten wurde: sie ließ sich von einer ihrer Töchter dorthin fahren. Sie hatte nie Auto fahren gelernt und war hochgradig kurzsichtig, hatte sogar noch dickere Brillengläser als François: eine hagere kleine Frau, alt, trotz ihrer schwarzen Haare. Aktive Kommunistin, hatte man mich informiert; sie kümmerte sich auch um die Sauberhaltung der Räume der Parteisektion. »Kennen Sie Frau Doktor Oppo-Martinez?« fragte ich sie. Natürlich kannte sie sie: sie war es ja, die ihr, vor mehr als sechs Jahren, die Arbeit beim Dottore vermittelt hatte. »Stellen Sie sich vor, und dann habe ich ihn über lange Zeit, Jahre, nie zu Gesicht bekommen. Er hinterließ mir einen Zettel, wenn er etwas brauchte. Daß er mich anrief, kam seltener vor. Jeden Monat legte er mir das Geld auf die Kommode.«

Äußerst vertrauenswürdig, denke ich mir. »Schlief er allein?« fragte ich sie. Sie war weder brüskiert, noch versuchte sie, sich hinter Zurückhaltung zu verbergen, was ihr leichtgefallen wäre. »Ich glaube nicht«, sagte sie schließlich, nachdem sie eine gewisse Verlegenheit abgelegt hatte, »zumindest nicht immer.« Sie konnte nicht genauer erklären – schien dabei aber aufrichtig – wie sie zu ihrer Vorstellung gelangt war: »So was merkt man. Kleinigkeiten: eine Frau merkt so etwas.« »Mit wem schlief er?« Sie war nicht in der Lage, darauf zu antworten, oder wollte es nicht, und augenblicklich wurde sie etwas verschlossen. Sie wollte auch nicht sagen, ob er sein Bett mit mehreren Personen teilte. »Das weiß ich nicht.« Ihr entschlüpfte so etwas wie ein Lächeln. Sie glaubte nicht, daß die frühere Frau jemals in den Viale Caprera gekommen war: sie hatte sie nie gesehen in den sechs Jahren. Sie kannte sie nicht. Sie hatte bemerkt, daß zu den archäologischen Stücken in der Vitrine von Zeit zu Zeit – nicht häufig – weitere kamen: »Neue«, sagte sie. Woher sie kamen, war ihr unbekannt. »Wie viele im gesamten Zeitraum?« Das konnte sie nicht sagen; sie hatte nicht darauf geachtet. Sicher war es ihr nicht jedesmal aufgefallen, wenn die Sammlung sich vergrößert hatte. »Ich habe weder dort noch in Platamona jemals eine andere Person als Dottor Garau gesehen, und den Dottore auch nur selten«, fügte sie spontan hinzu, und dann begann sie zu lachen, ohne Grund und ohne Lust, wobei sie ihre Zähne zeigte, die in ziemlich schlechtem Zustand waren, das Zahnfleisch eingefallen und blaß.

Ja, gelegentlich hatte sie Medikamente für ihn gekauft. Aber nur selten. Wie für andere Besorgungen, hatte er es ihr aufgeschrieben, mit Geld dabei; offensichtlich brauchte er sie nicht so dringend; im allgemeinen wollte er den Rest dann nicht zurückhaben. Was für Medikamente? Sie erinnerte sich, ungenau, an ein Verdauungsmittel; gemeinsam fanden wir heraus, welches. Ich nannte ihr das Leberschutzpräparat, zeigte ihr auch eine Schachtel, die ich aus der Schublade zog, um ihrem Gedächtnis auf die Sprünge zu helfen, auch sie in den schicksalhaften Farben Blau und Rot des Sportclubs: sie erinnerte sich nicht. Sie sammelte sich einen Augenblick lang, um angestrengt nachzudenken; sie war aber auch nicht in der Lage, es auszuschließen. »Darf ich rauchen?« fragte sie. Während sie den Rauch einzog wie nach langer Entbehrung und so das bißchen Nervosität aus sich herauslassen konnte, das sich in ihr angestaut haben mußte, stellte ich auch ihr die Frage: »Haben Sie eine Vermutung, wer ihn umgebracht haben könnte?« Sie hatte keine, ehrlich: »Für mich ist es unbegreiflich. Es scheint mir ganz unmöglich«, sie klopfte zögernd die Asche in den häßlichen geschliffenen Büroaschenbecher.

»Herr Richter«, sagte sie dann und hob die Augen auf, um mich anzusehen, »mir hat Dottor Garau nur Gutes getan. Nicht etwa, weil er nicht auf fünf- oder zehntausend Lire achtete, wenn er mich bezahlen mußte. In diesen Jahren war ich zweimal in Not: wegen meiner Wohnung und wegen meinem Sohn. Nun, er hat mir immer geholfen. Und so, wie er sich mir gegenüber verhalten hat, hat er sich wohl allen gegenüber verhalten. Ich habe große Schwierigkeiten, das Wort ›Herr‹ zu verwenden; stellen Sie sich vor, ich gehe nicht einmal in die Kirche: es hat mir gereicht, daß ich bei Ordensschwestern aufgewachsen bin, bis ich fast zwanzig war. Das hat mir Verdauungsstörungen fürs ganze Leben verursacht.« Wieder dieses Lachen ohne Fröhlichkeit. Also daher kam ihre Sprechweise, die so einwandfrei war, daß sie beinahe künstlich klang; übersetzt aus einer Sprache, die ihre eigentliche war, die sie aber niemals benutzt hätte: »Aber Dottor Garau war wirklich ein Herr.« Dann fügte sie hinzu: »Ich wüßte nicht, welchen Fehler er gehabt hätte.« Sie schwieg einen Augenblick: »Außer einem«, fast wie gegen ihren Willen.

Ich mußte darauf bestehen, daß sie weitersprach. »Dottoressa Oppo gegenüber hat er sich nicht gut benommen«, sagte sie schließlich. Sie wollte immer noch nicht erklären, was sie eigentlich meinte; übertrieben sorgfältig drückte sie ihre Zigarettenkippe im Aschenbecher aus, bis der Stummel schwarz war: schweigend. Dann begann sie wieder, wobei sie immer noch mit niedergeschlagenem Blick ihr Manöver verfolgte: »Ich weiß, was das bedeutet. Aus eigener Erfahrung. Ein Mann und eine Frau können zusammen tun und machen, was sie wollen. Aber wenn ein Mann eine Frau zu der seinen macht, ist die Sache anders. Er hat Verpflichtungen ihr gegenüber. Ich war immer der Meinung, daß Dottor Garau entscheiden mußte, ob sie, Lauretta Oppo, bei ihrem Mann bleiben oder er sie zu sich nehmen sollte. Entweder das eine oder das andere, aber nicht beides zugleich. Sonst zahlt die Frau nämlich den höheren Preis. Das sage ich, weil ich es durchgemacht habe.« Sie hatte sich die Finger etwas schmutzig gemacht und säuberte sie jetzt mit einem Taschentuch. »Aber wie hat er sie denn behandelt«, fragte ich, »abgesehen davon?« »Anständig.« Sie lächelte und blickte mich erneut an, mit einem offeneren Gesichtsausdruck. »Anständig, glaube ich. Er war gar nicht fähig, jemanden nicht anständig zu behandeln, auch wenn er es gewollt hätte.« »Hatte er Beziehungen zu anderen Frauen«, fragte ich wieder, »abgesehen von seiner früheren Frau?« »Das weiß ich nicht. Er kann dazu durchaus in der Lage gewesen sein. Aber darum geht es ja gar nicht.«

Sie hatte mir die Hand gedrückt, mit einer ihrer dicken Hände, die zu einem Laienbruder paßten, unverhältnismäßig groß im Verhältnis zu ihrer hageren Gestalt – und wie es Zeugen im allgemeinen nicht tun, vor allem, wenn sie einer anderen sozialen Schicht angehören als der Richter. (»Die Männer sind nun mal so, auch die besten. Allerdings, Dottore, ich glaube, daß ihn nur ein Angeklagter oder eine Partei aus irgendeinem Prozeß ermordet haben kann, jemand, der verurteilt worden ist oder verloren hat, möglicherweise schon vor langer Zeit.«) Und dann war sie gegangen, bewaffnet mit ihrer unsäglichen schwarzen Handtasche aus einem Leder, das wie Pappdeckel aussah: ein Gegenstand, von dem ich gedacht hätte, daß es ihn nicht mehr gäbe, aus der Zeit vor der Revolution moderner Techniken.

Wie gesagt, es war ein summender Nachmittag, und, wie bestellt, stieß ein großes, lästiges, geflügeltes Insekt ununterbrochen an die Fensterscheibe, im sinnlosen Versuch, sich aus seiner Gefangenschaft zu befreien. Ich mag es nicht, wenn die Tage länger werden. Und außerdem leide ich an Wetterfühligkeit: die ambivalente Brise des Schirokkos, der zeitweise den Himmel befrachtete, lastete wie Blei auf mir, was ich nun wirklich nicht gebrauchen konnte.

Noch war ich damit beschäftigt, das Insekt zu verjagen oder zu befreien, wie immer man will, kein leichtes Unternehmen, das Fenster geöffnet, die Zeitung in der Hand (selbstverständlich mit Schlagzeilen über Moro), als ich hörte, daß es klopfte: der nächste Zeuge fand mich – ich hatte »Herein« gesagt – mit diesem Unternehmen beschäftigt, ich mußte ihm das erklären. Valerio Garau schrieb, wie man zu sagen pflegt, und zwar Gedichte, von denen man mir erzählt, die ich aber nicht gelesen hatte, auch wenn sie in Zeitschriften veröffentlicht worden waren, die auf ein gewisses Ansehen hindeuteten (mochte Monsignore sie?); außerdem Aufsätze über Rechtsfragen, über die Politik des Rechts, über »Politik und Kultur«: kurz, »über Humanwissenschaftliches verschiedener Art«. Ein emsiger Schreiber also; und er bediente sich als Schreibkraft eines Sekretärs am Appellationsgericht, außerhalb der Dienstzeit natürlich; einer von seiner politischen Richtung, hatte man mir berichtet, Kommunist. Ein Junge, wenn man ihn jetzt so im Raum vor sich stehen sah: der, nachdem er zwei Schritte herangekommen war, ein bißchen verlegen darauf wartete, daß ich mit dem Insekt zu Rande kommen würde.

Außerordentlich schüchtern, schlank, das Gesicht von einer fast grauen Braunfärbung, mit feinen Zügen, der runde Kopf von dichten, kurz geschnittenen Locken bedeckt. Kein richtiger Kommunist; das heißt (furchtbar, stelle ich mir vor, wenn man das ihm gegenüber bestritte) nicht von der offiziellen Partei: von ich weiß nicht was für einer Gruppierung; und auch ein paar Jahre älter, als er aussah, was sich herausstellte, als er mir die Daten zu seiner Person für das Protokoll nannte: Melis, Virgilio. Er kannte den Consigliere Garau schon lange. Seit Jahren erledigte er derartige Arbeiten für ihn; letzthin eine gewichtigere, die die gesamte Sammlung der Gedichte betraf: über neunzig, darunter auch lange. Gewichtiger, weil die Gedichte in keiner Weise traditionellen Formen entsprachen, die unterschiedliche Zeilenbrechung mußte genau beachtet werden, der Consigliere duldete keinen Schreibfehler: sonst mußte die ganze Seite neu geschrieben werden (»ich hatte seine Handschrift gut zu entziffern gelernt: sie war klein, aber nicht schwierig«).

Einer aus dem Kreis der Vertrauten also auch er, in gewisser Hinsicht. Er hatte niemals eine Bezahlung annehmen wollen; allerdings erwies ihm der Gerichtsrat »Gegendienste«: »Sogar überreichlich.« Er antwortete mit wenigen Worten, fast verängstigt und zugleich kaum betroffen, mit kaum hörbarer Stimme. Mein Gehör wird schwächer, wie die anderen Sinne auch, ich werde taub: ich hatte Mühe, alle Worte aufzunehmen, und mußte sie mir wiederholen lassen. Ein ziemlich imposantes Schreibmaschinenmanuskript war daraus geworden (und er hatte Fotokopien davon anfertigen lassen, gebunden): für einen Verleger bestimmt, wie er wußte, oder mehrere Verleger. Das war zwischen Dezember und Januar. »Sind Sie je in der Wohnung von Dottor Garau im Viale Caprera gewesen?« fragte ich. Er war dort gewesen: der Gerichtsrat zog es vor, seine persönlichen Angelegenheiten, literarische wie publizistische, nicht im Büro zu behandeln, »sie auseinanderzuhalten«. Daraufhin befragte ich ihn über die Sammlung von Grabungsfunden: er hatte sie nie gesehen, er wußte nichts davon. Er hatte niemals Medikamente kaufen müssen.

Fehlanzeige, kurz ausgedrückt. Verwirrt – seit je, so schien es – auch der himmelblaue Blick, der ganz im Gegensatz zu dem blassen Gesicht stand, aus dem er so lebendig hervortrat. Er kannte die kleine Villa in Platamona: der Consigliere hatte sie ihm im vergangenen August für ein paar Wochen überlassen. »Mir und einer Freundin von mir vom Kontinent. Ich sagte Ihnen ja: er erwies mir Gegendienste.« Vom Kontinent und womöglich auch noch von den Roten Brigaden; mir kam die Frage, ob er sich privat mit »dem Consigliere« wohl duzte oder auch mit der Dottoressa Martinez, da sie doch durch einen gemeinsamen politischen Glauben verbunden waren (oder war er gar nicht gemeinsam? Lauretta hatte mir gegenüber Diskussionen angedeutet, auch heftige, über den Terrorismus, zwischen ihr und Valerio, der zum Schluß in ihren Augen zu was wurde? »Rechtfertigungsjubler« hieß das scheußliche Wort). Statt dessen fragte ich ihn: »Hatte Garau Frauen?« Vergeblich versuchte er mich hinzuhalten, indem er mehrmals, wie auch schon vorher, nach dem Insekt schlug – seine wasserfarbenen, feuchten Augen wichen mir erneut aus –, bevor er antwortete: »Ich weiß nicht. Es hieß... es hieß, Dottoressa Oppo.« Von anderen wußte er nichts; auch nichts von der früheren Frau. Er wußte auch nichts, was mit dem Fall in Zusammenhang stehen könnte, und noch viel weniger konnte er einen Verdacht äußern.

Was für eine furchtbare Sünde mußte er sich eigentlich vom Leben vergeben lassen, der arme Melis? Keine wider die Roten Brigaden (hoffte ich) und auch keine wider den Staat: auch wenn er nur ein winziges, verschwindend kleines Rädchen innerhalb des Staates war, in einem mickrigen kleinen Büro über den Dächern einer abgegliederten Sektion des Appellationsgerichts der Provinz, jenseits des Meers, in einem Palast, der einmal ein Hospital gewesen war, Sammelpunkt vergangener Qualen und Leiden, wovon – zusammen mit unaustilgbaren Gerüchen nach Kreolin und anderen Desinfektionsmitteln – die Marmortafeln am Fuß der Haupttreppe indirekte Zeugenschaft ablegten, mit ihren langen Namenslisten von Gründern und Spendern, von denen keiner mehr lebte, doch die einzelnen Spendenbeträge, aufgeführt mit dem entsprechenden Lire-Wert jener Zeit, würden die Erinnerung an sie auch weiterhin anempfehlen.

Was für eine Sünde also, armer Melis, für die ein Leben da drinnen nicht ausreicht, sie zu büßen? Mit dem braunen, bleichen Gesichtchen eines militanten Linken (mein Informant, Maresciallo Masu, hatte nur geringe Erfahrung mit den entsprechenden Unterscheidungen), dem Pullöverchen von ebenfalls bleichem Beige und dem blauen Hemd, aufgeknöpft am dünnen Hals mit seinem hervortretenden Kehlkopf – im letzten Licht des Nachmittags, das da, wo er saß, auf ihn fiel und erkaltete. Als wäre er ein kleines, in die Ecke getriebenes Kaninchen, das sein Fell vor Angst aufplustert, oder das gefangene Insekt, mit dem ich ihn vorhin schon einmal verglichen hatte, befreite ich auch ihn. Ich gab ihn seinen Akten und Verzeichnissen zurück, seinen politischen Verschwörungen und seinen Schluchten, für die er, Höhlenforscher, nach allgemeiner Ansicht eine Vorliebe hatte, und auch der örtlichen Volksmusik, in der er, wie es hieß, Experte war – und Amen.

Aber ich hatte, während die Formalitäten mit dem Unterschreiben der Protokollblätter abgewickelt wurden, den dritten und letzten Zeugen dieses Tags, den Gerichtsrat Cheri, in seinem Kabinett angerufen, wo er, wie vereinbart, wartete. Er war der Richter, der Valerio Garau am nächsten stand, und zwar wegen nun schon alter, verschiedener und tiefverwurzelter Gewohnheiten, und nicht nur, weil sie im Appellationsgericht Tür an Tür und im selben Kollegium saßen. Auch er fand mich am inzwischen wieder offenen Fenster: ich betrachtete die Mondsichel, die am aufgeklarten Himmel, während es immer noch Tag war, unbeweglich über dem Rundbau des Gefängnisses glänzte, als wäre er dessen Komet. »Armer Valerio, ich kann es immer noch nicht fassen.« Um wieviel war Raimondo Cheri älter als er? Um nicht sehr viel, das wurde sofort aus der Eintragung für das Protokoll deutlich, aber es kam einem so vor, als wären es hundert Jahre: mit seinem weißen Greisenhaar, das er nicht einmal mehr ordentlich kämmte, und dem schweren Atem nach den paar Schritten. »Weißt du, wie lebendig Valerio war?« sagte er, während ich mit gesenktem Kopf die Präliminarien zum Abschluß brachte. »Ich habe noch nie einen Menschen erlebt, der so voller Leben war. Dauernd frage ich mich, warum es ihn treffen mußte, der doch die Welt genoß und in ihr leben wollte. Kommt dir das gerecht vor?« So als hätte er nur Unglück gekannt. Jetzt keuchte er etwas weniger, und es war klar, daß er sich meinte. Seine Tochter hatte vor etlichen Jahren in jugendlichem Alter Selbstmord begangen, eines Nachts zu Hause, mit seinem Jagdgewehr, das sie aus einem beschädigten Schrank geholt hatte, und er und seine Frau waren auf den Schuß hin aus dem Bett gesprungen und zu ihr geeilt.

»Ich habe keine Geschwister gehabt«, sprach er weiter, »aber ein Bruder hätte sich mir gegenüber nicht so verhalten wie Valerio, immer. Das ist eine Schuld, die mir verbleibt, ich muß das sagen.« In einer Gesichtsfalte hatte sich ein Schweißtropfen festgesetzt, vielleicht, ich war mir nicht sicher, infolge des Emphysems, oder auch eine Träne, weil er so bewegt war. »Macht es dir etwas aus, wenn ich rauche?« Und er zündete eine Zigarette nach der anderen an, die er mit mechanischer Entschiedenheit in eine angeschwärzte Zigarettenspitze aus Elfenbein steckte, während der ganzen Zeit, die unsere Unterhaltung dauerte. Ja, Valerio nahm oder konnte viele Medikamente nehmen, ohne sie eigentlich nötig zu haben, gegen kleine eingebildete oder neurovegetative Beschwerden, wie man dazu sagt. Periodisch, zyklisch, er verschrieb sie sich selbst (genauer gesagt, hinter dem Rücken des Arztes, den er im übrigen nicht mehr aufsuchte): »Ich sah ihn wieder mit diesem verdammten Döschen – jetzt muß man es ja wohl so nennen –, das mit dem Taler, und fragte ihn: beginnst du eine neue Serie?« Doch Cheri wußte nichts von dem Leberschutzpräparat und noch viel weniger, ob jemand es für Valerio besorgt hatte; auch nichts davon, ob Valerio für gewöhnlich andere mit der Besorgung der Medikamente beauftragte. Unser Gespräch war weniger der formale Austausch von Fragen und Antworten als vielmehr eine gemeinsame Überlegung, unter Kollegen; bei Cheri kam noch hinzu, daß er gefühlsmäßig in diese Sache verwickelt war. Als ich ihn etwas bedrängte, setzte er mir die Tatsachen auseinander, die er kannte – bislang weder etwas Neues noch etwas Wichtiges –, und erklärte mir, wie er sie bewertete, mit seiner ernsten, sanften Stimme, der die Atemnot von vorher nicht mehr anzuhören war.

Natürlich wußte er von Lauretta: wer wußte nicht von ihr? Er wußte auch von der früheren Frau. Von anderen Frauen, in letzter Zeit, nein: »Aber er hatte immer schon diese Schwäche.« Er wußte nicht, ob die Exfrau, Niki, Valerio manchmal in T. besuchen kam. »Valerio war im Grunde ein einsamer Mensch, so sympathisch, ja liebenswürdig er auch war. Nur zu wenigen hatte er eine tiefe Beziehung. Ich selbst hatte fast nur im Büro mit ihm zu tun. Später, auf dem Nachhauseweg, gingen wir ein Stück gemeinsam.« Auch Cheri wohnte im vornehmen alten Wohnviertel der Kapuziner. »Manchmal gingen wir abends ins Kino, aber nicht oft.« Verdächtigte er niemanden? Lauretta oder Martinez? Er rebellierte.

Seine frühere Frau, Niki Solinas? »Ich sehe sie schon seit undenklichen Zeiten nicht mehr: sie war... nein, nicht sonderbar... introvertiert, schweigsam. Allerdings hübsch. Ich gebe zu, daß Valerio als Ehemann manchmal ziemlich schwierig sein konnte. Aber ihr Vater, der alte Rechtsanwalt Solinas aus Aggius, war noch viel schwieriger. Vor allem innerhalb der Familie, erzählte man sich, Gott schütze uns vor so einem. Er soll noch am Leben sein und, seit er Witwer ist, mit einer ein Verhältnis haben, die für ihn auch als Sekretärin arbeitet. Also, was soll ich sagen? Niki hätte verrückt geworden sein müssen, aber wirklich verrückt, um so etwas zu tun. Und mit einer derartigen Kaltblütigkeit dazu: das halte ich nicht für möglich.«

Wie war das Verhältnis zwischen Lauretta und Valerio? »Ich glaube, daß sie sich beide sehr liebten. Schwierigkeiten mußte es natürlich auch gegeben haben, sogar ziemlich große, in einer derart irregulären Beziehung, wenn man von der Stellung der beiden ausgeht; und vor allem bei einem Ehemann wie Giomaria Martinez: das hatte er wirklich nicht verdient. Weißt du, das habe ich nie verstanden: ich bin zwar gegen die Scheidung, aber ich habe nie verstanden, warum Valerio sie nicht zur Scheidung gedrängt hat oder wenigstens zur Trennung; warum er darauf bestanden hat – ich weiß, daß *er* es wollte –, so weiterzumachen. Ich weiß, da war auch noch Niki: aber dann hätte er wählen sollen.« Er schloß wie die andere, die Zugehfrau, vox populi: »Auch wenn jede Wahl an sich schon schmerzhaft ist, als Richter lernt man das tagein, tagaus, oder nicht? Doch ich glaube, daß die beiden letzten Endes nicht unglücklich waren. Valerio ganz sicher nicht, was von ihm so nach draußen drang; aber ich denke, Lauretta auch nicht: ich habe sie ja beide gesehen, sicher ist, daß Valerio ihr Leben ausfüllte.« Der Abend brach herein, und da ich nicht zu schreiben brauchte – es gab herzlich wenig, was den Akten anvertraut werden mußte –, hatte ich das Licht noch nicht eingeschaltet: Cheris ruhige Stimme führte den Gedanken weiter aus, der ein Mittelding zwischen Reflexion und vertraulicher Mitteilung war, während seine Gesichtszüge und seine unbewegliche Gestalt hinter dem Zigarettendunst immer mehr verschwammen. Die Mondsichel war am Himmel verschwunden, der jenseits der Fensterscheiben immer dunkler wurde. »Sag mir eins« – ich ließ ihn fragen, bevor ich auf den Schalter der Tischlampe drückte – »sind wir eigentlich sicher, daß es kein Irrtum war, sondern einfach eine Fahrlässigkeit?«

Dann erzählte ich ihm von den beiden Zeugen, die ich gerade vernommen hatte. Die Frau kannte er nicht; Ilio (Virgilio) Melis dagegen ja, natürlich: »Ein tüchtiger Junge. Außerordentlich schüchtern, da hast du recht, aber einer der besten, den wir am Gericht haben. Für mich ist er sogar der beste. Voller Respekt, effizient.« An diesem Punkt (er schweifte ab und ließ sich über die politischen Neigungen des jungen Mannes aus: mit seiner reaktionären Toleranz, streng gegenüber der Sünde und nachsichtig mit dem Sünder), an diesem Punkt fragte ich ihn nach der Sammlung archäologischer Stücke. Er hatte sie nie gesehen, aber er war darüber im Bilde: »Ich sagte dir ja, Valerio war ausgesprochen lebenshungrig, jedenfalls schien es mir so: es reichte ihm nicht, die

Dinge dort zu betrachten, wo sie sich befanden, er mußte sie haben, richtig in Händen halten.« Und im gleichen Ton antwortete er auf meine dann folgende Frage, die ich fast automatisch stellte und nicht so sehr aus Skrupel: Ja, er konnte sich durchaus vorstellen, wer ihm die Sachen besorgte, wußte zumindest von einem der heimlichen Lieferanten.

»Ich bin rein zufällig darauf gekommen«, erklärte er: eine Klatschgeschichte, entstanden durch eine Geankenverbindung, die einer Zeitung entstammte, genauer gesagt: einer Studentenzeitung, in der man unter anderem eine Reklameanzeige lesen konnte. »Ich hatte überhaupt keine Lust, der Sache nachzugehen, auch aus persönlichen Gründen; wirklich, überhaupt keine, als mir davon erzählt wurde. Auch möglich, daß es nicht stimmt. Danach würde es sich um jemanden handeln, der in Cagliari ein Fotoatelier besitzt. Wenn du ein bißchen Geduld hast und mich suchen läßt, finde ich sogar die Zeitung für dich.« Ich vermutete, daß er sie aufhob, weil sie irgend etwas mit der Erinnerung an seine Tochter zu tun hatte – das war zumindest die einfachste Erklärung, wie für fast alles inzwischen bei ihm: in diesem Denkmal aus abgegriffenen Erinnerungsstücken, Fotografien und alten Papierschnipseln, das zu errichten und zu verteidigen, zusammen mit den täglichen Friedhofsbesuchen, jetzt seine Lebensaufgabe geworden war. »Ich gebe dir Namen und Adresse telefonisch durch, danach fügen wir es ins Protokoll ein.« Er hatte sich unterbrochen und dachte nach. »Es war wohl in der Nähe der Via Roma in Cagliari, am Fischerhafen. Inzwischen ist er ja tot. Das kann ihm wirklich nicht mehr schaden.«

»Glaubst du, daß es wichtig sein könnte?« fragte er dann von der anderen Seite des kegelförmigen Lampenschirms her, nachdenklich und alles andere als überzeugt. »Sicher, wo nun einmal geschehen ist, was geschehen ist. Und jede Hypothese über das Wie ist unwahrscheinlich. Kommt auf eins heraus.« Aber er sollte mir noch einen weiteren Hinweis geben: unerwartet und kostenlos, nicht einmal als Antwort auf eine Frage und ohne seine Tragweite zu erkennen. Während der letzten Weihnachtsferien war Valerio Garau in Venedig gewesen. Eine Schwägerin von Cheri hatte ihn im Flughafen getroffen, allein, und dann hatte sie gesehen, wie er, nach der Lautsprecheransage, zum entsprechenden Ausgang ging (ich begriff, daß die sentimentalen Komplikationen seines Lebens und, bei dieser Gelegenheit, die Abwesenheit der einen wie der anderen Frau, die ihn hätte begleiten können, ihn zum Objekt einer nicht neutralen Beobachtung machten). Venedig im Winter ist kein Ferienort für Zerstreuungen. Aber mir fiel die Tatsache auf, daß Valerio, laut Lauretta, die gesamte Ferienzeit, also beinahe zwei Wochen, in C. verbracht hatte: das hatte sie mir nämlich als typisches Beispiel für die Schwierigkeiten ihrer Beziehung genannt; während seine Exfrau, aus nicht sehr viel anderen Gründen (sie beide erhoben, ohne sich gegenseitig zu kennen, die eine sogar, ohne von der anderen zu wissen, Anspruch auf diesen Mann), mir gesagt hatte, daß er bereits am Tag nach dem Stephanstag von C. abgereist sei.

Ein Doppeltreffer also? Wie kann das sein, und sogar unmittelbar hintereinander, nachdem man ohne jede Hoffnung von einer langen und für unergiebig gehaltenen Jagdpartie zurückkommt? Auch wenn diese zufälligen Hinweise zu etwas hinführten, das man in die mir umgebundene übelriechende Waidtasche stecken konnte. Jäger – keine traurigere Vorstellung hätte man sich von der Person, zu der ich geworden war, machen können; aber sie war nicht unpassend. Jäger auf der Suche nach was? Und wer sollte die lachende Dritte bei den beiden Kontrahentinnen gewesen sein? fragte ich Cheri, im nebeligen, winterlich abgetakelten Venedig: Berate mich, Gerichtsrat. Aber er hatte nicht einmal eine Vermutung zu bieten: nur, das sagte auch er, daß ihm irgendeine Frau Gesellschaft geleistet haben mußte während der venezianischen Ferien außerhalb der Saison. Sofern er sie wirklich in Venedig verbracht hatte und nicht im Schnee der Dolomiten, beispielsweise, die doch die nicht weit entfernte Krone dieser Ferien in Venedig gewesen waren? Valerio liebte die Berge nicht, Cheri schüttelte den Kopf: während er sich für Venedig seit seiner Kindheit eine außergewöhnliche Leidenschaft bewahrt hatte.

Und dann sagte er noch, während er bereits aufgestanden war, ja bereits an der Tür stand, mit der Hand auf der Klinke, und mich aus dem Schatten grüßte, wo der Schein der Lampe kaum hinfiel: »Valerio war ein Verführer. Wohlgemerkt, nicht nur im Hinblick auf Frauen, oder vielmehr, nicht mehr im Hinblick auf Frauen. Und ich will diesem Wort auch keine banale oder auch rein negative Bedeutung geben, ganz im Gegenteil. Ich glaube, daß er es gerade aufgrund dieses Lasters, man könnte auch sagen, aufgrund dieser Fähigkeit war, alles zu wollen und jede Wahl abzuwehren.« Damit ging Cheri weg: ich stellte mir vor, wie er im langen, halbdunklen Korridor erneut zu keuchen anfing, auf dem Weg zum Appellationsgericht. Ich setzte mich wieder an den Schreibtisch. Noch einmal las ich, wie es meine Gewohnheit war, alles durch, was ich niedergeschrieben hatte. Jäger eines Toten?

2.

30. März 1978

War also ein Gewehr, eine zufällig irgendwo gefundene Flinte von der Sorte, die möglicherweise im Gesicht des unvorsichtigen Jägers explodiert, seine einzige wirkliche Jagdbeute? Oder vielleicht – zumindest als Intention – ein Schleppnetz, wahllos ausgeworfen zwar, jedoch bereit, irgendeinen Grund abzusuchen? Auch wenn ich es mit mehr als nur dem unvermeidlichen Widerwillen hinunterließ, im Bewußtsein, daß Aufwühlen schlimmer ist; was da umgewälzt wird und nach oben steigt, ist Traurigkeit, die sich in langer Zeit mühevoll abgelagert hat, und was auf diese Weise durch die Maschen an Land gezogen wird, ruft immer Enttäuschung, wenn nicht Entsetzen hervor. Aber es war schließlich mein Beruf, einen anderen hatte ich nicht. Dafür stand ich in irgend jemandes Lohnbuch: solange ich noch drinstand.

Es ist also schwierig (ich würde sagen: aussichtslos), hier eine Zusammenfassung zu versuchen. Was zählt denn in dieser Geschichte ohne Anfang und Ende, wenn nicht ihre Verfahrensweise, bestehend aus Zufälligkeiten und Sinnlosigkeiten, angefangen bei mir; zu einem gewissen Teil auch bestimmt von den Nachlässigkeiten, den Fehlern, den Glaubensabweichungen eines tadelnswerten Richters – als solcher ausgerufen per tabulas? Obwohl mir von Zeit zu Zeit der Zweifel kommt, ob der Fall Garau überhaupt etwas anderes verdiente.

Also: am Donnerstag morgen brachten die Zeitungen die Nachricht vom Kommuniqué Nummer 3 der Roten Brigaden und des beigefügten Briefs von Aldo Moro an den Innenminister Cossiga, der aus dieser Gegend stammt, obgleich es mir nicht so vorkam (ich fand in ihm nicht den Genius loci wieder). Auch ich hatte an jenem Morgen einen Brief erhalten: ich hatte ihn auf meinem Schreibtisch vorgefunden, zusammen mit den Akten, die für einen Prozeß dort aufgestapelt waren (zum Beweisverfahren in einer Zivilsache; einer der Zeugen hatte bereits an die Tür geklopft, weil er dachte, die Rechtsanwälte seien schon da). Es war ein gelber Briefumschlag, ausreichend frankiert, mit kreuz und quer aufgeklebten Briefmarken und meiner Adresse beim Gericht: maschinengeschriebene Buchstaben, blaß und kümmerlich. Auseinandergefaltet, ein halbes Blatt von gewöhnlichem Steuermarkenpapier, die gleichen Schrifttypen; maschinengeschrieben ohne jede Sorgfalt, durchsetzt mit Orthographie- und Tippfehlern, absichtlich oder auch nicht (Valerio hätte es nicht gefallen); keine Unterschrift. Es sagte in wenigen Zeilen, daß der Mörder Dottor Garaus Dottor Martinez sei. Motiv: die Tatsache, daß der erstere ein ehebrecherisches Verhältnis mit der Frau des letzteren gehabt habe. Warum die Untersuchung nicht in diese Richtung gelenkt werde?

Die tatsächlich darin verwendeten Ausdrücke waren nur um ein weniges eloquenter und vulgärer und ein bißchen drohender. Es kann sogar sein, daß die Schreibmaschine in einem unserer beiden Justizpaläste gesucht werden mußte, daß es sich dabei um eins der nicht wenigen Exemplare bürokratischer Archäologie aus verschiedenen Epochen handelte, zurückgelassen in der Kammer eines Gerichtsdieners oder in einer Art Abstellraum unter einer Treppe, praktisch jedem zugänglich, vor allem nach Büroschluß. Ich persönlich hätte eine Wette darauf abgeschlossen, so wie ich, ohne einen genauen Grund, eine Wette darauf abgeschlossen und sie möglicherweise auch verloren hätte, daß François, trotz des Anscheins, nichts damit zu tun hatte. Also, was nun?

Dieser Brief, durchschaubar und widerlich, verstärkte nur noch meine Unzufriedenheit, indem er sie mit einer nicht weniger wirren, konstanten Unruhe belastete. Was machen, fragte ich mich schon während des Hin und Her beim Beweisverfahren in der Zivilsache, als ich einen Alten verhörte, der sich nur im Dialekt ausdrücken konnte, wodurch die Rechtsanwälte beim Übersetzen Gelegenheit fanden, über die Bedeutung eines Adjektivs aneinanderzugeraten. Was machen und was damit machen, natürlich nicht nur mit dem Fall Garau. Anonyme Schriftstücke dürfen weder den Unterlagen beigefügt werden, noch darf man sie bei einem Prozeß verwenden, schreibt das Gesetz vor, ausgenommen natürlich, daß sie ein Corpus delicti darstellen; vielleicht mußte man aber die Hypothese in Erwägung ziehen, daß dieses halbe maschinenbeschriebene Blatt und der dazugehörende Briefumschlag als Corpus delicti für den Straftatbestand einer Verleumdung zum Schaden des Präsidenten Martinez zu betrachten wären. Also hätte ich, strenggenommen, alles auf offiziellem Weg dem Staatsanwalt zuleiten müssen. Statt dessen entschloß ich mich, ihn anzurufen, informell: ihn oder zumindest Giancarlo Manai, um die Verantwortlichkeiten aufzuteilen (inzwischen waren die zur Debatte stehenden Papiere in der ungeordneten Vorhölle meiner Schreibtischschublade gelandet). Und auch, Lauretta anzurufen.

Am Ende des Vormittags tat ich schließlich nur dies, unter dem Vorwand, sie um Auskünfte zu bitten, wer Valerio die Grabungsgegenstände besorgt hatte; aber sobald sie begriff, um was es sich eigentlich handelte, bestand sie darauf, sofort zu kommen (das war mehr, als ich erhofft hatte); auch sie hatte ihre Verhandlung beendet. Sie schien zutiefst erschreckt, mehr als erwartet: sie besah sich Brief und Umschlag, die ich ihr zeigte (ich glaube, ich hätte es nicht gedurft, es stellte sogar einen Gesetzesverstoß dar), und schüttelte den Kopf: »Na ja, hätte man sich ja denken können.« Was hätte man sich denken können? Sie hatte keine Vorstellung, wer der Absender sein konnte; der Ring mit dem schönen Stein fing wieder an, sich zu drehen, an der linken Hand, bewegt von den Fingern der anderen (ich bemerkte die Tintenkleckse an den Fingerkuppen, die nicht zu ihrer Erscheinung paßten). Mehr als nachdenklich, geradezu niedergeschlagen, hinter den blassen Sommersprossen? Ich hätte sie einer solchen Bestürzung nicht für fähig gehalten, sie war mir auch noch nie so zerbrechlich vorgekommen, nicht einmal, als sie am Tag nach der Beerdigung bei Dunkelheit zu mir gekommen war, um mir zu erzählen, wie sie Valerio hatte sterben sehen (»Ninni, Ninni«), und mir dann die Schlüssel auszuhändigen.

Meine Aufgabe war es lediglich, die Karten auf den Tisch zu legen: im beiderseitigen Interesse. Ich erzählte ihr von dem Druck, den François ausübte; sie zeigte sich auf dem laufenden (die Drossel, dachte ich, wenn nicht gar Monsignore). Und vom gleichen, nur entgegengesetzten Druck der Staatsanwaltschaft: auch davon schien sie zu wissen, obgleich sie mir schweigend zuhörte und nicht einmal den Blick hob. So war ich der einzige, der sprach und antwortete und laut überlegte, wobei ich davon ausging, daß auch sie sich ihre Gedanken machte, was aber nicht deutlich wurde. Ich war über die kleinkarierte Torheit des anonymen Schreibers durchaus nicht verblüfft; deswegen einen Zwischenfall heraufzubeschwören, hätte bedeutet, einer bloßen Formalität Genüge zu tun; auch wenn derartige Formalitäten (das wußte ich, sprach es aber nicht aus) die einzigen Garantien sind, die wir Richter geben können, oder doch wenigstens die einzigen, die unser Gewissen erleichtern (sofern sie es erleichtern und wenn nicht wesentlich weniger ausreicht). Kurz gesagt: ich würde Umschlag und Brief nach wie vor in meiner Schublade aufheben und weitere Entwicklungen abwarten; es gab ja keinen Beweis dafür, daß ich sie jemals erhalten hatte (das sagte ich zwar nicht: ich vertraute ihrer Diskretion); unter dem Vorbehalt, daß ich beides wieder herausholen und verwenden würde, wenn die Entwicklung der Ereignisse dies erforderlich machen sollte (allerdings auch im klaren Bewußtsein dessen, daß ich schon bald unüberwindbaren Schwierigkeiten gegenüberstehen würde, und zwar wegen des Datums des Poststempels – nicht einmal darüber sprach ich). Und für den Augenblick – sagte ich abschließend – schien es mir überflüssig, Martinez als Zeugen vorzuladen.

Da erst hatte sie mir gedankt, mit einiger Mühe (»Ich kann dich nicht noch um etwas bitten, ich wage es nicht. Ich weiß nicht einmal, ob es richtig ist. Doch jetzt gibt es für mich nichts Wichtigeres: Giomaria darf nicht mit noch mehr belastet werden, als was er ohnehin schon ertragen muß.«). Und um bei dem Vorwand zu bleiben, dessen ich mich beim Telefonat kurz vorher bedient hatte, hatte ich ihr gegenüber die Grabungsfunde erwähnt. Natürlich kannte sie die Sammlung – die große graue Iris ihrer Augen, die sie jetzt auf mich richtete, hörte ebenso auf zu flackern wie der Ton ihrer Stimme –, ja, sie verfolgte sogar ihre Erweiterung: sehr langsam. »Valerio ging zyklisch vor« – (wer hatte das auch so gesagt?) –, »obwohl er dann letztlich von einer unglaublichen Ausdauer war.« Im übrigen handelte es sich um Objekte, die auch auf ihrem speziellen Markt immer seltener wurden. Sie wußte, daß er sie über seinen Onkel Pietro fand: ja, da war etwas gewesen, erinnern konnte sie sich nicht mehr, was sie zu dieser Annahme führte; ja, genau, dieser Onkel Kanonikus, der frühere Vormund.

»Allerdings sieht es so aus, als wären die beiden sich nicht grün gewesen«, sagte ich. »Kommt drauf an: Valerio behauptete, daß der Onkel Geld zu Wucherzinsen verlieh oder es zu einer bestimmten Zeit verliehen hatte, ich weiß nicht: vielleicht hat er auch übertrieben, er war ja so etwas wie ein Moralist. Jedenfalls verzieh er es ihm nicht; er verzieh ihm auch vieles andere nicht. Aber er war immerhin der Bruder des Vaters, und er hing sehr an seiner Familie. Wie im übrigen alle Garau: aufs engste verbunden. Mithin auch der Onkel ihm gegenüber.« Ich deutete ihr an, welchen Hinweis ich von Raimondo Cheri erhalten hatte, dem übrigens nichts weiter gefolgt war: er hatte seine Skepsis, Namen und Anschrift des Fotografen in Cagliari noch in der alten Studentenzeitung finden zu können, nicht aufgegeben. Sie zeigte sich ungläubig: »Das schließe ich aus. Nein, das wäre mir bekannt.« Sie war übermüdet. Zu der ganzen seelischen Belastung, einschließlich dieser letzten, kam auch noch der lange Vormittag mit seinen Verhandlungen hinzu. Sogar ein bißchen ungepflegt war sie und jetzt auch nicht mehr so schön, ihre Hände wirkten älter als das Gesicht, das immer noch glatt war, aber verblüht, ganz blaß: Bild einer Zerstörung, die sich nicht nur im Äußeren abspielte, sondern in ihr, sie aber gründlich erfaßte; so, wie es im übrigen mit jedem geschieht: eine Zerstörung, gekennzeichnet von Phasen des Stillstands, der Verlangsamung und anderen Zusammenbrüchen, die ihr ganzes Leben lang andauern würde.

31. März 1978

Daraufhin ging ich zur Kirche vom Heiligen Rosenkranz zurück. Niemand antwortete am Telefon des Kanonikus Garau, das Klingeln wiederholte sich nur kläglich; ich nützte den Umstand aus, daß der Termin für eine Ortsbesichtigung bei einem der üblichen Zivilverfahren geplatzt war, und entschloß mich, in der Kirche vorbeizuschauen; ich glaube, auch wegen der lateinischen Messe. Doch ich kam an, als sie zu Ende ging; im Halbdunkel waren, aus Anlaß des ersten Freitags im Monat, ein paar Gläubige, alte Weiblein vor allem, von denen eine, wegen des abwesenden Mesners, den ich bereits Gelegenheit hatte kennenzulernen, dem Priester bei der Messe assistierte, allerdings vor der marmornen Altarbalustrade stehend, wie es, glaube ich, liturgische Vorschrift ist (oder war). Sie war es – nach endlosen Reinigungen des Kelchs, die der alte Prälat durchführte, der mit dem Rücken zu uns stand, nach den letzten gebrummelten Gebeten und dem abschließenden »Ite«, das uns dagegen wie mit einem Seufzer der Erleichterung zugeraunt wurde –, die ihn in die Sakristei begleitete, und als ich eintrat, war sie schon dabei, ihm eifrig beim Abstreifen der Gewänder über das weißhaarige Haupt zu helfen.

Er schien mich nicht einmal wiederzuerkennen, als ich näher trat; ich vermutete, daß er nur so tat. Zudem war zu seinem chronischen Asthma jetzt eine schwere Erkältung gekommen. Auch war er nicht geneigt, mich in seiner Wohnung zu empfangen. Er ließ sich in einen Sessel sinken, angetan mit dem traditionellen Gewand mit den karmesinroten Einfassungen und von einem Schwarz, das das Licht des vergitterten Fensterchens so zeigte, wie es war: mitgenommen und abgetragen; das Taschentuch, das ständig auftauchte und verschwand, und das unwahrscheinliche Veilchenparfum: er wartete nicht sehr geduldig darauf, daß ich die Sache dort rasch erledigte, in dieser kahlen, staubigen Sakristei; neben dem Sessel, in dem er saß, dem einzigen übrigens, stand ein Betschemel, und beides zusammen ergab einen Beichtstuhl, wie ich schließlich begriff; und weil mir nichts anderes übrigblieb, stellte ich ihm meine Fragen im Stehen.

Er wußte nichts von der Sammlung seines Neffen. Noch viel weniger hatte er ihn mit archäologischen

Funden beliefert, und er hatte ihm auch nicht geholfen, in ihren Besitz zu gelangen. Unerschütterlich wiederholte er: »Derartige Dinge interessieren mich nicht.« Sogar gereizt; aber schließlich gab er zu, daß, ja, in der Hinterlassenschaft seines Bruders Mirco ein paar derartige Objekte gewesen sein mußten, vor ich weiß nicht wie vielen Generationen in einer Nuraghe gefunden, auf dem Grundstück der Familie, in der Nähe von N. (nördlich von C.); diese Nuraghe hatte als Unterstand für das Vieh gedient und diente möglicherweise noch jetzt dazu (das Grundstück, das Anna Maria, das heißt Biba, geerbt hatte, war während der Zeit ihrer finanziellen Schwierigkeiten verkauft worden). Ein schöner Platz, mit Steineichen, dem Panorama von Meer und Klippen, nördlich der Flußmündung, unterhalb, aber sehr weit entfernt, »wie aus einem Flugzeug«, konnte man gerade noch die immer wieder sich bildenden Schaumkämme der Wellen erkennen. »Kein armes Weideland, im Gegenteil, einträglich trotz der Höhenlage. Es werden wohl Schäfer gewesen sein, die damals die beiden Statuetten, das schöne kleine Votivboot und die anderen Bruchstücke gefunden haben. Jedenfalls habe ich sie immer gekannt, sie sind Teil des Familienbesitzes.«

Er wiederholte: »Das kleine Votivboot ist wirklich schön.« Darüber war es zu einem Zwist zwischen ihm und dem Neffen gekommen, vor noch nicht einmal so vielen Jahren: »Das heißt, eigentlich vor kurzem. Das wird, lassen Sie mich nachdenken, 1975 oder 1976 gewesen sein; Anna Maria lebte noch; mein Gedächtnis, arbeitet perfekt, auch wenn es nicht danach aussieht. Ich hatte Valerio gesagt: Die Sachen gehören mir ebenso wie Mirco und auch Teresita, meiner Schwester. Und Mirco konnte ich sie überlassen, weil er daran hing und wir eng verwandt waren. Aber du, was stellst du denn für mich dar? Aber es war nichts zu machen: Sie haben ihn nicht gekannt. Babbai, Babbai, nichts als Lächeln und Schöntuerei. Und dabei war es, als sagte er mir: Rede du ruhig, rede du nur. Ich schwöre Ihnen, wenn ich dazu aufgelegt gewesen wäre, hätte ich die Angelegenheit einem Rechtsanwalt übergeben. Um so schlimmer für ihn, in seiner Position.« Seine lange Nase hörte nicht mehr auf zu tropfen; ich hatte mich an das dunkle, wacklige Möbelstück gelehnt, um in gekrümmter Haltung ein paar Zeilen für das Protokoll niederzuschreiben. »Dann kam die unglückliche Sache mit Anna Maria, und ich habe es sein lassen. Und da soll ausgerechnet ich ihm die Stücke beschafft haben? Wer hat Ihnen das gesagt?« Er sah mich dabei von unten her an, mit nur einem Auge, das wegen der schwarzen Augenbraue bedrohlich aussah; das andere war geschlossen.

Ich ließ ihn, dieses den Umständen, dem Ort angemessene Orakel, in seinem braunen, mit Rosetten verzierten Nußbaumsessel zurück – Sitzfläche aus Leder, was allerdings kaum mehr zu erkennen war, bei der Armlehne fehlte die Stütze; aber dennoch war das letzte glorreiche Übrigbleibsel des alten Kirchenkapitels, dem er angehört hatte, noch nicht völlig verschlissen. Das alte Mütterchen wartete in der Nähe der Sakristeitür beim Betschemel und täuschte – oder wenigstens schien es mir so – tiefe Andacht vor: ob sie wohl gelauscht hatte? Die Kirchenfassade draußen mit ihrer bröckelnden und gewissermaßen unbeabsichtigten barocken Harmonie – oder das, was man von ihr sehen konnte – war die, die ich kannte; jetzt allerdings, wenn auch kaum mehr als der oberste Teil, berührt von der wechselhaften Sonne dieses Tags; auch der dort wachsende wilde Feigenbaum wurde in ihr Licht getaucht. Ich klopfte die hauchdünnen Spinnweben ab, die auf meinem Ärmel haftengeblieben waren; wie der heilige Petrus in der dunklen Altarnische gleich links hinter der Tür – die riesigen Schlüssel in der angeschlagenen Gipshand und das bläuliche Netz, das man noch am Sokkel erkennen konnte –: Fischer also auch ich? Und von welchem Votivboot aus, auf welchem Toten Meer, dessen Begrenzungen mir auf immer unbekannt bleiben würden?

3.

11. April 1978

Raimondo Cheri hatte schließlich doch in der Studentenzeitung die Werbeanzeige gefunden (von entsetzlichem Geschmack: er hatte mir eine Fotokopie davon ausgehändigt), mit Namen und Anschrift des Fotografen, der, einem alten Gerücht zufolge, der heimliche Beschaffer von Grabungsgegenständen für Valerio Garau gewesen sein sollte. Daraus folgte eine Ermittlung der Kriminalpolizei, und aufgrund ihres Ergebnisses fuhr ich jetzt in dem blauen 1100er Dienstwagen, wie üblich mit Maresciallo Masu am Steuer, in Richtung Cagliari.

Selbstverständlich hätte ich die betreffende Person, einen gewissen Pons, Michele, ins Gericht nach T. vorladen können. Aber ich war vom Kollegium des Richterrates nach Cagliari bestellt worden, in eigener Sache beziehungsweise zu schwebenden Fragen, und es kam mir gelegen, die beiden Dinge miteinander zu verbinden, da mir als Untersuchungsrichter der Dienstwagen zur Verfügung stand, während ich als jemand, gegen den disziplinarisch ermittelt wurde, die öffentlichen Verkehrsmittel hätte benutzen müssen, was hieß: die unsägliche Eisenbahn, die, noch mit stark schwefelhaltiger Kohle betrieben, auf völlig überflüssige Umwege beharrte, endlos lange nicht nur an kleinsten Bahnhöfen hielt, sondern auch mitten auf dem freien Land und seit keineswegs historisch fernen Zeiten die Endpunkte der Insel miteinander verband.

Sicher, auch unser alter 1100er war kein reines Vergnügen; dazu kam, daß die erbarmungslose Vorsichtigkeit des Fahrers und Straßenbauarbeiten zur Erweiterung der asphaltierten Straße, auch jetzt noch nach einem sardisch-piemontesischen Monarchen benannt, die Reise noch verlängerten. Wieviel Zeit haben wir also gebraucht? Wir waren vor Tagesanbruch abgefahren, mit einem wäßrigen Cappuccino aus irgendeiner kleinen Bar im Magen, die ihre Maschine eigens für uns, die ersten Gäste, angestellt hatte; und jetzt war die Sonne bereits hoch in den Himmel gestiegen und schien von links auf uns nieder, während wir durch die Tiefebene von Campidani fuhren. Der Maresciallo hatte Gelegenheit, die diesen Pons betreffenden Auskünfte zu wiederholen: auch er stammte aus derselben Stadt wie er selbst, ach ja, und wie der Consigliere Garau, das heißt aus C. Gleichaltrig zudem mit Valerio, mehr oder weniger, und vielleicht entfernter Verwandter; wenn überhaupt, dann sehr entfernt, Verwandter von Verwandten, nach den vagen Begriffen, die in dieser Gegend möglicherweise irgendeine Bedeutung behalten haben.

Also »aus guter Familie« oder doch ziemlich guter, allerdings heruntergekommen wegen irgendeines Wurms, der an ihr nagte, Dekadenz oder Pleite. Er, Pons (Michelino), war dann noch schlimmer abgerutscht, in eine von Schlamasseln und Betrügereien gekennzeichnete Existenz, kleinen oder weniger kleinen, wie auch immer, wobei er sich ein nettes Vorstrafenregister eingehandelt hatte: ob es in der Lage war, eine ganze Biographie über ihn zu erzählen? Angefangen bei einer Unterschlagung in jugendlichem

Alter, amnestiert; Ausgabe von ungedeckten Schecks, nur Geldstrafen; ein Freispruch mangels Beweisen – die Anklage hatte auf unzüchtige Handlungen gelautet, verbunden mit Gewaltanwendung und Entführung zwecks unzüchtiger Handlungen: die häßliche Geschichte mit einem halbwüchsigen Jungen. Ja, denn Michelino hatte zu einem bestimmten Zeitpunkt homosexuelle Neigungen gezeigt, zumindest vorwiegend. Dazu kam noch, neben seiner Arbeit als Fotograf, seine Begabung als Kartenleser oder etwas Ähnliches: Aufbesserung eines Einkommens, von dem ich mir vorstellte, daß es zusammengekratzt wurde und unregelmäßig war. Gut denn, und Valerio Garau hatte wirklich etwas zu schaffen gehabt mit einem solchen schwarzen Schaf?

Das fragte ich mich noch, als ich mit Masu – nachdem ich meinen persönlichen Obulus an die Justiz entrichtet hatte (im gleichnamigen Palast sind alle gleich; und wer weiß schon, was ich sonst noch zu bezahlen haben würde) und der 1100er nicht ohne Schwierigkeiten an der Hafenmauer geparkt worden war und wir die Via Roma überquert hatten – eines der steilen Gäßchen im Hafenviertel hinaufging; inzwischen war der Vormittag fast vorüber. Ich hatte beschlossen, ihn, Pons, zu Hause zu verhören, fast so, als wäre er ein Kardinal; ein bißchen spielte dabei eine Rolle, daß es mir peinlich war, daß ich nach nur einer Biegung um die Ecke eines auch noch düsteren Gerichtskorridors vom Objekt einer Ermittlung zu ihrem Subjekt wurde; ein bißchen aber auch, daß mir die Begegnung mit dem Zeugen *in natura* – einem derartigen Zeugen – in einer Ermittlung wie dieser wenn nicht produktiver, so doch etwas ehrlicher erschien und (möglicherweise) ein paar allgemeine Informationen lieferte.

Der Geruch der Dinge eben. Alles andere als angenehm, während wir die gepflasterte Gasse hochstiegen. Das uns zugewandte Firmenschild besagte Fotocolor Eden (mir war die Übereinstimmung mit dem Namen des fernen Lidos von Platamona aufgefallen); neben der kleinen Eingangstür blickten uns aus kleinen symmetrischen Schaukästen herausgeputzte Brautleute und Hochzeitskuchen an, Mädchen im Kommunionskleid, Firmlinge, allesamt *petit peuple* mit der entsprechenden linkischen Haltung. Bilder, die einmal bunt und glänzend gewesen, jetzt aber etwas verblaßt waren (»Fotoservice für Promotionsfeiern, Hochzeiten, Taufen, Firmungen«, verkündete die Werbeanzeige, die ich gesehen hatte). Die Treppe im Inneren stieg steil und hoch hinauf, nur eine Stiege zwischen den Mauern: sagte ich, unangenehmer Geruch? Das Atelier oder Labor, wie immer man das nennen will, lag im ersten Stock: eine winzige, niedrige Tür, halb offen, oberflächlich angestrichen mit grüner Farbe. Wir baten um Erlaubnis, eintreten zu dürfen, und blieben eine Weile auf der Schwelle stehen, ohne Antwort zu erhalten; schließlich erschien ein junger, spindeldürrer Mann, lange Mähne und Ohrring. Michele, sagte er mit starkem cagliaritanischen Akzent, habe den ganzen Morgen auf uns gewartet und sei vor wenigen Augenblicken weggegangen, »wegen einer dringenden Angelegenheit«: aber nur für eine Minute. Er, der junge Mann, sei sein Assistent, antwortete er auf Befragung, und er stellte uns zwei Stühle hin und lief schnell hinunter, um ihn zu holen.

Der Raum, in dem wir also warteten, die Diele, mußte der Schauplatz von fast allem sein, Beruf und Leben. Da drüben, im Schatten hinter einem Vorhang aus flirrenden Perlen, stellte man sich das übrige vor: Küche, Alkoven. Von dort kam ein abgestandener Geruch nach Knoblauch, der sich mit anderen, nicht weniger penetranten Gerüchen vermischte, Chemikalien, Entwickler (Zyankali?) und noch anderen, undefinierbaren – als hinge ständig eine Art Weihrauch in der Luft. Die Decke war sehr niedrig, wie für eine Dachkammer gemacht, aus Brettern; der Fußboden aus sechseckigen wackeligen Fliesen; die Wände waren ausgebessert mit einem rauhen weißen Verputz, der rustikal wirken sollte, aber schon abblätterte, und übersät mit kleinen Ölbildern, die einfach scheußlich waren, in entsprechenden Rahmen: reihenweise übereinandergehängt. Rechter Hand fiel der kleine Sessel ins Auge, auf dem die Kunden sich in Pose setzten, und der ausgeschaltete Scheinwerfer; und in entsprechender Entfernung das Stativ für die Balgenkamera; links war der auf Böcken ruhende Tisch, so etwas wie ein Schreibtisch; obenauf lagen, inmitten eines Haufens Kladden und alter Negative, ein halber Laib Schafskäse (er roch ebenfalls), eine Tüte aus Zeitungspapier, aus der Fenchelspitzen herausschauten. Das Ganze allerdings im Zeichen Indiens und des Orients: Krimskrams, Amulette, zwei Teppiche und ein Wandbehang mit Kamasutra-Darstellungen, ein deplazierter Buddha ohne Sockel, ein Kamelsattel (einer von denen, über die es heißt, daß sie mit dem entsprechenden Urin gegerbt werden: danach sah er auch aus). Durch das kleine, halb offenstehende Fenster kam eine leichte Brise vom Meer herein, doch ohne Erfrischung zu bringen, da zu warm für die Jahreszeit.

Pons kam schwer atmend und mit Schweißperlen an, vor allem um seinen Schnauzbart herum; sein mächtiger olivenfarbener Körper schwer bis zur Dickleibigkeit; er entschuldigte sich und streckte die feuchte Hand aus: »Michele.« Ich bemerkte, daß der Assistent, der ihn holen gegangen war, Pasquito, nicht mit ihm zurückgekommen war. »Michele«, wiederholte er. Aber vor allem fiel auf, daß er – in dieser noch wechselhaften Jahreszeit, auch wenn wir uns hier in Cagliari schon ziemlich im Süden befanden – über seinen Jeans nur ein langes, ausgeschnittenes Hemd trug; auch seine Füße steckten nackt in den vor allem aus Sohle bestehenden Sandalen. Er sprach kurz über seine Infarkte und andere Herzbeschwerden, während er sich mit einem Foulard abtrocknete, und der Geruch nach Weihrauch (sofern es Weihrauch war) wurde intensiver. Er unterbrach sich, um den Käse und den Fenchel hinter den Vorhang zu tragen, und entschuldigte sich nochmals.

Eine tiefe, ruhig klingende Stimme; gute Selbstbeherrschung; liebenswürdig, aber viril. Homosexueller – ich hatte keinen Grund, daran zu zweifeln – von diesem Schlag, ohne irgend etwas von den Manieren seines jetzt verschwundenen, sogar gepuderten (oder war es Kinderpuder?) Freundes Pasquito. Vielmehr eher ein plumpes Mannsbild, zum Derben neigend. Aber viel schreiender war der Gegensatz zwischen der Dekoration und der Kostümierung einerseits, beides so unsäglich, und dieser Art natürlicher Würde, fast so, als sei sie ererbt (allerdings wußte ich, daß dem nicht so war): wie sie einem manchmal in Gefängniszellen begegnet.

Also sah ich mir die Bildergalerie an den Wänden an – am laienhaftesten waren die abstrakten Versuche – und begriff, von woher der Geschmack der Werbeanzeige kam, die mich bis hierher geführt hatte; unterdessen hörte ich zu, wie er sprach, von dem Michelino vergangener Zeiten, aus dem Michele wurde, womit seine Herkunft umrissen war; ja mehr noch, Michele, kurz und bündig: mit gehobenem Satzbau, gebildet – fast ohne dialektale Einflüsse – und einer geradezu vornehmen Distanz. Vor allem Liebhaber künstlerischer Dinge, sagte er: deshalb war er Fotograf geworden; Sammler (er deutete doch tatsächlich auf die Wände, mit abgeklärter Geste: auf die Volkstänze in Tracht, Landschaften mit Nuraghen oder Meer, deformierte und zugleich gewagte Aktbilder, Fratzen und so weiter); in erster Linie Sammler, danach erst Geschäftsmann. Aber auch Geschäftsmann, ja, wenn es sich so ergab: »Geschäft ist Geschäft, ich kann mich nicht beklagen.« Seine fettigen, langen schwarzen Haare, seine aus dem Hemd mit Kaschmirmuster hervorquellende Behaarung waren dicht mit weißen, ebenso borstigen Fäden durchzogen; jetzt erst sah ich den Armreif, den er am Handgelenk trug, eine Schlange mit Glasaugen; und obwohl seine Augen schwarz waren und glänzten, ja, funkelten, erkannte ich die Verwandtschaft (»Michele hat das Shining«, sollte mir wesentlich später dieser bewußte Pasquito erzählen): »Dottore, womit kann ich Ihnen dienen?«, so als hätte er nicht begriffen.

Sicher, er kannte die Sammlung archäologischer

Fundstücke von Dottor Valerio Garau. »Wir waren Cousins. Sehr entfernte, ich könnte Ihnen nicht einmal sagen, welchen Grades«: bescheiden. »Er immer schon reich; ich arm. Dazu war er, wie man weiß, ein bedeutender Mann; ich, na Sie sehen ja: gestern erst habe ich aufgehört, ein großer Lümmel zu sein. Ich habe auch meine Schwierigkeiten mit der Justiz gehabt, alles verdientermaßen oder fast: können Sie sich vorstellen, daß ich dem beinahe nachweine? Nur, daß ich mir das nicht mehr leisten kann, in meinem Alter und bei meiner Gesundheit. *Non dant panem*, sie bringen nichts in die Kasse«, plauderte er, während er sich auf dem Drehstuhl neben dem Tisch hin und her bewegte, auf den er sich gesetzt hatte; ich mußte ihn wieder auf unser Thema bringen. »Aber Valerio hat sein Verhalten mir gegenüber nie geändert. Er behandelte mich wie zu der Zeit, als wir noch Jungen waren, ganz unbefangen. Wußten Sie, daß wir in derselben Schulbank saßen, in C.? Beweis dafür, daß er ein ziemlich bedeutender Mensch war, oder zumindest ein Mensch. Ja, seine schöne Sammlung, die kannte ich, Stück für Stück. Ich sagte Ihnen ja schon, ich bin ein Liebhaber solcher Dinge.« Ich hielt ihm entgegen, daß es sich dabei um ein strafrechtliches Vergehen handelte. »Ihr Richter müßt es ja wissen« – er lachte. »Aber schließlich gehörte das Zeug nicht mir. Ich bewunderte die Stücke nur, neidete sie ihm sogar, obgleich ich auf andere Dinge spezialisiert bin«, und er deutete, wie vorhin, mit ausholender Geste in die Runde: »Orient. Aber Valerios Sammlung war Familienbesitz, jedenfalls zum größten Teil, vom Vater ererbt, vom Großvater, Urgroßvater und so weiter.«

Ein kräftiger Windstoß hatte das kleine Fenster aufgestoßen: das Licht und die Luft, mehr weiß als himmelblau, drangen für eine Weile von draußen ins Zimmer, und die Rückseite des Firmenschilds EDEN kam in den Blick, senkrecht, bis er aufstand und das Fenster zumachte; nur einen Spaltbreit ließ er es offen, dank einer Schnur, die er um den Fenstergriff wickelte. »Stört das?« Er behauptete, er wisse nicht, wer Valerio mit den archäologischen Funden versorgte; vor allem verneinte er, daß er es gewesen sei: »Ich habe mich nie mit einem derartigen Handel abgegeben. Verstehen Sie, was ich meine, wenn ich ›nie‹ sage? Nicht nur jetzt. Mit anderen Dingen vielleicht...« Und gab lediglich zu, daß er, ja, auch mitgemacht haben konnte bei dem Hin und Her (wie er es nannte) mancher dieser Gegenstände; aber zunächst von Valerio an ihn und dann von ihm an Valerio zurückgegeben. »Ich hab' Ihnen ja gesagt, ich bin ein Kenner, da können Sie überall nachfragen: Experte in Restaurierungen vor allem. Ein paarmal habe ich ihm einen Gefallen in dieser Hinsicht getan: Kleinkram. Ach, übrigens«, er blickte mir ins Gesicht mit seinen pechschwarzen, ganz leicht ironischen und fast schon wieder sympathischen Augen, eingebettet in ungesund aussehender Hornhaut (»auch die Leber, Dottore«, hatte er sich schon beklagt), »ich weiß, wer Sie hierhergeschickt hat, wer mir diesen Streich gespielt hat.«

Ich mußte einige Mühe aufwenden, damit er sich näher erklärte: »Es war eine Frau, Dottore, das wissen Sie besser als ich. Sie können jetzt glauben, daß ich etwas Blödsinniges sage, oder Sie können schlecht von mir denken. Aber die Frau ist notgedrungen ein niedrigeres Wesen. Nein, nein, ich denke dabei nicht an sexuelle Beziehungen, bei denen es jedem freisteht, die Neigungen zu haben, die er will, obwohl auch Neigungen in bestimmter Weise von der Vernunft abhängen: wie in der Kunst. Und diese Frau ist eine, die mich einfach nicht mag: wissen Sie, das beruht fast immer auf Gegenseitigkeit, die Antipathien wie die Sympathien. Aber was bedeutet sie mir schon, was hat sie mir je bedeutet? Ohne Frage, vorgezogen, das heißt geschätzt, sehr geschätzt, und zwar weitaus mehr, habe ich die Ehefrau. Nicht nur wegen dem, was uns verbindet, auch wenn ich ein Dilettant bleibe und Niki, in der Musik, großartig ist; oder zumindest ist sie es gewesen. Und dann die Leidenschaft, meine und ihre, für die Natur: urteilen Sie nicht nach dem, was aus mir geworden ist; aber mich konnte beim Tauchen keiner schlagen; jahrelang war ich Korallentaucher; es machte mir Spaß, mit dem Messer auf Haie loszugehen, draußen vor Torre Argentina: mit gleichen Waffen. Niki vergnügte sich dabei. Und dann sind wir alle beide ausgesprochene Tierliebhaber. Ich habe sogar einmal sechzehn Katzen aufgezogen, können Sie sich das vorstellen? Aber nicht nur das: am Ende zählen, ja entscheiden die Sterne; das mag Ihnen unglaublich vorkommen, aber Niki und ich haben das gleiche Sternzeichen. Ich habe sie schon lange nicht mehr gesehen, seit über zwanzig Jahren, aber ich bin immer noch gerührt, wenn ich mich an bestimmte Sommerabende in C. erinnere, wo sie mich mit der Gitarre begleitete, während ich sang; sie war die echte Kommunistin, wenn das überhaupt etwas besagt: nicht die andere.«

Die andere also. Er nannte sie: die Dottoressa Martinez, geborene Oppo. »Verstehen Sie mich richtig, wir haben uns nur einmal gesehen, für wenige Minuten. Aber ich bilde mir ein, das reicht mir, um einen Menschen vollkommen zu begreifen. Im übrigen habe ich auch ein bißchen über sie sprechen hören. Ich habe gar nichts gegen sie, ich finde sie nur mittelmäßig. Mittelmäßig, ja, und fast ausschließlich Frau. Alle glauben, es sei ein Fehler von Valerio gewesen, seine Frau zu behalten und nicht die andere zu wählen. Aber ich weiß, daß das Gegenteil richtig war. Valerio hatte auch ein paar feminine Seiten in seiner komplexen Persönlichkeit: die Martinez verkörperte seine größte Schwäche. Verstehen Sie also, warum diese Dame und ich uns nicht lieben?« Der stärker werdende Wind schlug jetzt beinahe rhythmisch an das mit der Schnur verschlossene Fenster, und im Gegentakt dazu drehte er, Michele oder Michelino oder wie auch immer, den Drehstuhl hin und her. Er hatte sie eines Abends in T. getroffen, erklärte er, »die Martinez, geborene Oppo«. Er war auf der Durchreise in der Stadt, hatte beim Appellationsgericht angerufen, weil er Valerio suchte, dem er einen gerade restaurierten Grabungsgegenstand zurückgeben mußte; dort hatte man ihm aber gesagt, Valerio sei nach Hause gegangen, und so wartete er unter den Linden im Viale Caprera, es war bereits dunkel.

»Gegen Ende des vergangenen Sommers. Sie werden es zwar nicht glauben, aber ich verliere gern Zeit: die einzige Möglichkeit, etwas zu lernen.« Dann war Valerio mit ihr angekommen, im Auto. »Sie ist direkt erschrocken, als ich seinen Namen rief«: aus dem Schatten, der Viale war nur wenig beleuchtet. Und

Valerio hatte sich sofort verpflichtet gefühlt, den Grund für diese Begegnung zu erklären, hatte das Zeitungspapier zerrissen, in dem der Gegenstand eingewickelt war: ein Votivboot aus der Nuraghen-Zeit. »Wohl auch ein bißchen feige, aber das macht mir nichts aus, ich bin daran gewöhnt. Er lud mich nicht einmal ein, mit in die Wohnung hinaufzukommen. Aber was schlimmer war, er hat sich ganz kindisch angestellt, das tat er manchmal, und bestand ganz unbefangen darauf, daß ich ihm noch andere Stücke dieser Art besorgen sollte. Als hätte ich das je getan. So hat sich die Dame, verehrter Dottore, von dem überzeugt, was sie Ihnen später erzählt hat, und das hätte sie sich sehr gut ersparen können, vor allem in ihrer Lage. Es war ein ziemlich schönes kleines Boot, mit einem Rest eines Stierkopfs.« Nicht das, das Valerio von seinem Vater geerbt hatte, gab er zu.

Doch meine Quelle war eine andere: an diesem Punkt klärte ich ihn darüber auf, in groben Zügen, ohne zu leugnen, daß auch Lauretta den gleichen Hinweis gegeben hatte. Cheris Informant war ein Rechtsanwalt aus Cagliari, zwei Tage zuvor von der Kriminalpolizei vernommen: Gerichtsrat Garau habe ihm scherzend anvertraut, daß dieser Fotograf, der aus seiner Heimatstadt stammte und sein alter Klassenkamerad war, ihm half, seine Sammlung von Grabungsobjekten zu vergrößern. »Das wundert mich, Dottore. Valerio hat so etwas nicht sagen können; und wenn er es getan hat, hätte er mir so etwas nicht antun dürfen«: eher traurig als beleidigt. Und so fügte er der nicht besonders überzeugenden Erklärung von den Restaurierungsarbeiten eine neue hinzu: »Es war wichtig für mich und ist es noch, und zwar sehr, das gebe ich zu, archäologische Funde eine Zeitlang zu betrachten und bei mir zu behalten. Nicht nur aus kulturellen oder ästhetischen Gründen, wie die behaupten, die nur eine eingeschränkte Vorstellung davon haben.

Für meine Studien«, begann er wieder, nach vorn gebeugt, um den Foulard zu- und aufzuknoten, den er in der Hand behalten hatte. »Ich spreche nicht gerne darüber: Religionsstudien. Nennen wir sie ruhig esoterisch. Aber wir wissen schließlich nicht, was uns von einem dieser Gegenstände, die wir für tot halten, mitgeteilt werden kann, wenn wir ihn betrachten, ihm lauschen, mit Demut und Weisheit.« Auch wenn sowohl das eine wie das andere immer mehr verschwindet, sagte er weiter; das eine, weil das andere fehlt, und umgekehrt. »Man mißt dem Wertlosen einen zu hohen Wert bei, und das, was wertvoll ist, läßt man links liegen. Ich verstehe, daß mein Leben, meine Person vielen, allen, mies, sogar widerwärtig vorkommen kann. Aber was macht mir das schon aus? Dottore, ich nehme für mich in Anspruch, die Menschen in einem Augenblick zu begreifen, und ich nehme vor Ihnen jetzt eine Maske herunter. Eine, nicht alle. Ich weiß, wie häßlich diese Bilder sind« – er hob eine Hand – »und der ganze Rest, hier«, und berührte schließlich seine Kleidungsstücke und Halsketten. »Sie können auch denken, daß es sich um das handelt, was man einmal als unstillbare Gier bezeichnete: bei mir und dem Jungen – aber ja doch, Mitarbeiter, Sekretär, Hausangestellter, Lebenspartner, was Sie wollen –, mit dem ich zusammen bin. Ich will mich nicht darüber beklagen, im Gegenteil, ich wäre sogar geehrt. Aber es ist auch mehr, ich weiß, man wird mir nicht glauben: es ist die Demut, von der ich gesprochen habe. Ich wage nicht zu sagen Weisheit. Aber nur, wenn man da durchgeht, findet man sie vielleicht.

Man verwechselt das Mittel mit dem Ziel«, fuhr er fort, schlang dabei immer noch Knoten in sein Tuch und löste sie wieder. »Deshalb werden wir verachtet. Riten haben nur Sinn innerhalb ihrer eigenen Religion. Wehe, wenn man sie von außen betrachtet, gegen eine solche Betrachtungsweise kommt kein Ritus an und nichts, was das Leben ausmacht. Und deshalb ist die Armut – die absolute Armut, die Schmach – um so größer, je mehr oder zumindest je nackter und weniger distanziert man in ihr steckt. Nehmen Sie dieses Pendel, wie wir es nennen: eine Hanfschnur und das Gewicht eines verrosteten Bolzens. Es gibt nichts Perfekteres. Sehen Sie, zum Beispiel habe ich mit einem solchen Werkzeug meine Recherchen über Valerios Grabungsobjekte durchgeführt. Er war so freundlich, sie mir zu überlassen. unter dem Vorwand der Restaurierung, aber auch ohne diesen Vorwand. Besser, wenn sie einem sakralen Gebrauch gedient hatten: der verliert sich nie, wird nie getilgt. Aber wissen Sie, es reicht auch weniger: es reicht schon die Reise, die sie im Verlauf von Jahrtausenden zurückgelegt haben, von einer Epoche zur nächsten, von einer Welt zur anderen, angefüllt womit? Mit nichts, das uns gehört oder das wir kennen: so etwas zu finden, kann eine Existenz, ach, was sage ich? kann die Opferung einer Gattung rechtfertigen. Und dann ist auch ein Weizenkorn, das von dorther kommt – in manchen Gräbern findet man welche –, nicht verschieden von einem Votivboot, außer wir sind zu beschränkt, um das zu begreifen.«

Mich beeindruckte, unter so anderen Umständen, die Wiederholung einer derartigen Metapher: die Reise, und einen Augenblick lang bemühte ich mich, das zusammenzufügen, was sich mir entzog. Ich hörte ihm zu: »Der Tod? Wahrscheinlich tragen diese Dinge das Gegenteil davon in sich, allerdings ein absolut unbekanntes, dunkles Leben: und das ist in gewisser Weise vielleicht das gleiche wie der Tod.« Er hatte wieder zu schwitzen angefangen, obwohl er leise sprach, ohne Anteilnahme: Schweißperlen hatten sich auf seiner Stirn und seinen aufgedunsenen Backen gebildet, um seinen Schnauzbart herum, er wischte sie sich mit dem Foulard ab. Und er unterbrach sich: »Ist es eigentlich sicher, Dottore, daß Valerio sich nicht selbst getötet hat? Der Mut, den er besaß, sich nicht zu entscheiden – ich beziehe mich dabei nicht auf seine Frauengeschichten –, könnte auf Dauer zu belastend gewesen sein. Das ist eine Frage der Schwerkraft: wenn die Last zu schwer und die Spannung zu stark wird, kann man nur noch in die Grätsche gehen« – er spreizte den Daumen und den Zeigefinger seiner linken Hand, um das bildhaft zu verdeutlichen – »immer weiter auseinander; zum Schluß bricht man zusammen: Qual auch des Organismus. Und eine Mystifizierung dieser Art zu inszenieren, um es nur ja nicht eingestehen zu müssen, war typisch für Valerio, für die weibliche Seite in ihm. Sie werden darüber lachen, aber ich habe eine Untersuchung mit dem Pendel angestellt, und das Ergebnis war, daß sein Blut sich gegen ihn aufgelehnt hat.«

Mit einem dieser Pendel. »Glauben Sie mir, es kann sich nicht geirrt haben: das ist ein erheblich kürzerer Weg« – auf einer Fotografie, die sie mit ihrer Schulklasse abbildete, 1943, Kriegsjahre. Valerio als Evakuierter in C.; sie waren, wie gesagt, Banknachbarn. Er erzählte mir von den Sommern, die sie gemeinsam verbracht hatten – zwei, drei –, vom Baden im großen, grünen Fluß, von all den Tagen – »fast auch noch Nächten, Dottore« –, die sie in Calameda beisammen gewesen waren, auf den von Bäumen und Obst überschwemmten Feldern, die vom Fluß so friedlich umspült wurden, gleich neben der zerfallenen romanischen Kirche des Göttlichen Heils: »Cenzino Masu« – er schien erst jetzt auf meinen Begleiter aufmerksam geworden zu sein und warf ihm eine Art Gruß zu, »der weiß es.«

Von Michele wieder zu Michelino geworden, einen Augenblick lang, vorläufig heimgekehrt von seiner kleinen persönlichen Reise. »Ich hatte mich in Biba verliebt, stellen Sie sich das vor, die fast fünf Jahre älter war als ich. Sie, ein Fräulein, das in ganz C. die meiste Aufmerksamkeit auf sich zog, und ich mit kurzen und außerdem durchgescheuerten Hosen.« Ja, Valerio – »Ninni, Sie haben recht« – und Biba: »Sie ersetzte ihm nicht nur die Mutter, wie später alle gesagt haben, sondern auch den Vater: und den hatte er wahrscheinlich nötiger. Sie war auch hart, wissen Sie, boshaft: wir hatten Angst vor ihr. Wir hatten Angst vor ihr, und ich, zur gleichen Zeit... verstehen Sie, was? Qualen oder Tröstung, was immer es war. Ich habe Ihnen von meiner Sympathie für Niki erzählt, aber wenn ich die Frage beantworten müßte, wer die wichtigste Frau in Valerios Leben war, dann hätte ich keine Zweifel. Auch später, immer, Biba. Im übrigen – warum sollten wir nicht versuchen, die Sprache der Fakten zu verstehen? – hat der Tod sie schließlich vereint: der gemeinsame Tod, sofern wir ein bißchen hinter den Augenschein blicken wollen. Aber ich könnte nicht erklären, auch mir selbst nicht, wie: das muß ich noch genauer erkunden.«

Damit hatte er ausgeredet: mit seinem rosafarbenen indischen Hemd, seinen Ketten aus Samen, Muscheln und Korallen, womit er sich schmückte, und schmutzigen Fingernägeln. Mit einem pochenden tum tum tum hatte ihn das kleine Fenster begleitet, unter dem zunehmenden Wind, der an diesem leuchtenden Tag vom Hafen heraufkam; und jetzt füllte er – einzig angemessene Musik – die Pause der Stille an, die sich ausgebreitet hatte. Es war fast drei, nach meiner Uhr: er bedauerte, daß er uns keinen Aperitif anbieten konnte. Von jeher Abstinenzler, jetzt die Leberzirrhose – »Man wird immer für das Falsche bestraft« –, die ihm jede Art von Alkohol verbot. Statt dessen schlug er vor, uns zum Mittagessen zu begleiten: die Einfachheit seines häuslichen Lebens erlaubte es nicht, daß er uns dort bewirtete, aber dann schlug er uns den Namen des luxuriösesten Restaurants in der Stadt um die Ohren: »Sie kennen mich dort, sie werden uns bedienen, auch wenn es schon spät ist. Im übrigen schuldet mir der Besitzer noch etwas.«

»Danke, ein andermal«: enttäuscht, aber höflich resignierend, als wir ablehnten. Fast stolperte er beim Hinuntergehen auf der schmutzigen, steilen Treppe. War das die Hölle, sah sie so aus? fragte ich mich dann, als ich in den kleinen Schaukästen die verblaßten Fotos wiedersah. Das sagte ich natürlich nicht. Aber auf der langen – noch längeren – Heimreise formulierte ich andere Fragen für meinen Watson, der sie sich anhörte, während er gelassen am Steuer saß, hinter dunklen Brillengläsern, die er am Morgen eingeweiht und nicht ein einziges Mal abgenommen hatte, obwohl die Sonne am Ende ihrer täglichen Bahn hinter fernen Bergen – so werden sie hier genannt – und den von dort aufziehenden Wolken untertauchte: kaum größer als eine Münze und stets links; indessen quälte sich unser Fiat 1100 beinahe im Schrittempo über den Schotter der Baustellen und schleuderte Steine hoch. Hatte er, Valerio Garau, irgend etwas mit Drogen zu tun? Masu glaubte das nicht, nicht nur aus Lokalpatriotismus, und ich neigte dazu, ihm recht zu geben. Oder war es möglich, daß dieser Pons ihn erpreßt hatte? Nicht einmal das schien wahrscheinlich. Aber warum – hinterher brütete ich schweigend darüber – verschleierte Valerio, der doch von Natur aus und dank seiner Erziehung so zurückhaltend war, nicht den illegalen Erwerb archäologischer Fundstücke vom Fotografen, sondern stellte ihn gewissermaßen offen zur Schau? Und warum hatte mir Lauretta eine Lüge erzählt, als sie behauptete, sie würde die Stücke nicht kennen?

4.

14. April 1978

Es gab keinen Grund mehr, die Wohnung im Viale Caprera und das Haus in Platamona weiterhin beschlagnahmt und versiegelt zu halten: der neue Vormund von Marta Pes, Bibas behinderter Tochter – einzige rechtmäßige Erbin Valerios, von dem man keine Testamente gefunden hatte (im übrigen war es auch unwahrscheinlich, daß es welche gab) – hatte mir dies in einem höflichen, formalen Antrag schriftlich dargelegt, praktisch gleich nach seiner Ernennung. Es handelte sich bei ihm um einen jungen Rechtsanwalt, einen ihrer entfernten Verwandten aus der Grixoni-Linie, der sich möglicherweise aufgrund dieser Ernennung zu soviel Eifer verpflichtet fühlte. Es konnte auch sein, daß er, im Rahmen seiner Aufgaben, jemandem versprochen hatte, die Stadtwohnung an ihn zu vermieten. Jedenfalls hatte er recht. Ich ersuchte die Kriminalpolizei um erneute, gründliche Durchsuchungen, von denen ich mir allerdings wenig versprach: danach würde ich die Rückgabe der beiden Immobilien an die rechtmäßigen Eigentümer verfügen können. Giancarlo Manai war natürlich mit allem einverstanden. Bleibt hinzuzufügen, daß sich auch François einmischte – der wohl Druck von oben bekommen hatte –, um die rasche Erledigung des Verfahrens zu unterstützen.

Im Viale Caprera sollte begonnen werden: an jenem Tag, der auf einen Freitag fiel. Und ich hatte mir vorgenommen, bei der Inspektion anwesend zu sein oder doch wenigstens in der Schlußphase, weshalb ich mich von meinen Verhandlungsterminen freimachen und am späten Vormittag an Ort und Stelle erscheinen wollte. Aber es war mir nicht möglich: ausgerechnet zu dieser Zeit hatte mich François angerufen und gebeten, ihn bei der Verhandlung eines Ehepaars zu vertreten, die die Trennung wollten. Und die Sache hatte sich derart in die Länge gezogen – ich räume ein, daß ich der am wenigsten geeignete Richter für Ehestreitfälle bin –, daß ich nun meinerseits Maresciallo Masu im Viale Caprera anrufen mußte, um ihm zu sagen, daß er ohne mich die Sache zum Abschluß bringen sollte. Doch ich wollte in diese Wohnung zurückgehen: ich behielt mir vor, dies zu tun, sobald ich ein belegtes Brötchen gegessen hätte, und vereinbarte mit Masu einen Zeitpunkt. Schlüssel hatte ich ja in Hülle und Fülle.

Die Sache verlief also in dieser Weise. Ich erinnere mich, daß ein, na, sagen wir ruhig, Frühlingsregen herunterkam, allerdings beständig und heftig: vielleicht mit einem nur eben wahrnehmbaren Geruch nach jungen Blättern, als ich den Viale unter den Lindenbäumen hinunterging, mit aufgespanntem Schirm. Bis zum vereinbarten Zeitpunkt mit Masu fehlten noch zwanzig Minuten: und es war mir nicht unangenehm, mich eine Weile allein in der Wohnung aufzuhalten. Aus der Sägewerkstatt kam keinerlei Geräusch, wegen der Mittagspause: ich machte einen Bogen um eine große, brodelnde Pfütze, die sich vermutlich wegen eines verstopften Kanaldeckels gebildet hatte, und trat unter den Portikus. Ich stieg die Marmorstufen hinauf, deren an sich schon zweifelhafte Sauberkeit durch den regnerischen Tag noch mehr gelitten hatte. So kam ich auf der dritten Etage an die wohlbekannte Tür, auf der man die zerrissenen Reste der Papierstreifensiegel mit Stempelmarken und Unterschriften erkennen konnte, und steckte den ersten der beiden Schlüssel, den komplizierteren, einen Stift, in das runde Loch des Türschlosses. Doch spürte ich einen endgültigen Anschlag, als ich ihn nach rechts drehte: sie war bereits geöffnet. Bevor ich noch überlegen konnte, hatte ich schon den zweiten, gewöhnlicheren Schlüssel ins zweite Türschloß gesteckt, und war überrascht, als ich bemerkte, daß er sich ins Leere drehte: sinnlos, fortdauernd.

Ich brauchte einen Augenblick, bevor ich begriff, daß es keine andere Erklärung gab: ein gleicher Schlüssel steckte von innen im Schloß. Vergessen von jemandem, der die Tür nur zugezogen und nicht abgesperrt hatte? Ich glaubte, Masu ausreichend gut zu kennen, daß ich ihm eine solche Gedankenlosigkeit nicht zutraute. Oder aber war Masu oder jemand anders von der Polizei noch drinnen oder vor mir angekommen und hatte – aber warum nur? – den Schlüssel ins Schloß gesteckt? Das war nicht überzeugend: trotzdem, ohne die einzig mögliche Überlegung zu Ende zu bringen, aber bereits einigermaßen beunruhigt, klingelte ich mehrere Male, als ob mir diese Beharrlichkeit Trost und Schutz bieten könnte. Ja, Schutz: warum – kein Lebenszeichen kam aus der Wohnung, und das Klingeln, das ich jetzt wiederholte, ließ ein beinahe bedrohliches Echo zurück – hatte sich der, der sich also dort hinter der Tür aufhielt, auf diese Weise abgesichert? Noch nie hatte ich so deutlich wie in diesem Augenblick empfunden, daß wirklich ein Mord an einem Menschen begangen worden war, und ich dachte – voller Angst, jetzt schließlich voll echter Angst –, daß der Mörder sich mit größter Wahrscheinlichkeit da drinnen aufhalten würde.

Er hatte bereits gemordet, er konnte bewaffnet sein, und das Gebäude war leer, abgesehen von den beiden alten Fräulein Decandia im ersten Stock. Auf diesem wenig beleuchteten Treppenabsatz stehenzubleiben, allein, mit meinem triefenden Regenschirm als einzigem Schutz, war eine große Unvorsichtigkeit. Ich sah auf die Uhr, schon während ich auf Zehenspitzen hinunterging: bis zum Treffen mit Masu fehlte noch über eine Viertelstunde. Was tun? fragte ich mich unaufhörlich unter dem Portikus, von dem ich mich nicht entfernen wollte – der einzig mögliche Weg für den, der Valerio Garaus Wohnung verlassen wollte –: durchdrungen von der Feuchtigkeit des Regens, der jetzt senkrecht herunterklatschte, auf die eine wie auf die andere Seite, auf die Straße wie in den Innenhof.

Mir kam eine Idee: immer noch auf Zehenspitzen, stieg ich wieder zur ersten Etage hoch, klingelte bei den Fräulein Descandia. Eine der beiden alten Damen öffnete mir – einen Spaltbreit –, die andere zeigte sich im Hintergrund: ich denke, sie waren gerade beim Essen. Sie waren argwöhnisch, wohl auch wegen der Art, wie ich mich präsentierte. Einen Anruf ins Polizeipräsidium mußten sie mir allerdings gestatten – ich hatte die Tür zur Treppe offengelassen: als ich die Nummer wählte und während des folgenden Gesprächs hörte ich nicht auf, dorthin zu sehen –, doch angesichts der Uhrzeit waren nur noch der Telefonist und ein Wachposten da: ich erfuhr, daß gerade ein Auto aus irgendeinem dringenden Grund weggefahren sei, man versprach mir aber, sofort zu kommen (»Viale Caprera 12, in der ehemaligen Wohnung des Consigliere Garau«: mein Gesprächspartner schien mir nicht gerade ein besonders heller Kopf zu sein). Und da ich nun schon einmal da war, wählte ich, ohne noch einmal um Erlaubnis zu bitten, die andere Nummer: mir antwortete Martinez; ich tat so, als würde ich ihn nicht erkennen, und fragte nach der Signora. Als ich ihre Stimme hörte, wurde mir bewußt, wie wenig haltbar der Vorwand war, den ich vorgebracht hatte. Während ich dann wieder die Treppe hinunterstieg und weiter unter dem Portikus wartete, überkam mich eine merkwürdige Erleichterung – es war also nicht Lauretta –, aber eben darum auch ein stärkeres Empfinden des Unbekannten und auch von Angst.

Masu kam mit fünfminütiger Verspätung an: im blauen 1100er und, trotz des trüben Tags, mit seiner Sonnenbrille auf der Nase. Sofort hatte er aufgehört zu lächeln und aus seiner Pistolentasche unter seiner Jacke die Waffe herausgezogen, die er mit einem kleinen Klicken entsicherte. Es war sogar komisch, vermute ich – doch nicht für mich in diesem Augenblick –, wenn man sah, wie er hochstieg, einen Schritt nach dem anderen, auf Zehenspitzen, die Waffe hochhaltend, mit seiner Sonnenbrille: »Bleiben Sie hinter mir in Deckung, Dottore.« Eigentlich wollte er zunächst, daß ich unten wartete. Aber ich hatte meinen kleinen Stolz. Ganz langsam steckte auch er den Schlüssel ins Schloß und drehte ihn, mit einer kurzen Bewegung, lautlos um: leer, auch bei ihm. »Der Vogel sitzt im Käfig«, flüsterte er mir kaum hörbar zu. Er bückte sich, um durch beide Schlüssellöcher sehen zu können. Vergebens, glaube ich. Dann horchte er, indem er sein Ohr an die Tür hielt. Das schien mir unvorsichtig, aber die Pistole hielt er immer noch fest in der Hand. Was tun? Er mußte meinen Zweifel teilen: »Hat er gesagt, daß sie einen Streifenwagen schikken?« flüsterte er mir wieder zu.

Nachdem wir eine Weile gewartet hatten, hörten wir die Stimmen, zu dritt kamen sie die Treppe heraufgestürmt: mit riesigen nassen Fußspuren, zwei weitere Carabinieri und ein Polizist. Sie verlangten, ich solle mich zurückziehen, einen Treppenabsatz weiter unten warten: »Sie sind nicht einmal bewaffnet, Dottore.« Ich hörte, daß sie zunächst klingelten. Die Tür brachen sie fast im Handumdrehen auf, sie mußten ein entsprechendes Werkzeug bei sich haben, ich hörte das Aufschnappen. Sie gingen vorsichtig hinein, mit entsicherten Pistolen und sogar Maschinenpistolen. Dann nichts mehr, ich glaube, sie öffneten eine Tür nach der anderen und sahen überall nach, wo sich ein Mensch versteckt haben konnte. Ich war in den Korridor gekommen, als sie damit aufhörten.

»Kommen Sie, Dottore, er ist weggeflogen«, rief mich Masu, auf seinem Vergleich mit dem Vogel beharrend. Die Tür stand offen, die im Rückteil des Gebäudes von der Küche auf einen kleinen Balkon hinausging, der über zwei weiteren lag: dem der unbewohnten Etage und dem der Lehrerinnen Decandia. Jeder von ihnen hatte seinen Wäscheaufhänger aus Eisen, und dicht daneben verlief ein Abflußrohr, das, zehn, zwanzig Zentimeter neben der festgestampften Erde, ganze Bäche von Regenwasser in den Hof schüttete. Die Sägewerkstatt hinter dem Vorhang aus Dauerregen war immer noch geschlossen.

Einer unserer Männer rief kurz darauf mit großen Armbewegungen von unten, völlig durchnäßt, wobei er eine Pforte in der Ecke der Einfriedungsmauer gegenüber dem Portikus auf- und zumachte, um zu zeigen, wie man dort problemlos hinauskonnte, auf die Parallelstraße zum Viale Caprera.

Nun gab es darüber zwei Auffassungen. Der einen zufolge war das der Weg der akrobatischen Flucht. Der anderen zufolge hätten die Anwesenheit der beiden Damen Decandia in ihrer Küche – wo sie, wie ich vermutet hatte, ihre Mahlzeit beendeten – und meine Bewachung des Portikus dies unmöglich gemacht. Zwar hätte der heimliche Besucher – wenn wir ihn einmal so nennen wollen – Zeit gehabt, während ich unschlüssig auf dem Treppenabsatz wartete und dann schließlich hinunterging und dann wieder zum ersten Stock hinaufstieg und die Anrufe machte, was die Aufmerksamkeit der beiden alten Damen abgelenkt hatte, aber er konnte dies sicherlich nicht voraussehen und auch nicht darauf spekulieren. Und er hätte sich in jedem Fall einem außerordentlichen Risiko ausgesetzt.

Was also dann? Dann – behauptete man – war er eben nicht auf diese Weise heruntergekommen, entlang der Fassade zur Hofseite, sondern war, nachdem er die Wohnungstür von außen zugezogen hatte, in der er zur Vorsicht den Schlüssel hatte stecken lassen, die Treppe bis zum Speicher hinaufgestiegen, dessen Tür wir geöffnet fanden, unerklärlicherweise oder, wie man betonte, vielsagenderweise; auch wenn dies bedeutete, daß der heimliche Gast den Schlüssel dazu hatte oder sofort wußte, wo er ihn finden konnte. Vom Speicher aus – sagte man weiter – war er durch die Dachluke aufs Dach hinausgekommen und von da über andere, unterschiedlich hohe Dächer, bei denen man sich freilich den Hals brechen konnte, auf die Einfriedungsmauer: kühn auch diese Hypothese, nicht nur im Sinn des Balanceakts. Eine zerbrochene Glasscheibe diente als zweifelhaftes Indiz: es gelang nämlich nie, mit Sicherheit den Zeitpunkt festzustellen, zu dem dieser Schaden eingetreten war, ob vor oder nach den uns jetzt beschäftigenden Ereignissen.

Die beiden Auffassungen machten sich lange das Feld streitig, und zwar ohne großen Nutzen, wie es manchmal vorkommt, weil der Vogel – hätte Masu gesagt – ganz sicher in seinen Wald zurückgeflogen war, wer immer er auch gewesen sein mochte, wobei er während der Unternehmung eine gehörige Portion an Geschicklichkeit bewies – oder an Verzweiflung.

Uns blieb nur, Spuren dieser Flucht festzustellen in der Wohnung, in der es keine menschliche Präsenz gab außer unserer eigenen. Und beim ersten Hinsehen – die Fenster überall weit geöffnet, die Lampen ausgeschaltet – erschien alles unverändert; abgesehen vom Schlüssel, der noch im Schloß auf der Innenseite der Tür steckte und mit drei weiteren von einem ganz normalen Ring zusammengehalten wurde. Vier also insgesamt statt der üblichen fünf. Es fehlte der von der kleinen Tür zum Portikus; und das erklärte vielleicht die ungewöhnliche Art des Eindringens während des Tags, auch wenn der Besucher kaum einer möglichen Überwachung ausgesetzt war: die Damen Decandia bestanden nämlich darauf, daß diese Tür bei Einbruch der Dunkelheit geschlossen zu bleiben habe, um sicherzugehen, daß sie als alte Damen nichts zu befürchten hatten, und darum kümmerten sie sich persönlich.

Der heimliche Besucher – ich hatte jedoch den Eindruck, daß man ihm einen anderen, unheimlicheren Namen geben mußte – kannte sich also in den Gewohnheiten der Hausbewohner perfekt aus und verfügte über die beiden Schlüssel zu Valerios Wohnung und den beiden anderen für die kleine Villa in Platamona, jedoch nicht über den für die kleine Tür unten. Er hatte die Entfernung der Siegel für seine Ortsbesichtigung abgepaßt: offensichtlich um sie geheimzuhalten, denn die gummierten Papierstreifen setzten ihm keinen konkreten Widerstand entgegen. Und sein gerade beendeter Besuch zum richtigen Zeitpunkt bewies, daß er über die Entwicklung der Untersuchungen und des Verfahrens auf dem laufenden war. Etwas später sollten wir dann auch noch erfahren, daß der Rechtsanwalt und Vormund bereits die Auswechslung sämtlicher Türschlösser veranlaßt hatte, sobald ihm die Immobilien übergeben worden wären.

Plötzlich fühlte ich, wie mich eine Erleuchtung durchzuckte: ich rief Masu und lief selbst ins Arbeitszimmer, auf den Sekretär und die auf ihm stehende Obstschale aus blauem Glas zu. Zwischen den mittlerweile vertrockneten Orangen, von denen ein paar bereits von Schimmel befallen waren, befand sich, beinahe aufrecht, der Schlüssel, den ich bei der nach dem Verbrechen durchgeführten summarischen – leider viel zu summarischen und viel zu formalen – Inspektion Gelegenheit hatte zu bemerken. Ich nahm ihn und verglich ihn mit denen am Schlüsselbund, den ich mitgenommen hatte, als ich zu der Wohnung aufgebrochen war: er stimmte mit einem davon völlig überein. Das von Masu sofort durchgeführte Experiment – er war hinuntergegangen, um mit ihm das Schloß der kleinen, zum Portikus führenden Tür einschnappen zu lassen, vor und zurück, einige Male, und dann außer Atem wieder heraufgekommen; ohne die dunkle Brille, wie ich bemerkte – lieferte dafür den weiteren Beweis. Es handelte sich um den Schlüssel, der dem heimlichen Besucher gefehlt hatte, der sich daher gezwungen sah, seinen Einbruch zur Zeit des Mittagessens durchzuführen. Und ich fragte mich, ob der Schlüssel wohl zu dem Bund gehörte, der dann dort zurückgelassen worden war und von einem einzigen Schlüsselring zusammengehalten wurde.

Wir sahen uns weiter um: was hatte er nur gesucht und möglicherweise auch gefunden, der Flüchtige, in diesen, so schien es uns, unverändert gebliebenen Zimmern, in denen keine Spur von ihm zu sehen war? Wir öffneten sogar den Kühlschrank: dort waren Essensreste aus der Zeit, als der Besitzer aller dieser Dinge noch am Leben war; man kann sich daher vorstellen, in welchem Zustand sie sich befanden, mumifiziert in einer Weise, die schlimmer war als Fäulnis. Wir kramten zwischen den Büchern in den Regalen im Arbeitszimmer herum, nahmen die Bilder von den Wänden. Wieder war es Masu, der mich rief, aus dem Schlafzimmer: auf dem Fußboden lagen Tonscherben – von einer kleinen Keramikschale, nicht größer als eine Tasse: eine kielförmige Halbkugel, frühe Eisenzeit, stellte sich später heraus. Die zu ihrer Zeit eine ganz bestimmte Funktion erfüllte, vielleicht eine gewöhnliche und bescheidene, dann Jahrtausende überlebte, um schließlich dieses Ende zu finden. Und dort nahmen die spärlichen Scherben einen düsteren Aspekt an: sicherer Beweis für einen Einbruch: Ergebnis einer Zerstörung, die für eine andere, ebenso unersetzbare stand.

Die Zertrümmerung konnte selbstredend rein zufällig geschehen sein: es bestanden keine Gründe, sie mutwillig herbeizuführen. Doch der unbekannte Besucher hatte seine Hand in die Vitrine gesteckt; auch wenn keines der darin aufbewahrten Stücke fehlte, außer der zerbrochenen Schale: wir kannten ihre Anzahl. Wenn man allerdings genau hinsah, merkte man, daß sie auf dem untersten Bord und auf der Seite nicht in derselben Anordnung und demselben Abstand wie sonst plaziert waren, sondern als hätte man sie weggeräumt und dann eilig wieder zurückgestellt. Wir nahmen sie also aus der Vitrine und stellten sie auf die Kommode: so entdeckten wir ohne weiteres, daß der weißlackierte Boden des Schaukastens an dieser Stelle beweglich war, nur aufgelegt; und darunter kam eine Art Schränkchen zum Vorschein, das bis zum Fußboden ging, zwanzig oder dreißig Zentimeter hoch. Drinnen befand sich ein großer Briefumschlag mit Papieren. Er wurde mir übergeben, es handelte sich um Briefe: zahlreiche, von unterschiedlicher Länge, auf verschiedenem Papier, aber meist mit dem Briefkopf *Amtsgericht T. – Der Amtsrichter:* sämtlich von Lauretta.

Ich steckte sie wieder in den Umschlag und behielt mir vor, sie zu lesen. Der heimliche Besucher hatte sie nicht genommen: mithin war es nicht das, was er suchte. Und das, was er statt dessen suchte, mußte er gefunden und mitgenomen haben, wenn es dort versteckt war. Jedenfalls wurde der Schaukasten genau durchsucht: von unten nach oben, vergeblich. (Unterdessen erklärte mir Masu den Grund für die erlittene Schlappe: niemals hatte man an eine richtiggehende Durchsuchung gedacht.) Das Messingbett war, wie es an jenem Vormittag des 17. März zum letzten Mal zurückgelassen worden war: Bettdecken und Laken am Kopfkissen nur eben zurückgeschlagen. Und der blaue Seemannspullover – wie ich ihn an Niki gesehen hatte, unter dem Pelz – lag immer noch auf dem Stuhl. Ich blieb vor den Fensterscheiben stehen, während die anderen weiter so herumstöberten: es hörte auf zu regnen, und auf der anderen Seite des Damms tauchte, zwischen den Dächern der Altstadt, ein Stückchen des Palazzo Grixoni auf (jetzt wußte ich es ja), die Fenster des obersten Stockwerks, von denen aus »man das Meer, die Asinara und auch Korsika sah«, in jenen Tagen, in denen Niki »glücklich gewesen war« – soweit sie es sein konnte. Ich hielt auch vor den Fotos am Spiegel noch einmal inne: da waren sie wieder, Ninni und Biba; Ninni und Lauretta in den *Kleinen Narrheiten* – Ninni als überheblicher Wolf und die kleine Lauretta als Rotkäppchen; der schöne Ninni in bewundernder Pose und Biba als Siegerin.

An der anderen Wand war das Aquarell von Klee, authentisch, jetzt ein bißchen schief wiederaufgehängt: in unangenehmen Ocker- und Rosatönen und ziemlich spät, 1939 datiert, von jener so leicht erkennbaren Hand, die wie stets auch den Titel dazugeschrieben hatte: *Nichts ist ohne Kampf.* Nur, daß das *ohne* nachträglich darüber geschrieben worden war, mit einem Pfeil, und der Zwischenraum, zwischen *ist* und *Kampf* machte deutlich, daß es sich nicht um eine Sinnesänderung handelte, sondern um eine vorbedachte Zweideutigkeit: resultierend aus der Unsicherheit, ob nichts oder alles ohne Kampf sei. Im übrigen hat auch *Nichts ist ohne Kampf* einen Doppelsinn: nichts geschieht, noch bekommt man es ohne Kampf; oder: der Kampf ist definitiv überall, und daher ist er alles.

Nun, die Schatten des Abends kamen herab, wir hatten die Lampen wieder eingeschaltet, und man hörte, wie hier und da Fenster geschlossen wurden. Der kleine Empirespiegel im Eingang, rund und gewölbt, warf mein Bild zurück, verkleinert, verzerrt, zwischen den Flecken, die die Zeit zurückgelassen hatte: war das eine Metapher? Danach hielt ich mich im Arbeitszimmer auf, wo ich die vertrockneten Orangen der Obstschale prüfend in die Hand nahm, mit dem Makel des Schimmels dort, wo sie lange Zeit auf dem Glas aufgelegen hatten; Büchertitel las; mir jenes Porträt ansah, von dem ich jetzt wußte, daß es ein Grixoni mütterlicherseits war; ich schaltete sogar den Plattenspieler ein und drückte auf »play«: »Heisa hopsassa!« klang es wieder unverändert, ganz genau wie immer; ich machte das Gerät sofort aus, weil ich mich vor den vier anderen schämte, die auf mich warteten.

Wir brachten neue Siegel an, am folgenden Tag würde eine wirklich gründliche Durchsuchung vorgenommen. Nachdem das Kind in den Brunnen gefallen ist, dachte ich, den Umschlag mit Laurettas Briefen unter dem Arm. Aber vor der Tür, auf die wir unsere üblichen Streifen klebten, auf dem von einer hoch hängenden Birne schlecht beleuchteten Treppenabsatz – für die vom Zeittakt vorgegebenen Minuten, danach mußte man wieder auf den Lichtschalter drücken –, kehrte erneut eine bestimmte Angst zurück, die von einem gewohnten Gefühl der Gereiztheit verstärkt wurde. Als wäre mir jetzt erst bewußt geworden, daß der Tod, dessen Umstände wir untersuchten, nicht natürlich war: angesichts dieser Handschrift, die wahrscheinlich dem gehörte, der ihn hatte verursachen wollen und möglicherweise bereit war, weitere Todesfälle zu verursachen, falls er, durch die Umstände gezwungen, in eine Zwangslage geriet.

5.

19. April 1978, vormittags

Der Verlauf unserer Ermittlung wurde bestimmt von dem Verlauf des Falls Moro, und in meiner Erinnerung verflechten sie sich miteinander. Ruft deshalb der Fall Moro, wenn ich mich an ihn erinnere, eine so tiefe Traurigkeit in mir hervor? Jedenfalls erschien an jenem Tag, Mittwoch, in allen Zeitungen die Nachricht vom Kommuniqué Nummer 7 der Roten Brigaden, in dem mitgeteilt wurde, daß an dem Gefangenen »Selbstmord begangen« und seine Leiche »auf den schlammigen Grund des Lago della Duchessa« geworfen worden sei. Die Suche lief natürlich auf vollen Touren, vor Ort, in den Bergen der Abruzzen: Hubschrauber, Froschmänner und vieles andere noch, um einen Epilog zu der nationalen Tragödie zu finden. Von unserem Fall Garau dagegen nichts mehr, nach der »Herausforderung« (um im Wortgebrauch zu bleiben) durch den unbekannten Besucher; und ich hatte wahrscheinlich auch ein paar Gewissensbisse unter der üblichen Oberfläche verdrängter Empfindungen, obwohl ich dann auch wieder nicht glaube, daß dieses Nichts, vor dem wir zum Stillstand gekommen waren, von mir allein zu verantworten war. Ich war gerade mit meiner Zivilverhandlung beschäftigt, um ungefähr elf Uhr dreißig, als François mich anrief. »Kannst du kommen?« Er verlangte: sofort und daß ich die Fälle einfach liegen lassen sollte. »Es ist dringend.«

Ich traf ihn an, erfüllt von kalter Wut: auf seine

Weise, das heißt, er zeigte nichts davon, blieb ganz ruhig und sprach betont deutlich, wobei er das nicht unerhebliche Gewicht seiner Brillengläser zu mir hin gerichtet hochhob, auf der anderen Seite des Schreibtischs (allerdings weiß ich nicht, wie er mich sehen konnte); zuerst aber diktierte er dem Kanzleiangestellten zu Ende. Er ließ mich lange sitzen, schweigend, während ich darauf wartete, daß er ihn verabschiedete: »Einen Augenblick. Übrigens wird dich das interessieren.« Und ich schloß aus dem, was er diktierte, während er von Zeit zu Zeit einen flüchtigen Blick zu mir herüberwarf, daß auch er einen anonymen Brief erhalten hatte. Er legte ihn vor mich hin: der gleiche Umschlag, die gleichen Schriftzüge wie bei meinem; wesentlich rüdere Töne, auch in bezug auf mich, der ich als »Komplize« und Anwärter auf die Nachfolge des Verstorbenen »im Bett der Martinez-Oppo« bezeichnet wurde, von jemandem, der über meine beruflichen Debakel informiert zu sein schien (aber wohl nicht ganz, wenn er mir eine derartige Absicht andichtete); zur Kenntnisnahme an alle nur möglichen vorgesetzten Behörden gesandt, Minister, Oberster Richterschaftsrat und Generalstaatsanwalt am Kassationsgericht inbegriffen, ja, sogar an vorderster Stelle.

François griff mich zunächst deshalb an, weil ich ihn nicht in allen Einzelheiten über den anonymen Brief aufgeklärt hatte, der mir zugestellt worden war und auf den seiner anspielte; ich behauptete, ich hätte ihn nicht erhalten, und er antwortete, daß es dann nur zwei Möglichkeiten gebe: entweder habe die italienische Post schlecht funktioniert, was durchaus möglich sei, oder ich hätte eine Unkorrektheit begangen, indem ich ein Dokument unterdrückt hätte, und auch das sei vielleicht nicht undenkbar. Oder jemand hätte das jedenfalls annehmen können, weil es sich schließlich um mich handelte. Kurz gesagt, er wollte mir den Kopf waschen, bösartig; seinen Brief würde er an die Staatsanwaltschaft schicken, mit einem offiziellen Begleitschreiben – dem, das er gerade diktiert hatte –, damit man eine Akte mit den »Berichten über die Ereignisse« anlegte. Es war töricht von mir, mich ihm eine Zeitlang zu widersetzen, indem ich ihm entgegenhielt, daß er eine dritte Möglichkeit außer acht lasse, die wahrscheinlichste: der Anonymus hatte mir überhaupt nicht geschrieben. Es komme mir, ehrlich gesagt, reichlich übertrieben vor, daß er ihm mehr Glauben schenke als mir (einmal davon abgesehen, daß seine eine Behauptung der Wahrheit entsprach). Aber die Angelegenheit hatte natürlich eine ganz andere Dimension, François schlug sie mir um die Ohren: »Ich weiß nicht, ob du begriffen hast, daß ein Mensch ermordet worden ist – wobei wir einmal außer acht lassen wollen, daß es sich dabei um einen Richter handelt, das ist nicht das Entscheidende. Und ich weiß auch nicht, ob dir klar ist, daß der Untersuchungsrichter du bist. Versteh mich richtig: niemand erwartet, daß du den Mörder verhaftest, aber erklär doch wenigstens, was du in mehr als einem Monat eigentlich getan hast.«

Er hatte die Brille abgenommen und klopfte, während er mir diese Vorhaltungen machte, rhythmisch mit dem Metallgestell auf die gläserne Schreibtischplatte; die Brille hatte die gewohnten Druckstellen zwischen Nase und Augen hinterlassen – diesen verschleierten Augen, über die er mit zwei Fingern der anderen Hand rieb. Dann hörte die Begleitmusik auf: »Nichts hast du getan, das weißt du besser als ich.« Er hielt mir den Einbruch des Unbekannten im Viale Caprera vor: die Lokalzeitung hatte selbstverständlich darüber berichtet und berichtete auch weiterhin darüber; er deutete auf die neben ihm liegenden Seiten, auf die mit einem Filzstift besonders hervorgehobenen Artikel. Gleichzeitig machte er mir Vorwürfe wegen der Oberflächlichkeit der voraufgegangenen Durchsuchung: »Ich hatte dich gewarnt, oder nicht? Mehr noch, ich hatte dich dorthingeschickt.« Und dann kam er darauf zu sprechen, daß ich Martinez nicht als Zeugen hatte vernehmen wollen: »Willst du mir erklären, welchen Nutzen das für dich haben soll? Das ist Unterlassung von Amtshandlungen, das Gesetz kannst du ja wohl noch lesen.« Ich dachte an Laurettas Briefe, die mit keiner Zeile im Protokoll erwähnt und auch noch nicht den Ermittlungsunterlagen beigefügt worden waren: ich fragte mich, was François wohl sagen würde, wenn er das entdeckte. Er hatte sich die Brille wieder aufgesetzt: »Kann ja sein, daß die Staatsanwaltschaft oder sonst jemand wünscht, daß die Dinge so verlaufen. Aber sei auf der Hut: für dich geht es jetzt nicht mehr nur um deine Stellung als Richter; möglicherweise riskierst du wesentlich mehr. Und Pani, das begreifst du, verteidigt dich nicht; er würde nicht einmal seinen Sohn verteidigen, wenn er überhaupt in der Lage wäre, einen zu haben.«

Ich sage noch einmal: er wusch mir erbarmungslos den Kopf und so unverblümt, wie ich es noch nie erlebt hatte: Tiefschläge. Um so schlimmer für mich, der ich mich alldem schutzlos ausgesetzt sah und fortfuhr, Dummheiten zu begehen. Ich ging zurück ins Büro: der Vormittag war vorüber, die Aktentrümmer lagen herum, die Rechtsanwälte hatten zwei Zeilen für einen neuen Termin hinterlassen, oder auch einfach gar nichts, und waren gegangen.

19. April 1978, abends

Verärgerung über Lauretta war in mir aufgekommen. Schon seit einigen Tagen schlug ich mich mit dem Problem ihrer Briefe herum, wobei ich mich fragte, was ich mit ihnen anfangen sollte, ob sie den Ermittlungsunterlagen beizufügen wären oder nicht. Es waren Briefe, die sie im Lauf von sechs Jahren an Valerio gerichtet hatte, auch wenn sie sich tagtäglich sahen; oder wenn er nach C. fuhr oder sonst wohin verreiste: aber auch dann, das wurde deutlich, übergab sie ihm ihren Brief persönlich, nach seiner Rückkehr. Sie wollte ihm also Dinge mitteilen, was durch die Einsamkeit des Schreibens – auf diesen mit Briefkopf versehenen oder auf irgend welchen anderen Blättern, sogar Heftseiten – erleichtert wurde; möglicherweise suchte sie einen Weg, sich etwas von der Seele zu schreiben. Liebesbriefe also, durchwoben mit der Intimität eines anderen Menschen.

Aber nicht nur deswegen fällt es mir schwer, über sie zu sprechen, nicht nur deshalb schrecke ich davor zurück; wahrscheinlich für immer: hier jedenfalls werde ich es nicht tun. Sie waren, so wie ich mich an sie erinnere, auch aus einem anderen Grund peinlich. Nicht nur überaus unglückliche Briefe, sondern auch von einer Art, daß man in ihnen, ohne daß es ausgesprochen worden wäre, ein gemeinsames Leben herausspürte (noch immer weiß ich nicht, wie es denn war), das sehr verschieden war von dem, was ich mir aufgrund von Erzählungen anderer vorgestellt und was sie selbst mir dann geschildert hatte, zusätzlich zu meinen eigenen Beobachtungen (»ein schönes Paar«). Nun, der Eindruck, den ich aus den Briefen gewann – und nur sehr ungern setzte ich die Lektüre fort –, war der eines Exzesses: fast so etwas wie Besessenheit – ich finde kein weniger emphatisches Wort –, eine unaufhörliche, dumpfe Gewalt – ich sage noch einmal: ich weiß nicht, was für eine; aber sie war konkret und irgendwie abartig. Wie bei einem unhörbaren und dennoch gewissermaßen herzzerreißenden Ton: am Ende etwa in der Lage, Grauen einzuflößen? Ich hatte auf diesen Seiten bereits Gelegenheit, »Hölle« zu schreiben; ich denke, daß es keine kleinen Höllen gibt, daß dies wie eine Frage der Dimensionen ist. Vielmehr glaube ich, daß es, mehr als das, das Widersprüchliche ist, das mich noch immer verletzt, mir unerträglich erscheint, wenn ich jetzt wieder daran denke: die Täuschung des Wirklichen, wie es bei vielen vorkommt; wie der von der Sonne nie beschienene finstere Winkel, den man eines Tages zufällig entdeckt, wimmelnd von Eigenleben, und der für jeden anderen steht.

Ja denn, auch Kleinlichkeit und Ressentiment in diesem Berg von Papieren, die unterschiedlich datiert waren oder auch gar nicht: ein dicker, widerstandsfähiger Bodensatz an Bitterkeit. Nachdem ich also wieder ins Büro zurückgekommen war und noch bevor ich die Protokolle der zahlreichen liegengebliebenen Verhandlungen abgeschlossen und unterschrieben hatte, rief ich sie an, zu Hause: »Lauretta, wir haben deine Briefe gefunden.« »Das habe ich befürchtet«, hörte ich sie nach einem Augenblick des Schweigens sagen. Ich bestellte sie zu mir, kurz und bündig. Ich hatte keine Lust mehr, irgend jemandem gegenüber Barmherzigkeit zu üben; und im übrigen wollte es ja auch niemand mir gegenüber tun – zu Recht. Sie war nachmittags mit einer Verhandlung beschäftigt, nur kurz. »Dann hinterher«, sagte ich zu ihr. »Ich erwarte dich.«

So wartete ich denn auf sie, wie üblich am Fenster: die Schwalben schossen mit schrillem Geschrei über dem Rundbau des Gefängnisses vorüber und überschnitten sich. Es war die Stunde des Sonnenuntergangs nach einem schönen Tag. Das Durcheinander von Leiden, das aus der in meiner Schreibtischschublade verschlossenen Korrespondenz ausströmte und von dem ich wenige Stunden zuvor ein fernes Echo vernommen hatte, als Laurettas Stimme am Telefon zögerte, beruhigte mich nicht. Ich glaube, ich werde mein ganzes Leben lang ein kleiner Kleriker bleiben (*»semel: semper«*), selbst wenn ich aus dem Priesterstand ausgeschlossen werde: daher waren es auch nicht die praktischen Auswirkungen meines Vorgehens auf meine Karriere, die in mir die undeutliche, hartnäckige Angst hervorriefen, sondern eine tiefer sitzende (ich sage nicht: eine selbstlosere ehrenwerte) Konditionierung. Mich bedrückte, was ich an Vernünftigem in François' Vorwürfen erkannte; mich quälte, daß die Zeitungen so hartnäckig auf den Fehlern herumritten, die wir, wie ich wußte, begangen hatten; ich empfand wieder die gleichen Gefühle, die ich im Viale Caprera gehabt hatte, während sich der heimliche Einbruch abspielte. Kurz gesagt: ich kam mir vor wie zwischen Amboß und Hammer.

Eine solche Vielzahl von Gründen brachte mich jetzt dazu, während ich dem Flug all dieser Schwalben vom Fenster aus zusah,mir noch einmal Laurettas Lügen ins Gedächtnis zu rufen: vor allem die letzte, vielsagende Behauptung, die sich auf Pons bezog, war ganz bestimmt gelogen: sie hatte ihn sogar getroffen und war dabei, als das Votivboot übergeben wurde, sie hatte gehört, wie Valerio ihn aufforderte, noch mehr solcher Stücke zu beschaffen. Mehr als die Frage nach dem Grund für ihre Lügerei bekümmerte mich das, was ich wie einen Betrug empfand, einen Verrat: ausgerechnet begangen von ihr, die ich nicht bloß für eine Kollegin, sondern für eine Freundin hielt und entsprechend behandelte, indem ich – als ihr Richter; sie als Zeugin und als solche in einer überaus heiklen Position – sie zu einer Art Beratung hinzuzog; es vermied, ihren Gatten vorzuladen; mich sogar dazu verstieg, ein mögliches Corpus delicti, den anonymen Brief, verschwinden zu lassen (das hatte ich nämlich getan); vor allem aber, indem ich für sie Zuneigung empfand: oder vielleicht nicht nur Zuneigung, ich Dummkopf, sondern geradezu eine vorweggenommene Sehnsucht. Schluß damit. François hatte recht – was viel heißen will: ein Mensch war ermordet worden. Ich konnte es nicht tolerieren, daß der Ermittlung Hindernisse in den Weg gelegt wurden, und zwar von der Frau – zudem auch noch Richterin – dieses ermordeten Mannes. Und außerdem, was wußte man eigentlich über die Realität ihrer Beziehung? So machte ich aus einer Mücke einen

Elefanten, indem ich mich in jenem Augenblick jeder anderen Einsicht verweigerte: ich richtete mich in einer mir bis dahin fremden Kleingeisterei ein. Oder bedeutet Leben etwa immer, sich mit Kleinlichkeiten abzugeben?

Als sie dann auf der anderen Seite meines Schreibtischs saß – ihr unverwechselbares Klopfen an der Tür –, war sie so blaß, wie ich sie noch nie gesehen hatte, völlig erledigt; daß die Kraft und die Ausgeglichenheit, die ich bei ihr kennengelernt hatte, nicht mehr vorhanden waren, zeugte von dem Ausmaß des Leids, das sie erfahren hatte. Also schutzlos, unsere zurückhaltende Zeugin: bereit für die entsprechende Behandlung. Der Groll in mir verflüchtigte sich fast auf der Stelle: aber es gab keinen Weg, es gab wirklich keinen Weg zurück; der Beruf ist immer unbarmherzig; ich übte ihn so konsequent aus, wie es meine Pflicht war. Ich zeigte ihr den großen Umschlag mit ihren Briefen und hatte dabei eine Vorstellung von der Scham und von anderem, das sie empfinden mußte. Sie wußte nichts von dem Versteck, wo wir sie gefunden hatten, in der Vitrine mit den archäologischen Grabungsobjekten; daher wußte sie auch weder, welche anderen Dinge dort verborgen gewesen sein konnten, noch wer, im Besitz der Schlüssel, heimlich in die Wohnung im Viale Caprera eingedrungen sein konnte, um diese Dinge an sich zu bringen. Bisher hatte sie geglaubt, daß außer Valerio, ihr selbst und der Zugehfrau – nur die Exfrau Schlüssel besaß. Ich sagte ihr, daß Niki niemals in der Wohnung gewesen sei. Ich sagte ihr, daß er seine Winterferien in Venedig verbracht habe – sofern es denn Venedig war: mit wem? und wen empfing Valerio bei sich zu Hause, wenn er ihr mit Nikis Besuchen etwas vortäuschte?

Es traf sie wie Keulenschläge, immer stärker, und ich ersparte sie ihr nicht. Ich wollte, daß sie mir endlich sagte, was sie wußte. Ich erpreßte sie sogar mit den Briefen, indem ich ihr zu verstehen gab, daß es von ihren Antworten abhänge, ob ich sie den Unterlagen beifügen würde oder nicht. Warum hatte sie mich belogen, als ich sie nach dem Beschaffer der Grabungsstücke, Michele Pons, fragte? Aus ihren Worten – tonlos, langsam: sie sprach sie aus, ohne sich zu rühren, und quälte dabei nicht einmal ihren Ring – wurden die Spuren ihres schwierigen Zusammenlebens sichtbar: »Mehr noch, es war unerträglich. Versteh mich richtig, ich liebte ihn und werde ihn immer lieben, aber es war unmöglich, mit ihm zusammenzuleben.« Nicht nur wegen der anderen, der Exfrau: »Obwohl das, auch das, etwas darüber sagt, wie er war. Überaus zerbrechlich und zugleich – wie soll ich sagen? – von Lebensgier erfüllt; so sehr Herr über sich selbst und über die anderen, von jeher gewöhnt, für jeden die Wahl zu treffen.«

Erdfahl hinter den Sommersprossen: »Ich schwöre dir, ich weiß nichts. Es gibt keine wie auch immer gearteten Fakten, weder wichtige noch unwichtige. Manchmal kam er mir, trotz allem, unreif vor, unfähig, erwachsen zu werden; manchmal sogar ausgesprochen boshaft: der boshafteste Mensch, den ich je kennengelernt habe.« Also mitnichten Peter Pan? Ich war aufgestanden, um die Lampe in der Mitte des Zimmers einzuschalten; ich hatte auch auf den Knopf der Tischlampe gedrückt. »Aber vielleicht war es deshalb, weil ich ihn auf diese Weise liebte – wir liebten uns, ich schwör's dir.« Ja, die Lügen: »Unerträglich. Und auch sinnlos, dumm, es bestand überhaupt kein Grund dafür. So wie ich nun einmal bin, sind Lügen das, was ich am wenigsten ertragen kann.« Indizien für eine umfassendere, tiefer gehende Mystifizierung, für eine Dimension bei ihm, die unter der Oberfläche blieb? Ich begriff, daß sie sich davor gefürchtet hatte, sich immer noch davor fürchtete. Wie wenn man sich keinen Schritt weiterbewegt, aus Angst, man könnte fallen: »Ich glaube auch, daß ich es nicht wissen wollte.« Zum Beispiel – aber nur zum Beispiel – von anderen Frauen, abgesehen von der Exfrau: »Verstehst du, das, was du mir gerade gesagt hast – ich weiß nicht einmal, ob ich darüber erstaunt bin –, kommt mir jetzt alles kohärent vor.«

Sie vergoß keine Träne an diesem Abend; ich habe sie auch nie wieder weinen gesehen. Auf die gleiche Art, sagte sie weiter, verhielt es sich mit der illegalen Sammlung von Grabungsfunden: »Wie habe ich darunter gelitten. Wie konnte bloß jemand wie er, mit seinen Vorstellungen, seinen Eigenschaften...« Ich begriff, daß die Lüge, die sie mir aufgetischt hatte, tatsächlich ein weiteres Zeichen ihrer Treue war und ihres Bedürfnisses, ihn zu beschützen, aber auch Ausdruck von Angst und Scham; nicht nur hinsichtlich der Schieberei mit den archäologischen Stücken: von ihr nochmals durchlebt, so wie alles andere – *pars pro toto* – dieser Geschichte weder ausgesprochen werden konnte, noch wollte man es aussprechen: man wollte es nicht einmal wissen.

Die Episode mit der zerbrochenen Fensterscheibe – das erfuhr ich bei dieser Gelegenheit – war ein Beispiel für den Grad der Gereiztheit, den ihre Beziehung manchmal erreichen konnte: eines Nachts, nach Stunden, hatte sie sich mit dem steinernen Briefbeschwerer in der Hand wiedergefunden und ihn blindwütig losgeschleudert: vom Arbeitszimmer gegen das Fenster zum Viale; die für sie am wenigsten charakteristische Handlung, die ich mir vorstellen konnte. Valerio war hinuntergegangen und hatte den Gegenstand wieder hochgebracht; und danach hatte er die Scheibe nie mehr ersetzen lassen, mit Absicht, sogar mit Vergnügen: weil der Pappkarton, der von nun an als Behelfsschutz diente, über den die Zeit hinwegging, der langsam vergilbte und fleckig wurde, als Monument erhalten bleiben sollte, als ihr gemeinsames stummes Emblem: eher für sie beide – oder allenfalls für ihn – als für sie. »Aber nichts von alldem ist wahr«, sagte sie, »wenn man nicht weiß, wie ich ihn geliebt habe, immer, in jedem Augenblick, und wie wir beide uns geliebt haben. Ich hätte das vorher nicht für möglich gehalten. Ich hätte so vieles zusammen, so Unterschiedliches nicht für möglich gehalten. Denn er besaß ja nicht nur die Eigenschaften, die jeder an ihm kannte. Er war nicht bloß liebenswürdig und geistreich. Du kannst dir nicht vorstellen, wie er mich, wie er uns zum Lachen brachte: manchmal abends zum Beispiel oder nachts, wenn wir angefangen haben zu singen, nebeneinander im Bett – alte Schlager, Lieder aus Operetten, die ganzen Melodien aus den *Narrheiten* wieder und wieder. Nein, er war auch gut – fähig, gut zu sein –, mehr als jeder andere: wie es keiner wußte oder ahnte.«

»Mein Kätzchen, mein Frätzchen, erstrahlst du im Varieté«, hieß das Couplet, in dem sie, Lauretta, die

Hauptperson gewesen war mit sieben Jahren, in jenen weit zurückliegenden Aufführungen: im Chor der Kinder in Frack, die sie über ihre glattgekämmten Köpfe emporhoben. Was blieb ihr davon, jetzt und für das weitere Leben? Jedenfalls war es klar, daß wir beide keine Freunde mehr sein würden, wenn wir es überhaupt je hatten sein können. Ich fragte sie, ob Valerio Drogen nahm oder mit ihnen in irgendeiner Weise zu tun hatte; ob sie es für möglich hielt, daß ihn jemand irgendwie erpressen konnte. Sie verneinte und aus: gelesen, bestätigt und unterschrieben, auf jedem Blatt. Ich begleitete sie nicht zur Tür. Sobald sie sie geschlossen hatte, setzte ich mich hin, während ihre Schritte noch auf dem langen Korridor nachhallten, und schrieb das Protokoll über die Auffindung und Beschlagnahmung der Briefe, das auch Masu unterschreiben sollte. Unterdessen dachte ich: Am folgenden Tag werde ich ihn vorladen. Martinez.

20. April 1978

Statt dessen war es Martinez, der sich spontan mit einem Anruf zur Verfügung stellte. Die Zeitungen schrieben noch immer beharrlich, ganze Seiten lang, über den Lago della Duchessa: den zugefrorenen See, zwischen verschneiten, unzugänglichen Bergen; sie berichteten über die anhaltende Schnitzeljagd und sprachen auch von »makabrem Scherz«. François teilte diese Vermutung, als er in der Cafeteria (des Verbrechens) stand, wo er mich unbedingt hinbringen und zu einem Espresso einladen wollte: »Auch wenn der Barmann hier du bist. Wer hätte mehr Recht dazu als du? Pupo Manai könnte doch höchstens die Kaffeetassen auswaschen.« Nachdem er seinen Schlag gegen das Faß ausgeteilt hatte, versuchte er jetzt, den Faßreif wieder zurechtzubiegen, auf seine Weise, wobei er auch den Taubstummen, seinen Namensvetter, verhöhnte, von dem er mit dem gewohnten Fingerschnippen eine Zigarette forderte: »Weißt du, daß der Richter dir deinen Platz wegnehmen will, im Talar?« Und sofort kam er wieder auf den Fall Moro zurück: »Du wirst schon sehen, sie werden dafür sorgen, daß man seine frische Leiche in sechs Tagen findet: Dienstag ist der 25. April*.«

Martinez rief mich am späten Vormittag an, mit freundlichen, angemessenen Worten. Er wußte, daß es für uns beide peinlich war; er dankte mir für die Rücksicht, die ich bisher auf ihn genommen hätte: aber war ich denn nicht davon überzeugt, daß es besser wäre und auch für alle nützlicher, ihn zu verhören? Ich fühlte mich nicht einmal erleichtert, jetzt, da ich eine Entscheidung getroffen hatte. Ich überließ es natürlich ihm, die Stunde und die Vorgehensweise zu bestimmen. »Ruhen Sie nach dem Mittagessen?« fragte er mit seinen feinen Manieren, wobei er das R ganz leicht rollte. Und als er hörte, daß dem nicht so war, schlug er fünfzehn Uhr vor, in meinem Büro. Ich dachte, daß er nachher ins Kino gehen würden, in die übliche erste Vorstellung.

Er hieß Martinez di Loiri, ein Titel, den niemand verwendete und den man nur in seinen Urteilen las; Taufnamen hatte er fünf außer Giomaria, der bereits ein Doppelname war. »Giomaria, nicht Giovanni

* der italienische Nationalfeiertag (Anm. d. Übers.)

Maria«, machte er mich aufmerksam, während ich schrieb; ich erinnerte mich, daß ein ähnlicher Hinweis, im Hinblick auf meldebehördliche Genauigkeit, mir auch von seiner Frau gegeben worden war: Lauretta, nicht Laura (Laura nur für einen, der sich den Namen ausgedacht hatte, wie er sich vieles ausdachte: und dieser eine war nicht er). Leicht zerknitterter grauer Anzug, weißes Hemd, wie es fast keiner mehr trug, dunkle Krawatte mit einem häßlichen, veralteten Knoten: wirklich ein Herr, der arme Martinez, und er sagte mir praktisch gar nichts. Er wollte nicht diktieren. Er wußte von der Beziehung seiner Frau zu Valerio Garau »von allem Anfang an«, sie hatten sofort »eine freie Aussprache« gehabt: »Zwischen uns gibt es eine große Zuneigung.« Sie war es, die diese Aussprache suchte, er legte Wert darauf, dies zu präzisieren. »Ich konnte ihr nur die Freiheit wiedergeben.«

Sicher, dann wäre noch darüber zu sprechen gewesen, wie sie die erlangte Freiheit genutzt hat: sie blieb seinem Haus erhalten. Und auch seinem Bett, wie man sich erzählte? Aber das war nicht Gegenstand meiner Ermittlung, zumindest glaube ich es. Ich stellte ihm die anderen Fragen zu dem Fall, entsprechend den bereits bewährten Vorgaben: er wußte überhaupt nichts. Welchen Grund sollte es also geben, ihn nicht in die erste Vorstellung gehen zu lassen, ihn nicht in dem dunklen Saal zu lassen, wo er, allein vor der flimmernden Leinwand, wie jeden Nachmittag seit seiner nicht einmal so weit zurückliegenden Jugend – was finden würde? Ganz zum Schluß war während einer Gesprächspause einen Moment lang ein Reflex seines Schmerzes oder seiner Verlorenheit aufgetaucht: angesichts des Preises, den er zahlte, als er sich auf der anderen Seite meines Richtertischs niederließ, in einer Ermittlung, die auch die Krise seines in Scham gelebten Lebens zum Gegenstand hatte; er, der doch wußte, daß die Scham nicht das Wichtigste ist.

Ich fragte mich, ob er hoffte, seine Frau wieder zurückzugewinnen, und ob das eintreten würde. Und vielleicht empfand ich Bedauern, Reue darüber, daß ich ihn auf den Stuhl gebracht hatte, auf dem er jetzt saß und von dem er im Begriff war, sich zu erheben, als er sich verabschiedete, nachdem die üblichen Unterschriften geleistet waren: war das, was ich da getan hatte, eine weitere Infamie? Ich tröstete mich mit dem Gedanken, daß es nicht die letzte wäre. Der Nachmittag schritt wirklich frühlingshaft dahin, beinahe warm, schläfrig. Ich beschäftigte mich dann mit anderen Papiern. Über den Fall Garau sollte man fast bis gegen Ende des Sommers nicht mehr sprechen.

6.

4. September 1978

Man hatte mich für einen unüblichen Urlaubsturnus eingeteilt, früher, als es die Regel war: vom 15. Juni bis zum 15. August, damit der Justizpalast nicht ohne Mannschaft bliebe. Außerdem vermute ich, daß ich in dieser Frage nicht unbedingt bevorzugt behandelt wurde. Die ersten vierzehn Tage mußten bekanntermaßen der Erledigung laufender Geschäfte gewidmet werden, aber ich hatte es mir so eingerichtet, daß ich fast unmittelbar danach abreisen konnte. Nicht, daß die Orte und die Tage, die mich erwarteten, mich angezogen hätten oder mir besonders angenehm erschienen wären; doch die Vorstellung, in dieser sommerlich werdenden Stadt zu bleiben – wie ich sie so nie kennengelernt hatte – und in diesen Büroräumen, war mir noch unerträglicher; zumindest, wie man sagt, *ex ante*. Der Fall Garau war gestorben und begraben, ohne daß ihm einer nachgeweint oder diesen Umstand auch nur beachtet hätte: so lange, das wußte ich, bis etwas so Bedeutsames eintreten würde, das den, der die Macht dazu hatte, veranlassen würde, Rechenschaft darüber von mir zu fordern. Aber das entsprach den allgemeinen Regeln des Lebens, und ich zog es vor, nicht an sie zu denken.

Ich kam also zu Mariä Himmelfahrt wieder zurück und fand die Stadt erwartungsgemäß völlig menschenleer und verlassen vor, alles geschlossen; auch in der Urlaubsabteilung gab es so gut wie nichts zu tun; die Kollegen, aus denen sie bestand, kamen zu den wenigen Verhandlungen vom Meer zurück, mit gepellten Nasen und braungebrannt, und trugen ihre Roben über den T-Shirts. Ich erinnere mich an die Sterne im Sommer, wie sie den klaren, mondlosen Himmel durchlöcherten; nachts spielte das Radio irgendwelche Musik, und ich füllte Eiswürfel ins Glas. Ich wartete darauf, daß einer dieser Sterne herunterfallen und einen Augenblick lang das dunkle Gewölbe durchfurchen würde; in einem nicht weit entfernten Hof bellte häufig ein Hund, vielleicht war er allein gelassen worden, von der Straße hörte man gelegentlich das Geräusch einiger vorbeifahrender Autos. Eines Nachmittags, auf dem Weg nach Hause, am Ende eines furchtbar heißen Tags, war ich über den Viale Caprera gegangen: die Linden dufteten schwer, verblüht, die Blätter begannen zu welken.

Zu dieser Zeit erlebte der Fall Garau eine Wende, wenn man es als solche bezeichnen will. Masu war ebenfalls in Urlaub, die Polizei machte allein weiter, und der Justiz (mithin dem, der dies schreibt) wurde dies mit vorschriftsmäßigen Berichten und Protokollen erst nach vollendeten Tatsachen mitgeteilt. Kurzum: endlich hatten sich die von mir geforderten Ermittlungen auf die Eintragung in venezianischen Hotels gerichtet, um festzustellen, ob Dottor Valerio Garau dort gleich nach Weihnachten logiert hatte, und vor allem, mit wem. Entweder hatte sich das Polizeipräsidium von Venedig für die Sache reichlich Zeit gelassen, oder ein Irrtum war unterlaufen (wie es nachträglich hieß), und die Antwort war erst jetzt, mit dem Datum vom 21. August, im Polizeipräsidium von T. eingegangen.

Ein Ei des Columbus, auch wenn es reine Routine

war. Die zuständigen Ämter teilten nämlich mit, daß Garau in dem zur Frage stehenden Zeitraum tatsächlich ein Zweitbettzimmer mit Bad in einer Pension im Stadtteil Zattere belegt hatte (traditionsreich, ja sogar historisch, wie ich wußte, noch ausgesprochen mitteleuropäisch geprägt), zusammen mit einem gewissen Melis, Virgilio. Doch es handelte sich nicht, wie vielleicht der eine oder andere hätte vermuten können, um ein subversives Komplott. Melis, von dem Campingplatz, wo er sich aufhielt, zurückbeordert und von unserer Polizei in T. (die mich bei dieser Gelegenheit einfach übergangen hatte) in die Enge getrieben, hatte sich nicht als politischer Gefangener ausgegeben, sondern sich schließlich zur Zusammenarbeit bereit erklärt, indem er gestand – so war es in diesen Papieren zu lesen, ob das nun glaubhaft war oder nicht –, eine sexuelle Beziehung – »homosexuell« wurde das genannt – mit dem Consigliere Garau gehabt zu haben, die im Herbst 1976 begonnen hatte.

Und jetzt stand er vor mir, zitternd, der arme Virgilio oder Ilio oder noch besser Duilio: der »Genosse Duilio« war nämlich er, und die nach ihm betitelten oder ihm sogar gewidmeten Gedichte standen als Metaphern für etwas anderes, sofern man den Schlüssel dazu besaß. Zitternd stand er in meinem glühendheißen Büro, nicht wissend, wohin er seine eher farblosen als blauen Augen richten sollte, die die gleiche Schattierung hatten wie sein braunes, blasses Gesicht. Das also war die Sünde seines Lebens: verborgen, tief verborgen unter den Pflichtübungen kommunistischer Militanz (zumindest bezeichnete er es so) und den Liedern in D, Fis, E und A aus der Gegend von Logudoro, für die er ein

Experte war. Ist es fair, aus dem Stand auf ein erschrecktes Kaninchen zu schießen? Es war leicht, und ich tat es.

Er war noch nie vorher in Venedig. Die Stadt war zwischen Ende Dezember und Januar tot, mit all ihren Nebelschwaden. Für ihn war es die erste Beziehung dieser Art, oder doch fast (»Was soll das heißen: fast?«); für Valerio, glaubte er, nicht. »Was bedeutet das: glaubten Sie nicht?« Das hatte er von ihm erfahren. Mithin war es also dieser Ilio oder Duilio, der in die Wohnung im Viale Caprera und die kleine Villa in Platamona kam, wenn Lauretta vermutete, daß sie wegen Nikis Besuchen ausgeschlossen war; und wenn sie dann wieder zugelassen wurde, fand sie das Bett frisch überzogen. Dieser Ilio also, oder Duilio, oder andere wie er. »Es gibt viele Formen der Liebe«, hatte Valerio ihm lächelnd gesagt und dabei etwas paraphrasiert, was ihm nicht aufgefallen war. Im Bett las er ihm Laurettas Briefe vor: mag sein, daß es falsch oder überflüssig war, dies ins Protokoll aufzunehmen; aber an diesem Punkt, in diesem Fall, wollte ich einen Fehler nur noch dadurch begehen, daß ich des Guten zuviel tat.

Ich stellte sie mir vor, im winterlichen Venedig: die Stadt, für die Valerio »seit seiner Kindheit eine außerordentliche Leidenschaft bewahrt hatte«; in einem nahezu stillen Venedig, mit dem Echo ferner Stimmen draußen im Dunst, gedämpften Motorengeräuschen von vorüberfahrenden Vaporetti; verwaist die große hölzerne Plattform vor der Pension, die schaukelte, wenn die Wellen dagegen schlugen, und, jenseits des Kanals, die verschwommenen Umrisse der Kirchen der Giudecca: während ihrer Art Hochzeitsreise oder Hochzeitsurlaub. Und ich stellte sie mir auch in näher gelegenen Räumlichkeiten vor, die ich kannte: in den Labyrinthen dessen, was wir das Hospital nannten; in der Wohnung im Kapuziner-Viertel mit den geordneten Bücherregalen, den vielen Schallplatten und Tonbändern; und mit den archäologischen Grabungsfunden drüben in der Vitrine, in der sich das Messingbett spiegelte, den Fotos, dem Bild *Nichts ist (ohne) Kampf*; schließlich in der kleinen Villa zwischen Eukalyptusbäumen, gleich hinter den Dünen, so feucht und provisorisch, wenn man sie zum erstenmal wieder aufschloß. Doch vor allem stellte ich mir Valerio vor: wenn nicht das Warum, so doch das Wie. Ja, unterdessen antwortete mir Melis: Valerio hatte ihm die Schlüssel gegeben, fünf an einem Ring. Dann aber, in einer Art Untersagungs-Spiel, verbot er ihm eine Zeitlang, sie zu gebrauchen: und das konkrete Zeichen dafür war die scherzend verlangte Rückgabe des Schlüssels für die kleine Tür unten. Als er ihn zurückbekommen hatte, legte er ihn in die Obstschale aus blauem Glas; und von dort nahm er ihn dann wieder, um ihn Melis erneut zurückzugeben.

Ich erkannte in diesem Ritus andere Riten Valerios wieder – von denen ich wahrscheinlich eher mit einem Gefühl des Widerwillens als des Unbehagens erfahren hatte, wobei ich mich innerlich sträubte, weiter über ihre Schwelle vorzudringen; die nie ersetzte Fensterscheibe im Arbeitszimmer, *in memoriam*; die Verse aus *Tod durchs Wasser* von Eliot, die mit kleinen, regelmäßigen Schriftzügen auf der Rückseite des Fotos seiner Schwester, Selbstmörderin auf dem Meer, übertragen waren... Was für eine Art von

Menschlichkeit steckte dahinter, der er sich nicht fremd fühlen mußte? Melis sprach weiter: genau der fehlende Schlüssel von der kleinen Tür unten und die übervorsichtigen Gewohnheiten der beiden Damen Decandia hatten ihn veranlaßt, tagsüber einzudringen und dabei zu riskieren, daß das Unternehmen fehlschlug, wobei er, vergebens, auf die Mittagsruhe hoffte. So suchte er nach seinen Briefen, die die Beziehung zu dem anderen, dazu noch ermordeten Mann enthüllt hätten: er hatte sie gefunden, es war ihm gelungen, sie fortzuschaffen, tollkühn, und das dank dessen, was er beim häufigen Abseilen und Klettern im Inneren der sardischen Berge erlernt hatte.

Es bestand da eine Verwandtschaft zwischen der Neigung des Höhlenforschers zum Dunkel der Grotten – mitunter waren sie kilometerlang, wurden immer unheimlicher – und der Vorliebe für sardische Gesänge, die ich nicht begriff: stiegen sie denn nicht – so schien mir – aus wesentlich größeren Tiefen und Entfernungen auf, aus einer nicht weniger unbekannten Einsamkeit? Jetzt zeigte er nichts mehr von jener Angst und Qual: er sah mich schüchtern an, aber fast ohne Aggressivität. »Dottor Garau« – er nannte ihn nicht anders, niemals – »war sehr unglücklich. Niemand weiß wahrscheinlich wie sehr. Ich glaube, sein Unglücklichsein lag darin, daß er sich nicht entscheiden konnte.« Auch er kam mit seinem Zitat, sogar mit der Andeutung eines Lächelns: »Zwischen den zwei, drei, den tausend möglichen Formen des Unglücks. Vielleicht hat er sie sich allesamt auf seine Schultern geladen.«

Dann nichts mehr: die in diese Richtung zielende

Untersuchung war abgeschlossen; und ganz offenkundig war Virgilio Melis nicht der Mörder. Auf diese Weise brachen die Stützpfeiler zusammen, auf denen wir versucht hatten, die Ermittlung – es wäre zuviel behauptet, wenn man sagte: mühselig – aufzubauen. Ihre Grundlagen lösten sich auf, nachdem der dazu gehörige Schutt beiseite geschafft war, und wir wußten in der Sache weniger als vorher.

Selbstverständlich mußte ich, an einem derart delikaten Punkt des Verfahrens angelangt, Übereinstimmung mit den Ansichten der anderen finden, wie das Gesetz es vorsah; auch wegen der Konsequenzen »auf rein menschlicher Ebene«: der Ehre – würden sie das so nennen? – des ermordeten Richters. Doch Giancarlo Manai, der nicht in Urlaub gegangen war, war nicht mehr ganz bei sich und zwar auf völlig ungewohnte Weise. Seine Frau hatte ihn verlassen, es war nicht ganz klar, wie und ob wegen eines anderen (aber das schien die begründetere Vermutung): ein bißchen verrückt und sehr verwöhnt, war sie fortgegangen und hatte ihm die Verantwortung für die gemeinsame siebenjährige Tochter einfach vor die Füße geworfen. Und er, Giancarlo, Pupo, der »der ständig schlief«, wie François sagte, er schlief jetzt nicht mehr – nachdem er das Kind seiner Schwester übergeben hatte: was hätte er auch anderes tun können? –, aß auch nichts, ein Opfer des Liebeskummers und seiner Qualen, die dafür verantwortlich waren, daß sein Familienleben in die Brüche ging. Ich begegnete ihm: stets hellblauer Anzug, Hemd in gleicher Farbe, Ripskrawatte; aber wie abgemagert, nicht einmal mehr braunhaarig: grau. Von der Pfeife keine Spur. Einige hatten ihn weinen sehen. Was war das für ein merkwürdiger Wind, der durch den Justizpalast wehte?

Ein schwüler, drückender Wind – jetzt, wo man ihn am Körper spürte –, aus Afrika kommend, der Feuersbrünste rings um die Stadt nährte und sich dabei noch weiter aufheizte: ganz so, als entstammte er einem brennenden Feuer. Vorbote dessen, was man Wetterumschwung nennt, den Wechsel der Jahreszeiten? Auch wenn es so aussah, als würde man ihn nie mehr erleben. Im Justizpalast traf ich als einzigen Gesprächspartner François an. Er hatte sich, obwohl offiziell in Urlaub, während des ganzen Sommers in den leeren Büros und Korridoren herumgedrückt, den Boxer stets an der Leine, der überall Spuren seines Geifers hinterließ. François nahm mit verhaltenem, leicht amüsiertem Zynismus die Offenbarung des Tages entgegen: er hörte ziemlich bald auf zu lächeln, um einen seiner moralischen Sprüche zu verkünden.

Unterdessen jedoch breiteten sich Neugier und Klatsch in den sich wieder öffnenden Kanzleien aus und unter den in den Ferienabteilungen allmählich wieder auftauchenden und einige Zeit dort verweilenden sonnenverbrannten Rechtsanwälten. War es vorstellbar – so wurde immer wieder gefragt –, daß ein Heterosexueller *par excellence*, mehr noch, ein *tombeur de femmes*...? Es gab einige, die, auf vulgäre Art, in ebendiesem Überdruß eine Erklärung fanden. Andere suchten Anzeichen und Bestätigungen in den inzwischen weit zurückliegenden Ursprüngen und dann in den späteren Entwicklungen, bis hin zu unserer Zeit, einer stets allzu verschlossen gebliebenen Biographie. Die von allen empfundene höfliche

Ambiguität der Person erhielt, durch diesen Vergleich, sogar eine spezifische, sexuelle Wertigkeit. »Es gibt viele Formen der Liebe…«: gewiß, eine schöne Frau wie Lauretta und gleichzeitig ein kleiner Sekretär am Appellationsgericht: warum nicht? Ein bißchen mondän und ein bißchen *omnia munda mundis.* Irgend jemand – die Verschwiegenheit bei Strafermittlungen ist relativ – hatte daraufhin auf die merkwürdige Freundschaft mit dem Fotografen aus Cagliari verwiesen: bekannter Päderast, der sich immer unter Jugendlichen aufhielt. Was hatte Valerio Garau da überhaupt verloren, während er vorgab, es gehe um Grabungsstücke? Auf diese Weise geriet die Tatsache in Vergessenheit, daß er tot war, umgebracht von irgend jemandem.

Oder jedenfalls wurde dies als sekundär betrachtet. Zuerst war man verblüfft über die neue Nachricht, dann erkannte man sie ganz allmählich und stillschweigend als einen Teil, als ein Merkmal unter den unzähligen, unterschiedlichen, aber am Ende doch übereinstimmenden Partikeln dieser Realität an, die die einzige ist, da es keine andere gibt: als sogar unersetzlichen Faden – jetzt, da er sichtbar war – in der Verwicklung, in die wir alle hineingezogen sind.

Verhielt es sich so? Ich hatte Ilio Melis vormittags verhört; und jetzt, im Dunkeln, am Fenster, wo ich mich daran gewöhnt hatte, mir eine Atempause vom Sommer zu erwarten, und während ich mit der Flasche schon ein ziemliches Stück voran war (die Variante mit dem Eis im Glas war immer noch die gängige), hörte ich in einem Lokalsender, den ich im Radio gesucht hatte, eines dieser sardischen Lieder:

als ob es mir helfen könnte zu begreifen. Wie viele unbekannte Teile der Erdoberfläche, welche Epochen hatte es durchquert, die von der Geschichte verschont geblieben zu sein schienen, um auf diese Weise in einer schlechten, kein Ende nehmen wollender Wiedergabe in der Nacht aufzutauchen? Ich mußte an die geschwärzten Grabungsfunde in der Vitrine im Viale Caprera denken: die gleiche Ruhe und zugleich die gleiche unermeßliche Ferne; aber dies war in keiner Hinsicht eine Lösung, im Gegenteil, es machte mich nur noch ratloser. Es war sehr heiß, auch wegen der Feuersbrünste, die, wie es hieß, vom Meer her die Stadt umzingelten; vielleicht kam mit dem Wind ein leichter Geruch nach Verbranntem herüber; am Himmel funkelten die Sterne weniger klar, ein Stückchen Mond war zu sehen, und Wolken zogen auf, die ihn bald schon verdecken sollten.

7.

3. November 1978

Das Gefängnis in Cagliari hieß Der Gute Weg, völlig unfreiwillig ironisch (glaube ich). Eines der schlimmsten in Italien, hieß es: aber um diesen Lorbeer stritten sich viele, und es ist, wie man weiß, stets besser, der Vorsehung keine Grenzen zu setzen. Selbstverständlich war die Lage dieses Gebäudes die am besten geeignete: im Herzen der Stadt, auf einem Hügel, freier Blick aufs Meer. Allerdings vermute ich, daß die Gefangenen nur wenig Gebrauch davon machten; nicht nur wegen der üblichen Sichtblenden vor den Fenstern, die es unmöglich machten, ans Fenster zu treten oder hinauszublicken: dort eingesperrt zu sein, ermunterte wohl kaum zu Naturbetrachtungen; und diese Überlegung bezog sich auch auf die Wachposten, von denen ich jetzt, als ich ankam, zwei mit dem gewohnt schwermütigen Schritt auf der Umfassungsmauer, aus der Entfernung, sich bewegen sah, von Zeit zu Zeit innehaltend, als würde ihr Herz nicht mehr mitmachen: auch der ihre war ein Guter Weg.

Es war kalt, vom Meer wehte, unter den hohen Wolken, ein unangenehmer Wind herauf: ein Tag also, der selbst schon eine Strafe war. Wir klingelten am Tor, das übliche Ritual mit den hinterlegten Ausweisen, dann mit den Verriegelungen, die sich öffneten und hinter uns nach und nach wieder schlossen, nachdem wir auch einen kleinen Hof durchquert hatten; der Geruch war sofort typisch, unverwechselbar. Masu hatte darauf bestanden, mir unter allen

Umständen die Tasche zu tragen: ich hatte begriffen, daß er dies als eine Art ethische Vorschrift betrachtete und es ihm jedenfalls als Daseinsberechtigung diente. Andere brauchen dazu noch weniger. Die Brille mit den dunklen Gläsern hatte er sich allerdings nicht aufgesetzt: vielleicht stand sie ihm nur in der schönen Jahreszeit zu, wie Proserpina der Ceres; und inzwischen war es ja schon Herbst: am Tag zuvor hatten wir auch unserer Toten gedacht. So kamen wir in die Krankenstation des Gefängnisses.

Nennen wir es also Krankenstation. Ein dunkler, allerdings breiter Korridor, Tonnengewölbe, unterbrochen von kleinen Türen, jede mit einem Spion versehen und, auf einem kleinen Karton, der Liste derer, die da zusammengepfercht und allesamt bettlägrig waren. Der uns begleitende Brigadiere näherte sich einer Tür, die lediglich zwei Namen aufführte, und der Polizist, der sich dort befand (in der Funktion eines Krankenpflegers), öffnete das Schloß, das mittels eines großen Schlüssels aufschnappte, und ließ uns den Vortritt. Es handelte sich um eine gewöhnliche Zelle, aber ohne Sichtblenden vor den Fenstern und ohne Etagenbetten. Trotzdem nicht besonders hell, obwohl es kurz vor Mittag war (wir hatten uns Zeit gelassen); das vergitterte kleine Fenster lag hoch, man konnte einen Teil des gegenüberliegenden Trakts erkennen, mit ebensolchen vergitterten kleinen Fenstern, und weiter nichts. Die Mahlzeit war bereits ausgeteilt worden (»Fettfreie Diät«, erklärte der Brigadiere: Vorschrift für da drinnen), und Reste davon standen auf einem kleinen orangefarbenen Plastiktisch herum, wirklich nicht sehr einladend, und auch auf einer der beiden Pritschen, der, die unmittelbar an der Tür stand, belegt von einem alten Mann.

Der Brigadiere ließ sie abräumen und auf ein Hängeregal stellen, von dem Polizisten, der mir dann beflissen einen Metallstuhl herbeiholte, obgleich ich ihm ausdrücklich sagte, es sei nicht nötig, weil ich tatsächlich lieber gestanden hätte: ich glaube, aus dem Behandlungszimmer, er war in einem eher gelblichen Ton gestrichen, nicht eigentlich weiß, traurig von all den Gefängnisleiden, die über ihn hinweggegangen waren. Masu saß auf dem einzigen Hocker und zog aus der Aktentasche die Formulare für das Protokoll; er rückte den Tisch vor sich hin und wartete darauf, daß ich ihm diktierte. Michelino Pons lächelte uns von der anderen Pritsche aus zu und begrüßte uns, als wäre er glücklich, uns zu sehen: »Dottore!« »Wie geht es Ihnen?« fragte ich ihn. »Ich sagte Ihnen ja: das Herz und die Leber. Mein Zustand hat sich verschlimmert, gleich nachdem wir uns gesehen haben.« Im April? Immer noch dick, vielleicht sogar noch dicker, langhaarig, der Schnauzbart kam mir gelichtet vor, dünn (»wie bei einem Musketier«?), im Gesicht eine Blässe, die jetzt ausgesprochen krank wirkte. Als Pyjama trug er eine Art Trainingsanzug aus Flanell: und er tat gut daran, zwischen den Mauern der Zelle war es sehr kalt, große Feuchtigkeitsflecken kamen unter dem noch nicht alten Verputz zum Vorschein.

Als ob die ganze Kälte des Winds, der draußen immer stärker toste, sich da drinnen zusammenballen würde, in dieser stehenden, verbrauchten Luft. Das ist der stärkste Eindruck, den ich von dem ganzen Besuch bewahre, zusammen mit dem des Ekels vor den auf dem Hängeregal abgestellten Essensresten: die gekochten Überbleibsel mit ihrer Fettschicht neben einem weichen Stück Käse, ein paar Äpfeln, die sich die Gefangenen als Zusatzration (so heißt das) hatten kaufen lassen. Er lächelte mich von seinem niedrigen Bett aus auch weiterhin an, er, das schwarze Schaf: »bereits aktenkundig gemacht« für das Protokoll, das wir im Begriff waren aufzusetzen. In diesen vielleicht nicht einmal tiefsten Niederungen, deren Patient er war; nicht allzu verschieden von den anderen, die ich kennengelernt hatte, über die er jedoch zu herrschen schien. Michelino war über den Mordfall Garau gestolpert, über den er nichts wußte; oder vielleicht nur über eine Seite des entsprechenden Untersuchungsberichts: die Entdeckung der venezianischen Episode und der homosexuellen Neigungen des Ermordeten.

So hatte sich die Polizei seiner erinnert, die bereits eine Akte oder eine Karteikarte über ihn bei sich oder im Gedächtnis irgendeines Polizisten haben mußte. Sie hatte Untersuchungen angestellt, möglicherweise ohne allzuviel Federlesens, mit dem richtigen, raschen Zugriff in einem Ambiente dieser Art. Pasquito, der »Fotografengehilfe«, genannt Felce Azzurra, nach der Marke des Körperpuders, den er so verschwenderisch gebrauchte, war sofort zusammengebrochen: »reumütig«* (wie man das bereits zu nennen pflegte) vor Schreck; aber Michelino hegte keinen Groll gegen ihn – versicherte er, während er wieder anfing zu lächeln, fast, als würde er sich der

* Bezeichnung für die ehemaligen Mitglieder der Roten Brigaden, die sich zur Zusammenarbeit mit der Justiz bereit erklärten (Anm. d. Übers.).

Logik des Lebens fügen: nein, lediglich Sehnsucht nach den gemeinsamen Erinnerungen; er leugnete auch nicht seine große Zuneigung zu ihm. Reumütig übrigens auch eine Reihe von Jungen, Halbwüchsigen, Jungs von der Straße, obendrein noch ein paar kleine Mädchen, die nach und nach hineingezogen wurden und sich teilweise gegenseitig beschuldigten. Und reumütig auch er, Michelino: lächelnd kooperierte er, davon konnte ich mich überzeugen. Alle (oder doch fast alle) reumütig, die Lebenden.

Wer gestorben ist, nehmen wir an: an einer Prise Giftsalz, kann das nicht mehr sein. Auch wenn er durch diesen als Fotoatelier getarnten Garten Eden gegangen ist – ja, der Name des Lidos der Jeunesse dorée von einst, in Platamona: an den Vormittagen Verfolgungsjagden durch Wasserspritzer und Sand, endlos lange, beschwingte Nächte voller Musik, von der noch immer Echos herübertönen, wenn es still genug ist, daß man sie wahrnehmen kann.

Und Valerio hatte ihn tatsächlich durchschritten – viele Jahre später –, diesen geheimen Garten im alten Hafenviertel von Cagliari, in dem sich ein – wie war noch das Wort, das die Zeitungen lange Zeit dafür verwendeten? – Ring klandestiner, vorwiegend homosexueller Prostitution auch mit Minderjährigen befand. Daraus war jetzt ein elf Straftatbestände umfassendes Register geworden (vom Buchstaben A bis zum Buchstaben N), mit gewichtigen Wörtern aus einem allseits bekannten Fachjargon: Verstoß gegen das sogenannte Gesetz Merlin*, Verführung Minder-

* Die Senatorin Merlin setzte in den fünfziger Jahren die Schließung der Bordelle durch (Anm. d. Übers.).

jähriger, Entführungen, mutmaßliche Vergewaltigungen, und so weiter und so fort. Michelino, der Hauptangeklagte, ausgestreckt auf einer Pritsche im Krankenbau des Gefängnisses, lächelte jetzt und wischte sich, trotz der Kälte, den Schweiß vom gedunsenen Gesicht, lauter kleine Perlen: ich erkannte den Foulard wieder.

Für mich, in meiner Ermittlung, bleib er allerdings nur ein Zeuge: ein Zeuge, der nichts Wesentliches sagte und möglicherweise auch nichts Wesentliches wußte. Freund oder Kunde, Valerio? Freund und Kunde, wie das oft vorkommt. Diese Art Neugierde war ihm nicht fremd, es machte ihm Spaß, seine Neigungen zu befriedigen, wenn sich ihm die Gelegenheit dazu bot: immer weniger selten. Der Handel mit den Grabungsobjekten – ein Faktum: Pons besorgte sie für ihn, und auch das gehörte zu den Strafsachen, die ihm vorgeworfen wurden – lief nur nebenher, obwohl er wirklichen und lebhaften Interessen Valerios entsprach und ihm im übrigen als schützender Vorwand diente. Das war der Grund, weshalb er aus der Beziehung kein Hehl machte, wenn jemand ihn im Umgang mit dem kompromittierenden Fotografen überraschte. Aber was für eine geradezu unbesiegbare und zerstörerische Leidenschaft war das nur, fragte ich mich, wenn sie ihn – einen doch augenscheinlich so ausgeglichenen, vom Glück begünstigten Menschen – dazu brachte, diese Risiken einzugehen und sich Hals über Kopf hineinzustürzen? Oder war Zerstörung seine eigentliche Leidenschaft?

Der Alte auf der Pritsche daneben war wie ein Stück Holz, er schien nichts zu hören oder zumindest nichts zu verstehen. Gelassen sprach Michelino den

Toten von der Beteiligung an Zeremonien frei, die sich, laut Untersuchung und seiner eigenen Geständnisse, ebenfalls in dem Fotoatelier abgespielt hatten: er als Leiter der Zeremonie; Pasquito Felce Azzurra als sein Assistent, manchmal auch andere; zu diesen Zeremonien waren nur bestimmte Getreue zugelassen. Eine Mischung aus Magie und Erotik, das junge Opfer bedeckt mit Blütenblättern und gewöhnlichen Federn, verschwenderischer Gebrauch von Stearin, auch Mißhandlungen, bis Blut floß, während Räucherstäbchen aus dem Supermarkt niederbrannten; das Ende konnte man sich vorstellen, ich wollte es nicht eingehender erfahren. Nein, Valerio interessierte sich dafür nicht; er wußte zwar davon, ganz allgemein, aber er zog das *Tête-à-tête* mit dem jungen Menschen vor, jedesmal einem anderen. Ich hoffte, dies war kein *parcere sepultis*. Oder machte das nun auch keinen Unterschied mehr?

Wie auch immer: was hatte das alles mit dem Mord zu tun, den zu untersuchen ich den Auftrag hatte? Michelino schwor von seinem Schmerzenslager aus, auf das man ihn zwangsweise verbannt hatte, daß all diese Geschichten in keinem Zusammenhang damit stünden: und ich neigte dazu, ihm zu glauben. Ich konnte mir nicht vorstellen, daß einer dieser Jungen oder eines dieser Mädchen nach einer einmaligen Begegnung das Zyankali (woher bekommen?) in die Kapseln füllte. Auch den Fotografen konnte ich mir dabei nicht vorstellen – mochte er auch Kuppler und was sonst noch sein – oder seinen angeblichen Gehilfen (warum auch? sie doch am allerwenigsten); auch andere nicht. Seine Hand war, als ich sie (zugegebenermaßen mit einem Anflug von physischem Ekel) drückte, naßgeschwitzt, obwohl er sie vorher mit dem Foulard abzutrocknen versucht hatte. Er war mir sichtlich dankbar dafür und suchte meinen Blick mit seinen tiefschwarzen Augen, deren Hornhaut noch gelber geworden war: als handelte es sich um das Schlußkapitel eines unsterblichen Romans (»In den Nestern von gestern hausen jetzt keine Sperlinge mehr«). »Jeder trägt sein eigenes Schicksal, lieber Dottore. Ertragen wir es mutig.« Nach diesen tröstlichen Worten (von ihm an mich?) stellte ich mich erneut, in umgekehrter Folge, der Tortur der vielen Höllenkreise geöffneter und wieder verschlossener Türen, bis zur letzten, der Ausgangstür, wo wir die Ausweise zurückerhielten und den schweren Himmel unter dem Novemberwind von Cagliari wiedererblickten.

Ja, die Hölle ist banal, das sagt sich so leicht. Aber mir blieb – Masu schwieg auch – die Angst, nicht vor dem, was ich gesehen hatte, sondern vor dem, was ich nicht wußte und darum nicht sagen konnte: vor dem, was ich nie erfahren würde. Auch weil ich, nicht einmal in Gedanken, die schwingenden Perlenschnüre des Vorhangs durchschreiten wollte, der von dem schmutzigen Fotoatelier – hinter dem Schutz des senkrechten Reklameschilds EDEN – nach wohin führte? sofern dies der fragliche Raum war, den Valerio betreten hatte, mit einem Gepäckstück, von dem ich mir keine Vorstellung machen konnte. Ich hatte auch nicht die Absicht, bis in ihre Jugendjahre – die Valerios und des anderen – in C. zurückzugehen, während der Evakuierung, Jahre, die im Fluß mit dem weichen Kiesbett erlebt worden waren, die Ufer dicht mit Obstbäumen bewachsen, dahinter die

Ruine der Kirche zum Ewigen Heil: waren dies die gemeinsamen Jahre? oder vorher, mit anderen? Und waren sie grausam oder wunderbar? Und welche Rolle hatte Biba gespielt, eben erst zur Frau gereift und gleichzeitig Vater und Mutter für ihn: die liebevolle und boshafte Biba ihres Ninni? Ich dachte daran, daß der Onkel Kanonikus ihn wohl nicht angemessen exorziert hatte. Unterdessen fielen die ersten Regentropfen auf die Windschutzscheibe.

8.

Nacht vom 22. auf den 23. Dezember 1978

Die Untersuchung im Fall Garau war abgeschlossen. Es gab keine Richtung mehr, in die man noch Nachforschungen hätte anstellen können: ich sah keine, und die anderen wußten mir auch keine aufzuzeigen. Es interessierte uns auch eigentlich gar nicht. Wir alle ließen sie in Vergessenheit geraten, wie man es auch tun soll, inmitten eines wüsten Haufens anderer Dinge, der Tag für Tag größer wurde und sich aufstapelte; jeder wurde ja auch von seiner eigenen inneren Pein vorangetrieben, von den Verlockungen des Lebens. Leben heißt, sich auf derartige unterschiedlichste Gelüste einzulassen, selbst wenn es so aussieht, als besitze man keine: »lebenswichtige Notwendigkeiten«, das ist natürlich eine Tautologie. Und wer stirbt, ruht, auch wenn er umgebracht worden ist.

»Zum anderen Ufer übergesetzt«: so muß man es wohl nennen (auf einem seiner kleinen Votivboote). Ich lag im Bett, das Radio lief, die Weihnachtsferien hatten begonnen; und wieder hörte ich – aufsteigend aus den inzwischen weit zurückliegenden Gerüchten, die im Justizpalast aufgekommen waren, als man Valerio Garaus homosexuelle Neigungen entdeckt hatte – im Geist die Worte, die man gebraucht, um jenen Neigungen diese Bedeutung beizulegen; im übrigen ist es das allgemein übliche Vokabular. »Zum Feind« – jetzt – möglicherweise »übergelaufen«, obwohl es schwerfallen dürfte zu sagen, zu welchem. Ich dachte an das geballte Entsetzen, das er mit sich herumgetragen hatte; sofern es das war: Gewalt, Lüge oder eine andere Schändlichkeit? Mit sich herumgetragen, wohlerzogen: so wohlerzogen, wie es ging. Ich hatte keine Ahnung davon, um wieviel größer sein Leben eigentlich war; wie übrigens das Leben eines jeden. Jetzt kam es mir wesentlich größer vor. Im Radio hatte man angefangen, Mozarts Streichquartett in d-Moll zu übertragen; als man die Ansage gemacht hatte, war es mir vorgekommen, als könnte ich es nicht durchstehen: es gibt keinen anderen Schutz als den, Erinnerungen über Bord zu werfen. Ich wollte abschalten.

Statt dessen verströmte es sich jetzt frei, in meinem Hängeboden. Es war zugleich auch ein Geburtstag: von Dezember bis Dezember, für mich, in dieser Stadt jenseits des Meers, auf dieser Insel. Doch, ich glaube, daß das Leben trotz allem groß ist. Und so ging es zum Andante über: mit dem plötzlichen *forte* der beiden Oktavsprünge und dem gleich darauf folgenden Dezimensprung: womit, wie man behauptet, Geburtswehen dargestellt werden sollen, genauer gesagt, soll es bei einer solchen Gelegenheit zustande gekommen sein: bei den Schreien der Gattin des Komponisten, als sie von ihrem Erstgeborenen entbunden wurde (Raimund Leopold).

Sollte eine derartige Distanz und ein derart unvermeidlicher Gebrauch des Lebens die einzig wirklich mögliche Liebe sein? Demnach hätte Valerio recht gehabt. »Es kommt das Fest der Geburt unseres Herrn, dann essen alle den Gansbraten gern.« Meine Qual in jener unendlich langen Nacht bestand darin, daß ich kotzte: die Dosis war übertrieben hoch; ich wurde auf diese Art entbunden, zum Nutzen von wer weiß wem.

IV. Ninni und Biba

4. Mai 1979

Für mich ging außerdem die sardische Parabel zu Ende und gleichzeitig noch eine weitere, die nichts mit der Insel zu tun hatte. Der Mai hat mich schon immer in eine gerührte Stimmung versetzt, und der, der gerade begann, schien sanft und lang, so, wie er sein soll. Die Zeitung – genau heute, an diesem Freitag – brachte die Nachricht vom Überfall der Roten Brigaden auf das römische Parteibüro der Christdemokraten, in der Piazza Nicosia, während man gleich daneben lesen konnte, daß der Sieg der Konservativen in Großbritannien überwältigend war. Das sei »der Vollständigkeit der Beweggründe halber« (wie es in den Urteilsbegründungen heißt) angemerkt. Wenn diese Vorfälle eine Beziehung zu der Geschichte haben können, von der ich hier ein paar Daten aufzeichne, so nur in meiner Erinnerung, und ich will jetzt gleich damit aufhören. Nie werde ich es jemandem gestatten, mir gegenüber auch nur einen einzigen Satz aus der Debatte zu wiederholen, die sich in diesen Tagen zugespitzt hat und bei der es um »Standhaftigkeit« oder »Gesprächsbereitschaft« gegenüber den Roten Brigaden ging: aus Furcht, die Schwermut und die Empörung nicht aushalten zu können, was beides, glaube ich, noch unerträglicher wird, wenn sie erst einmal verblaßt sind. Die Farben der Zeit bringen auch weiterhin lang währende Verletzungen bei, mehr noch, sie überdauern unsere Existenz. Gestern abend sah es so aus, als würde die

Dämmerung, die spät heraufkam, unendlich sein; und jetzt, am Morgen, wurde es allmählich wärmer.

Wie lange dauert ein schönes Spiel? Man wird ja doch niemals – niemals, glaube ich – dazu kommen, es aus seinen Verpackungen herauszuholen – man sieht ja: Piazza Nicosia; oder Masu, der, wieder mit seiner Sonnenbrille ausgerüstet, nach C. fuhr? »Erlauben Sie, Dottore?« Damit er eine Zigarette rauchen konnte, hatten wir kurz angehalten, wir waren bereits in Planargia: er hatte gemerkt, daß es mir schlecht bekam. Der Montiferro erhob sich dort, in der Ferne, im Gegenlicht, in seiner Bläue, jenseits des öden Hochplateaus. Tatsache ist, daß das Spiel immer – und ausschließlich – aus seinen Verpackungen besteht: ich kannte nichts, ich kenne nichts anderes. Die Luft kam ganz dünn herüber, nachdem sie diese unbekannte Entfernung zurückgelegt hatte, möglicherweise sogar vom Meer. So hat die Geschichte, die ich hier aufzuschreiben versucht habe, keinen Schluß.

Oder wohl nur einen: ich werde nicht mehr durch diese Orte der Planargia kommen. Ich werde C. nicht mehr sehen, den trägen Fluß mit seinen vielen Windungen, die regelmäßigen Dächer der Häuser, die einmal als Gerbereien dienten und sich, eins neben dem anderen, in ihm spiegelten, und auf der anderen Seite den Hang mit den Burgruinen auf seiner Kuppe: doch dann sofort der gepflasterte Engpaß des Corso, stets im Schatten. Es war mehr als ein Jahr her, seit dem einzigen Mal, als ich hiergewesen war: Maresciallo Columbano (der kleine, schwarze Maresciallo der Schweizer Gardisten) hatte mich angerufen: »Dottore, erinnern Sie sich an mich?« (Wie hätte ich mich nicht erinnern können?) Es war ihm gelungen, den Weg zu finden, über den das Leberschutzpräparat bis zu Valerio Garau gelangt war. Unsere menschliche Gerechtigkeit hat bisweilen das Erinnerungsvermögen eines Dickhäuters, dessen Grazie sie stets aufs neue wiederholt, wenn sie sich in einem Porzellanladen bewegt. Und der Zeuge, genauer gesagt: die Zeugin wartete jetzt im Amtsgericht auf mich.

Sie erwartete mich tatsächlich, diese Zeugin. Wir waren bis dorthin mit dem Auto gelangt, unserem inzwischen legendären Auto, und hatten es auf der Piazza mit den Palmen geparkt. Die Frau saß in der Kanzlei, Columbano machte uns miteinander bekannt. Jung, hübsch, sogar kokett, doch nicht eigentlich mit Absicht, schwarze Augen, die Mühe hatten, nicht zu lachen, und fülliger Busen; in fortgeschrittenem Stadium der Schwangerschaft – nur hinkte sie leider etwas, als sie vom Stuhl aufstand und sich bewegte. Aber gleich darauf ganz unbefangen, im kleinen Büro, auf der anderen Seite des (bewußten) Schreibtischs, den ich belegt hatte; daneben wartete Masu darauf, daß ich diktierte. Sie hatte die Apotheke Pes bis zum Schluß geführt: Februar 1976; gegen Gehalt, keine Mitbeteiligung (sie legte Wert darauf, dies zu betonen, ungeachtet des vielen Wassers, das inzwischen seit jener Pleite den Bach hinuntergeflossen war). Nein, jetzt unterrichtete sie; war bequemer (»meine sechzehn Wochenstunden«), obgleich sie gezwungen war, in zwei Nachbarorte zu fahren, mit dem Bus oder einem nichtkonzessionierten Mietwagen. »Ich fürchte, daß genau ich es war, die ihm dieses Leberschutzpräparat gegeben hat.«

Dottor Garau war in die Apotheke gekommen, um es zu kaufen: »Es war schon Karneval, dessen bin ich sicher: wir hatten nämlich darüber gesprochen, und ich sage Ihnen auch, wieso.« Sie hatte ihm zwei Leberschutzpräparate vorgeschlagen (»Es gab keine anderen mehr, ich sagte Ihnen ja, wir waren dabei, zu schließen«), und er hatte ein paar Schachteln von einem unbekannten Medikament mitgenommen, das von einem Vertreter als Warenmuster dagelassen worden war; er wählte es aus Treue zu den Farben, die die Verpackung hatte: die Farben – hatte er ihr lächelnd gesagt – des Sportclubs, in dem er seit seinen Kindertagen Tennis spielte; und einer frivolen Logik folgend – das konnte ich erkennen –, die er gerne als den Quell seiner Entschlossenheit hervorkehrte, die allerdings nicht seine war.

Er mußte sich noch etwas in der inzwischen leergeräumten Apotheke aufgehalten haben: möglicherweise, um noch die letzten Brosamen des Erfolgs aufzulesen, den er bei dem Mädchen im Kittel oder der jungen Frau, wie auch immer, verbuchen konnte – auch wenn sie an dieser Behinderung litt, die sie, wie auch den koketten Augenaufschlag und die Busenfülle, wie ein natürliches Privileg mit sich herumtrug. Sie hatte ihn gedrängt – ja, ja, ganz schön kokett –, zum Ball in den Club zu kommen (aber tanzte sie überhaupt? fragte ich mich): und er hatte die Einladung mit einem Hauch von ironischer Schwermut abgelehnt, weil er kein Kostüm hätte, wie er behauptete. Daraufhin hatte sie sich erboten, im Scherz, sagte sie – aber ich glaube, nicht ganz im Scherz –, einen Domino zu beschaffen: »Aber blau und rot«, weil er keine andere Form der Ablehnung hatte finden können, indem er ihr die Hand zum Abschied gab.

Die Anhaltspunkte waren also folgende: der Verkauf der Apotheke Pes und gleichzeitig der Tätigkeit, die die Zeugin dort ausgeübt hatte; die Farben des Medikaments; der Domino, der, dem Scherz nach, die gleichen haben mußte; und schließlich der Karneval: 1976. »Wissen Sie, ich habe mich immer auf mein eisernes Gedächtnis verlassen können. In der Schule hatte ich eine Eins in Gedächtnis und eine Vier in Intelligenz«, mit ihrer übertriebenen Ungezwungenheit und dem Leben, das sie zum erstenmal in sich trug und das ihren Schoß wölbte, was sie völlig vergessen zu haben schien; sie hörte nicht auf, mit den Wimpern zu klappern. Und in dem kleinen Raum, ausgestattet nicht nur aus dem neunzehnten Jahrhundert stammenden Fundstücken und Reliquien, schien es mir, als wäre ich der einzige, dem dieses noch verschlossene, blinde Leben vor Augen stand, das in ihr war, während der Mai und der Fluß ihre Nachrichten durch das nur eben angelehnte Fenster schickten, in einem kaum wahrnehmbaren Hauch.

Sehr viel später war sie ihm wiederbegegnet, ein einziges Mal: das letzte Mal, per Zufall. Auf dem Corso, wo sie ihn eines Morgens traf. Wann? Sie machte ihre Berechnung aufgrund des Datums ihres Hochzeitstags. Sicher 1978: es war samstags, noch im Februar, oder war es schon März? Demnach also zwei Jahre später, viel später. Aber wir wußten, daß Valerio in C. nur wenig ausging, es sei denn, er machte die einsamen Spazierfahrten (zu zweit und mit Hund) über Land oder ans Meer; und sie hatte für ihre erste

Lehrerstelle sogar woanders hinziehen müssen, kam nur zu Feiertagen oder in den Ferien nach Hause. Er war während ihrer Hochzeitsreise gestorben, niemand hatte ihr dann etwas gesagt, sie hatte es erst viel später erfahren, auch wieder rein zufällig. Was für eine Geschichte! Also, als sie ihn traf – wobei sie ihr ausgezeichnetes Gedächtnis ins Spiel brachte (auf das sie sich auch ein bißchen etwas einbildete), um über etwas sprechen zu können, das ihnen gemeinsam war, weil es sonst nichts gab –, hatte sie ihn gefragt: »Und das Blau und das Rot?« Zuerst begriff er nicht, war aber höflich wie immer und ließ sich wohl auch ein bißchen auf das Spiel der Sympathie ein, die ihm die schöne Hinkende entgegenbrachte: Lehrerin, nicht mehr Apothekerin, ließ sie ihn wissen. Dann hatte er ihr erzählt, daß er nur noch gelegentlich den Tennisschläger in die Hand nahm – »Immer der falsche Schlag, es ist wirklich beschämend« –, und das nur aus Gründen der Körperhygiene: »Es macht mir keinen Spaß mehr. Wissen Sie, es ist, wie eine zu Ende gegangene Liebe. Ach, Sie werden das möglicherweise nicht kennen.«

»Wie wollen Sie wissen, daß ich das nicht kenne?« Wahrscheinlich, um ihn eine Minute länger aufzuhalten – ob sie wohl ein Faible für ihn hatte, oder war das ihre Art? –, hatte sie ihn gefragt, ob das Leberschutzpräparat half. Und dies war, mehr oder weniger, das Gespräch zwischen ihnen. »Aber woher, ich hab' es ja nie genommen. Allerdings könnte ich es jetzt gebrauchen.« Er hatte es gleich danach bei der Schwester vergessen, zu der er nach dem Besuch in der Apotheke hinaufgegangen war. »Danach hat Biba es mir zurückgegeben: sie sagte, es ist sehr gut, stimmt's?« Eine gewisse Traurigkeit hatte sich seiner bemächtigt: »Stellen Sie sich vor, das war das letzte, worüber sie und ich gesprochen haben.« Bevor sie auf diese Reise ging – »Sie wissen schon, welche« –, von der sie nicht zurückkehren sollte, hatte sie ihn angerufen: »Sie hat zu mir gesagt: Weißt du, daß ich mich morgen vielleicht nach Genua einschiffe? Ich hatte nicht darauf geachtet, sie kam und ging ständig, in dem ganzen Schlamassel, in das die Arme geraten war.« Durch das Leben voneinander getrennt, verschlechterte sich ihre Beziehung immer mehr, das war bekannt: die Schwester war der Meinung, daß man ihr nicht ausreichend half – aber wie hätte man ihr helfen können? Valerio mochte ihr wohl nicht verzeihen, daß sie so herunterkam – weiter nichts –, zwischen der täglichen (oder vielmehr nächtlichen) Zufuhr von Alkohol und ihrer körperlichen Deformierung. »Und dann hat sie mich gefragt: Warum kurierst du dich nicht? Was hast du mit dem Medikament gemacht?« Zuerst hatte er überhaupt nicht begriffen, worum es eigentlich ging, bis Biba ihm sagte: »Das, das du bei mir vergessen hast.«

Mich überkam ein Schauder. Masu blickte nicht von seinem Protokoll auf. Die Zeugin dagegen spielte auch weiterhin, anmutig und unschuldsvoll (unwissend), ihre Wirkung aus: »Verstehen Sie, Dottore, daß ich tatsächlich Gewissensbisse habe?« Weil vielleicht, sofern sie ihn nicht – auf dem Straßenpflaster des Corsos, unter der Uhr dort, die seit eh und je stillstand – darauf angesprochen hätte, auf diese, trotz des Drängens der Schwester, vergessene Sache (ein übertriebenes Drängen; auch wenn es ihm damals nicht so vorgekommen war, mußte er wohl ausschließlich das Ungewöhnliche daran empfunden haben, das angesichts der Schwierigkeit der Situation leicht irritierend war: was will sie denn jetzt schon wieder?): vielleicht... Vielleicht wäre vorher das Leberschutzpräparat verfallen, oder er hätte es womöglich in einer Schublade vergessen oder weggeworfen. »Der Dottor Garau«, mit einem Anflug von lächelnder Schwermütigkeit, zu der er fähig war, und von Zutrauen, das er immer in alle hatte, er, der Ferne, hatte ihre Hand gehalten und am Ende gesagt: »Wenn ich es nur begriffen hätte. Aber wer konnte sich vorstellen, daß es das letzte Mal war, daß Biba mit mir sprach, sich Sorgen um mich machte. Statt dessen habe ich ihr fast barsch geantwortet.« Dort, auf der Straße, wie gesagt, unter der Uhr des ehemaligen Stadttheaters, während der zufälligen Begegnung mit einer nahezu Unbekannten; also wirklich, sofern es ein Mittel der Verführung war, eingesetzt entsprechend einer alten, lebenslangen Konditionierung – mithin längst unbewußt: ein Angelhaken unter vielen, von einem Fischer ausgeworfen, der über viele Angelschnüre verfügte: »nicht einmal Valerio konnte glauben, daß es der letzte war« –, gegenüber einer jungen Frau mit angenehmen Körperformen, zukünftige Braut, die eine derartige Schwäche für ihn zeigte und ihn nicht mehr wiedersehen sollte.

Ich mußte sie fragen, wie viele Medikamentenschachteln es waren, die Garau bei ihr gekauft hatte: »Mindestens drei, nein, vier.« Eines dieser Schächtelchen, dachte ich mir, aus dünnem Karton, auf dem die Werbung für ein pharmazeutisches Unternehmen aufgedruckt ist: mit professioneller Genauigkeit verpackt und durch ein Gummi zusammengehalten. Masu blickte noch immer nicht von seinem Protokoll auf. Ich fragte sie auch, welchen Anteil Signora Garau, oder Pes, bei der Führung der Apotheke hatte. Zuerst verstand sie mich falsch: sie erzählte etwas über die wirtschaftliche, unternehmerische Verantwortung, die sie, wie wir wußten, voll trug. Ich mußte insistieren, damit sie erklärte, daß dort jedenfalls die Signora die Chefin war und sich seit eh und je auskannte; sie kam und ging, wie sie wollte, vor allem zum Schluß, als die Auflösung in vollem Gang war – was für ein Trauerspiel –, und außerdem wußte sie, wo sie hinlangen mußte.

Am liebsten wäre sie gar nicht mehr weggegangen (»Es tut mir leid, daß ich Ihnen nicht nützlich sein konnte«), sie ging in ihrer Rolle als Mitarbeiterin der Justiz auf: wer hat eigentlich behauptet, daß die Sarden nicht mitmachen? Also gut, ich entließ sie – das ist der angemessene Ausdruck –: Dank und Glück und viele Söhne oder was sie sonst wollte. Auch um den Maresciallo der Schweizer Gardisten machten wir mit einer witzigen Bemerkung und unserem Dank einen Bogen, als er, ganz offensichtlich neugierig (»Hat es was gebracht, Dottore?«), auf der Piazza auf uns zusteuerte. Und ihm kam ja sozusagen das Verdienst zu, auch wenn er es nicht wußte. Dort hatten wir nichts mehr zu tun, es war früh, der 1100er wartete nur auf uns: aber ich hatte keine Lust, gleich einzusteigen, in diesen Kasten mit dem unausrottbaren Geruch nach jahrelang schlecht verbranntem Benzin. »Jetzt lade ich Sie zum Espresso ein«, schlug Masu vor. So gingen wir zu Fuß durch den Corso und kamen am Haus der Garau vorbei: diesmal war alles tatsächlich verschlossen und verriegelt. Der Vormund von Marta Pes mußte es wohl in Besitz genommen haben.

In der Bar feierten die Vögel die schöne Jahreszeit. »Ich nehme einen doppelten Whisky«, sagte ich, weil ich nichts mehr zu verbergen hatte und damit Masu sich danach richten konnte, wenn er für sich etwas bestellte. Nein, er bestand auf einem Espresso, ohne mit der Wimper zu zucken, obgleich er über mich auf dem laufenden sein muß, nehme ich an. Er antwortete mir, daß er nicht wisse, wie Nikis finanzielle Situation aussehe; ich dachte jetzt an die kleine Promenadenmischung, den Hund, den ich nie gesehen hatte. Die vormalige Apotheke der Pes lag gegenüber, aus der Bar erkannte man durch die offene Tür den Eingang und etwas von den häßlichen Kacheln, mit denen die Fassade ein Stück weit über dem Boden (nach der letzten Überschwemmung) restauriert worden war. Zum darüberliegenden Stockwerk gelangte man durch eine Seitentür – durch die war Valerio gegangen, mit seinem Päckchen unter dem Arm, nach dem Plausch mit der schönen Apothekerin. »Wer wohnt jetzt da?« fragte ich; aber natürlich war das völlig sinnlos, es interessierte mich auch gar nicht.

Wir gelangten bis zur Brücke, nachdem wir das letzte Stück der im Schatten liegenden gepflasterten Straße langsam zurückgelegt hatten – da war dann an der Ecke auch die Uhr des ehemaligen Stadttheaters, immer noch nicht repariert –; und danach waren wir in eine kleine, nur wenige Meter lange Straße eingebogen, die zur Kathedrale führte. An der hohen Brüstung waren wir stehengeblieben, mit dem Rükken zur Flußmündung. »Wo liegt Calameda?« fragte ich. Aber ich hatte es von selbst gewußt: die Flußbiegung da unten, hinter der rechts der üppige Baumbestand noch dichter wurde, und dahinter konnte man wahrscheinlich rotes Gemäuer erkennen (die Ruinen der Kirche zum Ewigen Heil?). Dort war der Fluß auf Kilometer hin befahrbar: und jetzt fuhr auf ihm – im Mai, fernes Tuckern – ein kleines Boot herauf. Ich ließ mir auch erklären, wo Torre Argentina lag: ein für uns unsichtbares Küstenvorgebirge, zugänglich nur vom Meer aus; er wies, indem er sich umdrehte, mit großen Armbewegungen in die entgegengesetzte Richtung. Als wir uns dann wieder an die Brüstung lehnten – Richtung Calameda, dem ursprünglichen Siedlungsort aus dem Mittelalter, von dem, inmitten dichter Vegetation, die Ruinen einer Kirche erhalten waren; das Boot war aus dem Blickfeld verschwunden, und man hörte nur das immer schwächer werdende Tuckern des Motors –, sagte ich zu ihm: »Erklären Sie mir mal ein bißchen, Masu, wer diese Biba wirklich war?«

So erfuhr ich, was eine solidarische Scham – anders kann ich es nicht nennen – bisher verdrängt und vor mir verborgen gehalten hatte. Übrigens nichts Entscheidendes. Sie, »Donna Biba«, hatte nicht nur angefangen zu trinken und ihre Flaschen ohne jede Zurückhaltung im Supermarkt zu kaufen, haufenweise, so daß sie in den Plastiktüten aneinanderschlugen, oder in der Bar gegenüber, die ich kannte, die mit den Vögeln, wenn sie abends keine mehr hatte; sie hatte auch mit dem Glücksspiel angefangen. Im Lotto: ob das nun Einsamkeit war oder ein Rest von Snobismus, weshalb sie auf das Roulettespiel der Armen verfallen war, oder einfach nur der praktischen Gelegenheit wegen (das entsprach ihr). Dermaßen zu trinken und mit hohen Einsätzen zu spielen, immer höheren, was war denn zuerst dagewesen, welche Sucht?

Magisch angezogen wurde sie, fast gleich zu Anfang – hieß es –, von einem gepfefferten Gewinn. Das Glück blieb lange Zeit wechselhaft, schließlich ging es bergab – und zwar ziemlich steil. Bis sie auf eine dieser Zahlen setzte, die lange nicht ausgespielt worden waren, eben auf das »Rad« von Cagliari, auf das sie Samstag für Samstag höher setzen mußte, um ihren Einsatz herauszubekommen. Zu viele Samstage, zu viele Monate; und am Ende war sie nicht mehr in der Lage, noch »die eine Minute länger« (oder eine Woche) durchzuhalten, die notwendig war: trotz aller Bitten bei Banken und Verwandten, aller Verkäufe und schließlich aller Entnahmen aus den Steuereinzugskassen, die sie leitete; Entnahmen, die das Strafgesetzbuch als Unterschlagung öffentlicher Gelder bezeichnet, es war gar nicht nötig, daß Valerio sie daran erinnerte.

Von da an, als der Verlust mittlerweile endgültig war, bestand ihre Arbeit in etwas anderem, wofür sie immer wieder dieselben Wege beschritt, an dieselben Türen klopfte und ihr Atem immer schwerer wurde: die gesetzwidrigen Löcher zu stopfen oder wenigstens zu verstecken, auch das eine mit dem anderen. Aber wenn sie dann eine Summe in der Hand hatte – klein oder groß, zum Beispiel die Spende seiner prophetischen Parze, die sie im Haus hatten, Tante Teresita –, stieg sie in ihren schrottreifen Spider, das Phantom einer ihrer Leidenschaften, und fuhr mit ihm zur Lottoannahmestelle, wenn sie nicht bereits in der Stadt war, wo sich eine befand. Nun gut, ich wußte immer schon von ihrer Katastrophe, hatte das Elend des Wie einen Sinn? Mit dieser behinderten Tochter, die sie fast schon nicht mehr erkannte. Und dem Wasser, das ihr – im wahrsten Sinn des Worts – bis zum Hals stand.

So war sie danach – erst danach, und wir glaubten zu verstehen: nach was – ins Wasser gegangen. Das gleiche Wasser des Mittelmeers, das wir, wenn wir uns umdrehten, sich in der Ferne schimmernd an der Flußmündung brechen sahen, in kleinsten Schaumkronen: um anschließend wieder in sich selbst zurückzufließen, bis es sich – wer weiß wann – in den Tiefen der Strudel miteinander vermischte, wo wir uns sie, die einmal Biba war, vorstellen mußten, »vergiß den Profit und Verlust« die Verse, die Valerio auf die Rückseite ihres Porträts geschrieben hatte, das er jeden Tag auf seinem Arbeitstisch im Ex-Hospital sah, klangen jetzt in ihrer ganzen Grausamkeit auf. Was waren »die Stadien der Reife und Jugend« dieser Frau mit dem extravaganten Namen , die auf diese Weise für jeden und für immer Biba hieß, entstanden aus Anna Maria, wie sie vor vielen Jahren am Taufbecken der Kirche zum Rosenkranz genannt worden war? Ich kannte nur ein paar Fotografien von ihr. »Begleiten Sie mich bis zum Friedhof?« fragte ich Maresciallo Masu, um den Kreis zu schließen.

So kam es, daß ich in dem Familiengrab, wo vor ihm seit langer Zeit niemand mehr beerdigt worden war, den glänzenden Grabstein sah, der, sich von den anderen abhebend, die Gruft verschloß, in die man, an der verbliebenen Stelle auf der Seite, jene sterblichen Überreste gelegt hatte: die noch nicht oxydierten

Buchstaben des Namens, während der große Judasbaum daneben alle seine Äste ausbreitete. Masu hatte sich über seinen dunklen Brillengläsern bekreuzigt. Inzwischen war es warm geworden, dort zwischen den Gräbern, und niemand sonst war anwesend. Die mit Kies aufgeschüttete Straße am anderen Ende, hinter den Zypressen und dem kleinen Tor mit dem Kreuz, das wir angelehnt gelassen hatten, war die, die nach N. hinaufführte: also – auf der Höhe leicht gekrümmt – bis zu der Nuraghe, in der vor ein paar Generationen jenes kleine Votivboot gefunden worden war, das Anlaß zu Zwist unter Verwandten werden sollte; bis hin zu dem Grundstück mit den Steineichen, das später Biba zufiel und aufgrund ihres Debakels verkauft wurde: von dort aus reichte der Panoramablick vom Meer und den Klippen bis hin nach Torre Argentina, wenn es denn je existiert hat – gemäß den Auskünften Babbais, des Onkels des Kanonikus und Historikers.

Sie, Biba, lag allerdings nicht da, an diesem Ort, und sie würde auch nie dorthin zurückkehren. Was hatte sie hinterlassen? Etwas von sich, auch dort, auf dem Friedhof, in der bombastischen Familiengruft? Valerio »hatte einen Medikamententick«, wie übrigens viele: und, wie man wußte, nur hin und wieder. Welchen Weg hatten also die manipulierten und schließlich todbringenden Kapseln über zwei Jahre hin zurückgelegt, bevor sie in der väterlichen, aus einem Taler gearbeiteten Pillendose landeten: einem Testament gehorchend, das von ihr stammte – die sich doch als die Erbin verstand – und das ihm zufällig wieder einfiel (eines Samstagmorgens, unter einer stillstehenden Uhr)? Von ihr: dann wohl sein »Schutzengel« bis zuletzt; Dale Arden, die ihm dies zugeschickt hatte, aus der »blauen Rakete«, mit der sie für alle Zeiten herumfuhr. Dies: das sie verband, und wirklich für alle Zeiten, wo immer sie sich auch befinden würde, für alle Zeiten, und er dagegen hier, an seinem Platz, für alle Zeiten, mit den Eltern, die in einem früheren Karneval gestorben waren, und den anderen Garau.

Sollte es sich also wirklich so verhalten haben, daß »sein Blut sich gegen ihn aufgelehnt hatte«, wie das Pendel über einer alten Fotografie Michelino Pons andeutete? und ihm den Pulsschlag seines Blutes nahm, für alle Zeiten. Ich konnte es nicht fassen, daß ich dies nicht sofort begriffen hatte, abgelenkt durch den Zeitraum – Sommer 1976, März 1978, zwischen den beiden Todesfällen, ihrem und seinem. Und es schien mir, als hätten alle, alle, die in diesem Fall von Bedeutung waren, es von Anfang an gewußt. Auch Vincenzino Masu, der schweigend neben mir stand und kein Wort sagte? Sah so »die Lösung« aus – die keine Lösung fand? Ich mußte wieder an das »Rad« denken, »the wheel«, das in den Versen beschworen wurde, die jenem Zitat von Eliot folgen: nicht abgeschrieben, doch unterschwellig gemeint? Und ich fragte mich, ob die – dann allerdings geradezu obszöne – Anspielung auf den fatalen Lottojargon in der Absicht dessen lag, der dieses Zitat kopiert hatte: auf jeden Fall war es wie eine Verhöhnung, vor allem seiner selbst, der für alle Zeiten diesem Frauenbildnis gegenüber seinen Platz eingenommen hatte – viel mehr, als er eigentlich beabsichtigt hatte. Und jetzt gewiß auch eine Verhöhnung dessen, der vor seinem Grab stehengeblieben war: »Heide oder Jude / O du, der das Rad dreht und windwärts lugt, / Bedenke Phlebas, der einst schön und stark wie du.«

Ich bin niemals weder schön noch stark gewesen. Nichts in meinem Leben ist mir jemals glorreich oder auch nur gut ausgeführt vorgekommen; es hat nicht einmal etwas gegeben, dem man nachtrauern könnte. Ich betrachtete noch einmal die Sterne, von dem provisorischen Heim aus, das ich jetzt im Begriff war zu verlassen: Sterne, die am klaren Maihimmel einem Sommer entgegeneilten, der nicht der meine sein würde. Und endlich begriff ich die dunkle Metapher der Grabungsobjekte in der Vitrine im Viale Caprera, wieviel sie aussagten, was ich aber nur wie eine Musik ohne Klang vernommen hatte, weil ich ihre Bedeutung nicht verstand. Sie hatten eine lange Reise durch die Zeit gemacht, die wiederum auf eine andere Reise durch die Zeit verwies, zwei Jahre, die diese roten und blauen Kapseln mit ihrem tödlichen Inhalt zurückgelegt hatten: abgeschickt – um nicht zu sterben – von einer verstorbenen Schwester an einen Bruder, der dann, auch er, daran gestorben war.

Handelte es sich lediglich um eine Annahme? Jedenfalls kam sie mir wahrscheinlicher vor als alles andere. Und es schien mir auch nicht, an diesem Punkt angelangt, daß das, was wir Wahrheit nennen, einen Sinn hatte, zumal ich ihre Funktion nicht einsehen konnte. Und im übrigen bleiben die »Beweggründe« immer »unvollständig«.

V. Das unbestellte Haus

5. Juni 1979, nachts

Ich hab's bereits gesagt: es liegt mir immer daran, den Kreis zu schließen. Und es ist nur richtig, daß es, jetzt in der Unterkunft (genauer gesagt: in dem Zimmer) geschieht, wo ich achtzehn Monate lang Nächte durchlebt habe, die niemals leicht waren: an dem auf eine neue Nacht geöffneten Fenster, in einem ungewissen Dunkel. Es ist viel zu warm für die Jahreszeit, in der Stille wetterleuchtet es; und ein bißchen beißender Rauch kommt herein, von etwas, das in einem Hof in der Nähe verbrannt wird. Der bewußte Fahrdamm – Brücke zwischen dem, was getrennt bleibt – liegt in der Ferne, selten fahren Fahrzeuge über ihn hinweg, weit weg sind seine orangefarbenen Lichter.

Mich erwartet der Umzug, auch hier drinnen: zwei Koffer, eine Aktentasche, ein paar Schachteln, aufgeschichtet zu einem kleinen Haufen in der Mitte des Zimmers: *omnia mea*. Ich gehe spontan weg, auch wenn ich mich vor der Zeit fürchte, wenn das Büro nicht mehr da ist, das lange Zeit, je länger, desto mehr, Unterschlupf für mich gewesen ist. Höhle: damit kehrt dann auch die Metapher vom Jäger zurück. War ich wirklich einer? Oder war ich nicht eher das Gegenteil – und wußte es? Ein Gejagter, ein Verjagter, ich stelle mir vor, daß man mich im Justizpalast allgemein dafür hält, und zwar ganz ohne Metaphern.

Nun gut, das Ermittlungsverfahren Garau gehört zu den Dingen, die ich zurücklasse. Ich habe es abgeschlossen: ich habe nicht die Absicht, seine Seiten noch einmal aufzuschlagen, auf denen sich meine Schrift abwechselt mit der viel leserlicheren von Maresciallo Masu. Und ich habe das Dossier in der Kanzlei abgegeben, zusammen mit anderen Akten, die ich noch hatte: mit seinem letzten Protokoll, das die Aussagen der schönen, hinkenden Apothekerin (oder Lehrerin?) enthält. Jetzt soll sich jemand anders damit befassen.

Ich sage es noch einmal: es ist nur eine Annahme, schlecht gestützt von Beweisen, und wahrscheinlich hat jeder sie viel schneller als ich aufgestellt. Biba jedenfalls kann nicht verfolgt werden: ja, sie war sogar die Vorverstorbene (das ist das Wort, das wir dafür verwenden) dessen, der das Opfer von ihr werden sollte. Es deutet auch nichts auf eine Konsequenz anderer Art hin: die Erbin ist eine andere, jene Marta Pes, behindert und entmündigt, die ich nie gesehen habe, und sie kann nicht der Erbunwürdigkeit (ein weiteres Wort unseres Sprachgebrauchs) beschuldigt werden.

Jedenfalls, apropos Erbschaft, ist dies meine Hinterlassenschaft für alle: François, Giancarlo (Pupo) Manai, Mariolino Niolu, der Generalstaatsanwalt Pani, sogar Martinez (mit dem Zusatz di Loiri), Maresciallo Masu und der taubstumme Barmann Nino... und so weiter, und so fort, nicht nur sie. Ja, auch für Lauretta: obwohl sie nicht mehr in T. ist, da sie eine Versetzung außerhalb Sardiniens erreicht hat (und wenn jemand es für sinnvoll hält, soll er ein Gebet für Giomaria Martinez sprechen, jeden Nachmittag, wenn die erste Kinovorstellung beginnt).

Was ist die Wahrheit: tja, quid est veritas? Und was sollen wir damit anfangen – wenn wir beispielsweise wüßten, ob Biba wirklich nicht der Versuchung widerstehen konnte, die die in ihrer Wohnung vergessenen Kapseln darstellten, deren Inhalt so leicht austauschbar war, und die kleine Menge von, wer weiß, vielleicht für sich selbst aufgehobenem oder im nachhinein, absichtlich, beschafften Zyankali? Alles bleibt ungewiß, angefangen bei diesen Vermutungen, und dann, wenn die – mögliche – Bedeutung ihres letzten Versuchs wieder auftaucht, des Telefonats mit Valerio: noch wird man je wissen, ob die Überzeugung – gewonnen aus der Art, wie er ihr antwortete –, daß er das Medikament doch nicht einnehmen würde, sie zu jenem äußersten Schritt trieb; oder ob nicht damals schon Bibas Waagschale bereits ins Wasser des Tyrrhenischen Meers umgekippt war, das sie vom Schiff aus an sich vorübergleiten sah, in einer lauen Sommernacht: und so wäre auch Valerio davon erfaßt worden, auf die bewußte Weise – unerheblich, ob früher oder später. Aber wem sollten alle diese oder andere Wahrheiten nützlich sein? Oder ist es nicht wichtig, daß sie nützlich sind: sind sie mehr?

So fehlt also – schade, daß das Radio heute abend nicht funktioniert – jenes a-Moll-Quartett *Muß es sein?* von Beethoven, das mich im Viale Caprera empfangen hatte. Ich glaube, es handelt sich immer um die gleiche Frage, auch wenn die Antwort zweideutig bleibt (»Es muß sein« oder »nicht sein«), positiv und negativ, sein und nicht sein; wie die andere, die von Klees Aquarell, in dem von Besuchern beider Geschlechter frequentierten Schlafzimmer. Das Schweigen dieser Streichinstrumente allerdings ist jetzt, in dieser Dunkelheit, lastend – ich bin nicht einmal in der Lage, mir das Motiv zu vergegenwärtigen.

Aber ich werde niemandem auf Wiedersehen sagen, oder nur möglichst wenigen, und mich auf eine endgültige Verabschiedung hinausreden, die nicht stattfinden wird. Mithin werde ich nicht mehr in die Cafeteria des Verbrechens gehen, und ich werde auch nie in Erfahrung bringen, ob der Rundbau des Gefängnisses, den ich mit seinen Trakten von meinem anderen Fenster aus sehen konnte, nur eine Hintergrundkulisse war: mit was dahinter?

Ich fühle mich nicht alt. »Nansen war überzeugt, nachdem er die Meeres- und Luftströmungen des Nördlichen Eismeeres erforscht hatte und beobachtete, daß sich an den Küsten Grönlands Bäume und Geröll anfanden, die arktischen Ursprungs gewesen sein mußten, daß er den Pol erreichen oder zumindest in die Nähe des Pols gelangen könnte, indem er sein Schiff vom Eis transportieren ließ. So ließ er sich von den Eismassen einschließen, und über dreieinhalb Jahre bewegte sich sein Schiff nur insoweit, als sich die Eismassen mit äußerster Langsamkeit fortbewegten.« Ich glaube, daß dieser Auszug aus einem Brief*, der aus einem anderen Gefängnis zu einer anderen Zeit geschrieben wurde, die Parabel für das Maximum an Hoffnung, genauer gesagt: an Utopie ist, das uns zugestanden wird. Ich habe ihn kopiert, um der Geschichte, von der ich hier ein paar wesentliche Details angemerkt habe, eine Bedeutung zuzuschreiben – vielleicht anmaßenderweise; oder wenigstens meiner Haltung ihr gegenüber.

Stimmt es, daß dies nicht meine Geschichte ist, wie ich anfangs behauptet habe? Oder wirft mir ihr kon-

* Brief Antonio Gramscis an seine Frau Giulia Schucht vom 18. April 1927 aus dem Gefängnis San Vittore in Mailand (Anm. d. Übers.).

vexer, fleckiger Spiegel, verzerrt, nur mein Bild zurück? (So wie jedes Gefängnis den Raum widerspiegelt, in dem sich mein Leben abspielt?)

Folglich müßte mich jetzt die Erinnerung an die Fotografie trösten, die ich, zusammen mit anderen, in der Wohnung von Donna Teresita Garau gesehen habe: Biba und Valerio als Kinder, wie sie ihn nur mit Mühe in den Armen hält und er fast herunterfällt; und es kommt mir vor, als würde dies – angesichts dessen, was dann geschah – eine Kreuzesabnahme darstellen.

Aber ich weiß genau, daß mich, wohin ich auch gehe, am Ende, vom Kreuz abgenommen, nur ein Töpfersacker erwartet – oder ein Blutacker (Haceldama), je nachdem, was sich inzwischen ereignet haben wird: kurz gesagt, ein Ort, wo man die Fremden beerdigt.

Der Fahrdamm – dort drüben, eine erleuchtete Bühne, auf der nie eine Aufführung stattgefunden hat – ist jetzt vollkommen ausgestorben. Und immer noch kommt dieser Rauch bis hierher. Ob sie all das verbrennen? Ich weiß, daß es nie alles sein wird, daß Schlacke übrigbleibt. Wenn die Beweggründe unvollständig bleiben müssen, schließen sich nicht einmal die Kreise.

Auf meinem kleinen Gepäckstapel wartet, ganz zuoberst, da ich nicht weiß, wohin damit, das mir geliehene juristische Nachschlagewerk, von dem ich am Beginn dieser Seiten erzählt habe. Ich müßte es dem Asklepios zurückgeben, aber ich weiß nicht, wie ich es machen soll.

Anmerkung

Es handelt sich nicht um eine Floskel, wenn darauf hingewiesen wird, daß diese Erzählung in keinem Zusammenhang steht mit Geschichten von Personen, die wirklich leben oder gelebt haben und auch nicht mit *der* Geschichte. So wird beispielsweise die Passionsgeschichte des Evangeliums am Palmsonntag gelesen und nicht am Mittwoch der Karwoche; das Lied »Luna tu« ist kein Java; und während »Heiliger Dankgesang eines Genesenden an die Gottheit« der Titel eines Satzes aus dem Streichquartett a-Moll, opus 132, von Beethoven ist, muß die Thematik *Muß es sein?* – ob zu Recht oder nicht – auf ein anderes seiner Quartette bezogen werden, das in F-Dur, opus 135. Und so weiter (doch sollte wenigstens noch darauf hingewiesen werden, daß die tatsächlich existierenden und zum Teil veröffentlichten Gedichte »Genosse Duilio« nichts mit den im Text erwähnten zu tun haben).

Zum Autor

Salvatore Mannuzzu lebt in Sassari und Rom. Bis 1976 war er Richter. Bis 1987 war er für drei Legislaturperioden unabhängiger Abgeordneter in der Liste der Kommunistischen Partei Italiens. Während zweier Legislaturperioden war er Präsident der Kommission für Verfahrensgenehmigungen des italienischen Abgeordnetenhauses. Gegenwärtig leitet er die juristische Abteilung des Instituts für Staatsreform in Rom

Zum vorliegenden Roman schreibt er: »Erst nach Abschluß der Arbeit am Roman wurde mir, mit einiger Verlegenheit, klar, daß es sich dabei um eine – ganz und gar unbeabsichtigte – Parodie auf den *Don Giovanni* von Da Ponte/Mozart handelt. Jede Person in der Oper (ausgenommen Masetto) und zahlreiche Situationen finden ihre Entsprechungen: nicht nur Don Giovanni und Leporello in meinen beiden Hauptfiguren, sondern auch Donna Anna in Lauretta, Don Ottavio in Giomaria, Donna Elvira in Niki, Zerlina in Ilio, der Komtur in Biba; am Ende des ersten Kapitels gibt es sogar einen Hinweis auf den Steinernen Gast. Ich weiß nicht, inwieweit es sinnvoll ist, den möglichen Leser darauf aufmerksam zu machen.«

Inhalt

Eine Auswahl italienischer Literatur im Carl Hanser Verlag

Antonio Tabucchi

Der Rand des Horizonts
Roman
Aus dem Italienischen von Karin Fleischanderl
1988. 108 Seiten

Indisches Nachtstück
Aus dem Italienischen von Karin Fleischanderl
1990. 120 Seiten

Fulvio Tomizza

Das Liebespaar aus der Via Rossetti
Roman
Aus dem Italienischen von Ragni Maria Gschwend
1989. 192 Seiten

Die venezianische Erbin
Roman
Aus dem Italienischen von Ragni Maria Gschwend
1991. 240 Seiten